被选中的摄影师

薛忆沩 著

北京联合出版公司
Beijing United Publishing Co.,Ltd.

"文学三十年"作品选(虚构)

自　序

　　三十年前，在《作家》杂志的头条位置上看到自己的名字，误以为那就是写作能够带来的最大的喜悦。三十年后，在文学的道路上孤独地面对着卑微的生命，才知道写作还能够带来更深的喜悦：那是与虚荣和功利全然无关的喜悦，那是截获人性密码和撞开语言宝库的喜悦，那是被上帝选中的喜悦。

　　2015年夏天，在大学毕业三十年的同学聚会上，组织者请每位同学用一分钟的时间概括自己三十年里的作为。我的概括只用了十秒钟。我说我从北京航空学院八一级计算机科学与工程系成绩"最差"的学生之一变成了中国当代文学界成绩"最好"的作家之一。这一晃而过的戏言很容易让人产生人生如梦的幻觉。要知道，这神奇的"化学反应"耗费了三十年的时间，耗费了难以估量的汗水和泪水。毫无疑问，概括中的第一个"之一"应该全部由我自己负责。但是，正如我曾经多次强调过的那样，其中的第二个"之一"要归功于无数人的鼓励、支持和鞭策。

　　向那无数的前辈、同辈甚至晚辈致意是出版这一套"'文学三十年'作品选"最主要的理由。任何一个文学生命都受制于和受惠于一个特定的时代：被上帝选中也就是被一个特定的时代选中。

  而这表面上立足于过去的出版实际上也为未来设定了标杆。我肯定自己已经过去的"文学三十年"没有辜负汉语的养育之恩。我也同样相信自己未来的"文学三十年"不会愧对文学对一个卑微生命的殷切期望。

薛忆沩

二〇一九年三月九日

目 录

自 序 ································· I

短篇小说

上帝选中的摄影师 ····················· 3
历史中的一个转折点 ··················· 17
（以上两篇选自"战争"系列小说集《首战告捷》）
流动的房间 ·························· 33
"你肯定听不懂的故事" ················ 59
（以上两篇选自短篇小说集《流动的房间》）
出租车司机 ·························· 71
小　贩 ······························ 81
（以上两篇选自"深圳人"系列小说集《深圳人》）
三故事 ······························ 91
生活中的细节 ························ 103
（以上两篇选自微型小说集《不肯离去的海豚》）

中篇小说

通往天堂的最后那一段路程 ············· 109
（选自"战争"系列小说集《首战告捷》）

一九九九年十二月三十一日·················145
（选自"十二月三十一日"系列小说集《十二月三十一日》）

长篇小说

遗　弃（节选）·····················209
一个影子的告别（节选）···············255
白求恩的孩子们（节选）···············287
空　巢（节选）·····················309
希拉里、密和、我（节选）··············347

短篇小说

上帝选中的摄影师

我儿子一家移民加拿大的那天晚上,我梦见了我这一辈子见过的第一个外国人。我以前曾经多次想起过他,但是却从来没有梦见过他。他的样子一点也没有变,我依然觉得很亲切。他是住在县城那座小教堂里的传教士。他也是一个摄影师。他经常到我们村子里来拍照。他特别和善,也特别喜欢跟我们玩和逗我们玩,这一点与中国的大人们很不一样。他让我们围在他的身边看他拍照。他也给我们拍照。村子里所有的孩子都很喜欢他。而他对我的意义更是非常特别,因为正是在他的鼓励下,我第一次按下了相机的快门。那感动了我全身心的声音定格了我的一生。我后来也成了摄影师,而且曾经为两种对立的社会制度服务。我的作品既为我带来过无数的荣誉,也给我带来了终身的羞耻。

我们不知道他来自哪个国家。大人们有的说他是美国人,有的说他是法国人,还有人说他是新西兰人。但是,因为我在那样一个特别的夜晚梦见了他,醒来之后,我怀疑他是加拿大人。他的样子真是一点都没有变,与我记忆中的完全相同。我梦见的是他最后一次到我们村子里来的那个天色阴暗的下午。他是来向我们告别的,因为日本人很快就要从武汉南下打到我们这一带来了。那时候,我们村子里有将近一半的人家都已经逃离。我爷爷也在安排家里人做逃离的准备。

那是一个天色阴暗的下午。我躺在村口的老樟树底下,想象着我们将逃往的"外面的世界"。突然,我看见传教士从村子里走出来。他一边摆弄着手里的相机,一边回头朝村子里张望,好像有点依依不舍。我坐起来,向他打了一声招呼。他兴冲冲地跑过来,用他很难听懂的汉语告诉我,他这是最后一次到我们村子里来了。我突然有一阵意想不到的伤感:不是因为从此就见不到他了,而是因为从此就见不到他手里的相机了。传教士好像看懂了我的心思。他举起相机,对着村外旱裂的农田调整了一下焦距,然后他让我和他一起端着相机,然后他将我的手指放在快门按钮上,然后他鼓励我轻轻往下一按。

那感动我全身心的声音将我带进了神魂颠倒的状态。这时候,传教士示意我站起来,靠到老樟树粗糙的树干上。然后,他将相机的皮套从肩上取下,挂到我的脖子上。接着,他后退几步,举起了相机。那是他在我们的村子里最后一次举起他的相机。他拍下了我被自己第一次按下的快门声音感动得神魂颠倒的全身。

两个星期之后,我们也在爷爷的带领下逃离了我们位于湘鄂边境的祖居。我们先是一路南下。在长沙的一位亲戚家住了将近一个月之后,我们又改为向西逃亡。长沙的亲戚建议我们到溆浦去落脚,但是,我爷爷在路过新化的时候得了一场大病。病愈之后，他决定我们就停在那里。这一停就是六年。日本投降之后，我爷爷带着大部分家人迁回祖居去了。而在路过长沙的时候，我父亲突然宣布，他决定带着我们这一家人留下来，留在那里生活。我后来才知道是名扬四海的那三次长沙会战让他对那座城市产生了强烈的归属感。

父亲的这个决定决定了我的一生，因为我们住的那条街的拐角处有一家生意兴隆的照相馆。沉默寡言的照相馆老板注意到了我对摄影的浓厚兴趣，收下我做了他的徒弟。我非常勤奋又很有天赋，手艺进步飞快。在我十八岁生日的那一天，师父看着我刚为一位富商拍出的遗像，充满感慨地说我完全可以自己开业了。但是，我告诉他，我对开照相馆没有兴趣。我有更大的志向。我的志向是做一个真正的摄影师，一个记录历史的摄影师。这志向植根于我第一次按下快门时的那种神魂颠倒的状态。我的志向让师父的脸上出现了罕见的不安。"你有罕见的天赋。"他说，"只是不知道上天还会不会给你那样的机会。"

没有想到"那样的机会"很快就降临到了我的生活之中。大概就在四五天之后吧，一位年轻的军官带着他看上去有点胆怯的妻子和他们刚满月的儿子来到了照相馆。他们要拍一张"全家福"。年轻的军官想请我的师父为他们拍，而我师父却说我拍得比他更好。年轻的军官看了他漂亮的妻子一眼，然后扶着她的肩膀走进了我的镜头。坐下之后，年轻的军官对我的每一道指令反应得都非常热情，而他妻子的反应却始终都很机械。在我正准备按下快门的时候，年轻的军官突然说他们的照片要加急冲印，因为他马上就要回前线去了。原来这是一个即将分散的家庭，我心想着，稍稍迟疑了一下才按下了快门。我还从来没有为这样的家庭拍过"全家福"。

第二天傍晚，年轻的军官独自来取照片。他对我的摄影水平大加赞赏。他说他的妻子对这张照片也一定会非常满意。他接着又说，以这样的水平，我应该到南京或者上海去发展。我重复了与师父说过的话。我说我不想庸庸碌碌地靠拍照来活着，我说我的志向是当一名记录历史的摄影师。年轻的军官没说什么就离开了。但是大约半个小时之后，他又急匆匆地跑了回来。他问我是否愿意随他一起去前线。他说他那位好大喜功的军长一直都想物色一位年轻有为的摄影师来记录将让他名垂青史的战绩。他说一场与共产党的决战已经迫在眉睫，我在前线一定会大开眼界，大有作为。我父亲不支持我的冒险，但是也并没有阻止我的行动。而我师父认定这就是上天赐给我的"那样的机会"。他不仅给我提供了路费，还让我带上那架我用得最上手的相机。第三天，我就跟着让我称他为"马副官"的年轻军官上路了。

那是三年前结束逃亡生活之后的第一次出行。没有想到，我的兴奋却只维持了很短的一段时间。在九江转乘轮船的时候，我的情绪就开始发生了变化。内战带来的破坏和恐慌好像比前面那场战争带来的更大。满目疮痍的景象让我对自己记录历史的志向产生了一点怀疑和动摇。马副官对"外面的世界"也没有什么兴趣。一路上他只有一个话题，就是他漂亮又胆怯的妻子。他说他非常非常爱她。他说她是他的生命。

他说等战争结束了,他就要将她接到南京去住。他说他们还要生两个孩子。他说他希望其中的一个是女孩,他说她一定长得像他妻子一样漂亮。

前线的状况也远不如我想象的那么壮观和刺激。尽管好大喜功的军长几次将我带到了前沿阵地的战壕里,我还是没有体会到惊心动魄的感觉。我对自己的志向产生了更深的怀疑和动摇。不过,我并没有退缩。从到达的当天起,我就开始认真地工作。我拍下的前线积极备战的照片不断在国统区的报纸上发表。它们不仅大大地满足了军长的虚荣心,也提高了他在同行中的地位以及各大战区将士的信心。军长多次向马副官表示,我是他那次长沙探亲之行的最大收获。他甚至授予了我一个"上尉"的虚衔。

我带着这纯粹的虚衔和越来越重的厌倦情绪继续记录历史。但是就在这时候,历史却对我提出了更高的要求:它要求我用我罕见的天赋来"创造"历史。我一生中参与过两次这样的"创造"。它们带给了我终身的羞耻。我的第一次"创造"就以我在蒙城附近拍摄的那一组"六千战俘"的照片为标志。

那是发生在最后那场恶战之前十天的事情。那天清晨,我被召到军部的时候,操场的中央居然坐满了解放军战俘。一队由军长从南京请来的摄制组正在拍摄一部宣传片,宣传我军在四天前的那次战役中俘获了"六千战俘"的战绩。马副官要求我也同时拍一组照片来配合宣传。可是,操场上明明只有六七百名战俘,为什么……我有点迷惑不解。而马副官先是冷冷地回答说,将所有的战俘全都押上来不安全。接着他又恭维说，以我的水平，用这六七百名战俘就足可以拍出"六千战俘"的效果了。

那部纪录短片因为漏洞太多，最后没有公映。而从我拍的那一组照片上却看不出任何的漏洞。它们被认为"真实地记录"了我军抓获解放军"六千战俘"的辉煌战果，在国统区的几家大报同时登出，取得了"长我军士气灭敌军威风"的特效。而解放军一方面动用所有的宣传手段攻击国民党造谣惑众，另一方面又不敢低估这一事件所造成的"极为恶劣的影响"，他们"摧枯拉朽"的进攻因此被推后了整整四天。

我参与"创造"的历史并没有能够改变历史。三个星期之后，好大喜功的军长被击毙在决战的战场上。而马副官的左上臂也负了轻伤。我看着他溃败下来的狼狈样子，知道历史已经不再需要我来记录。我扔下心爱的相机，挽着马副官吃力地往小河的南岸方向逃去。多年之后，我曾经在军事博物馆的一个展室里再次看见了我一辈子用得最上手的相机。它被当成了那次著名战役的"战利品"。

我们化装成平民逃出了解放军的包围圈。然后，我们朝西南方向逃去。一路上，马副官还是不停地谈论自己漂亮的妻子。他说她如果看到了他手臂上的伤口一定会心疼得要去亲吻它的。还有一天晚上，他感叹起"成事在天"的铁律。他承认说"六千战俘"事件是军长一手策划的。他承认说那六百多名战俘中其实只有五十名是真正的解放军战俘，其余的都是我们自己的士兵装扮的。马副官无法接受自己效忠多年的军队迅雷不及掩耳式的溃败。而更让他无法接受的还不是战场上的失败。停留在南昌的第三天傍晚,马副官在我们住的客栈的门口遇见了一位从长沙来的亲戚。他告诉马副官,大约一个星期前,他的妻子带着他们的儿子与一位布店老板家的少爷私奔到香港去了。这晴天霹雳将马副官当场击倒在地。

随后的夜晚和白天,我一直守护在马副官的床边。但是第二天的深夜,我实在是顶不住了,就趴在他的床沿上睡着了。惊醒之后,我发现马副官已经不在床上。他在枕边留下了一张字条。他说他已经厌倦了尘世的生活,准备去九江附近的那座著名寺庙出家了。

我独自回到了长沙。我又回到了我师父的身旁。我向他讲述了除"六千战俘"事件之外的所有经历,我一生中唯一一次作为战地记者的经历。听完我的讲述,表情凝重的师父交代我,千万不要再向任何人提及去前线为国民党军队拍过照的事,更不能说还得到过一个"上尉"的虚衔。"失败者的历史是不应该记录的。"他意味深长地说。

所以,那一天马副官又出现在照相馆的时候,我师父很不高兴。马副官说,一个月前,他所在的寺庙毁于敌对双方的炮火中。他因此只好重返尘世。他来照相馆的目的是想请我翻拍和放大那张他曾经大加赞赏的"全家福"。他告诉我,他现在避居在一位亲戚家,等局势稳定了之后会出来找一份工作。他说自己是受过良好教育的人,而建设新社会一定需要许多像他那样受过良好教育的人。我只瞒着师父偷偷去看过马副官一次。我给他送去了一些日用品和一点零花钱。我注意到他将那张放大的"全家福"贴在了床边的墙上。这样，躺在简陋的窄床上，他就可以平视曾经躺在自己身边的妻儿了。他说他每天都在想念和等待着他的妻儿。他相信他的妻子有一天会被那位少爷抛弃而重新回到他的身边。他当然没有等到。他等到的是五名军管会的干部。他们没有向他出示任何证件，也没有询问和核对他的身份就将他带走了。一个星期之后，我在报纸上读到了马副官被当成"双手沾满了人民鲜血"的反革命分子而被镇压的消息。

马副官的下场让我极度恐惧。而我师父却因为马副官的下场为我松了一口大气。"人证不在了。"他说，"你现在要知道，你从来就没有去过前线，更没有得到过那个军衔。"尽管如此，我每天还是忐忑不安。我烧掉了自己在旧社会拍过的所有照片和它们的底片。我销毁了所有的物证。就这样，我记录过和创造过的历史就都不再是历史了。尽管如此，我每天还是忐忑不安。我想着自己曾经多次握过马副官那双"沾满了人民鲜血"的手。我担心，总有一天我也会像他一样突然被一群陌生人带走，带到行刑队的枪口前。

没有想到那群陌生人带来的却是另一个机会。那一段时间，我们每天都会接待不少的解放军官兵。有几个小战士甚至对拍照发生了浓厚的兴趣。他们好奇我怎么可以将解放军进城的场面拍得那样威风那样壮观。我指着墙上的照片向他们解释说突出的效果是可以通过巧妙的构图和光圈与快门速度精准的配合以及适当的暗室技术来取得的。有一天，小战士们带来了一位不苟言笑的军官。这位被称为"王代表"的军官环视了照相馆墙上那些歌颂新社会的照片之后,问我愿不愿去长沙城里最大的报社去工作。

我还没有反应过来,我师父就替我回答说当然愿意。我从此就进入了新的社会体制。我为这个体制留下了不少真实的历史记录。但是,让我暴得大名的并不是这些"真实"的记录,而是我参与"创造"的历史。那是一九五八年的秋天。我凭借着自己的摄影天赋第二次参与了历史的"创造"。

那一天,报社的领导突然通知我与另一位同事一起去参加全国摄影记者代表团在河南的实地考察。我们与来自全国的同行们在郑州集合。这时候我才知道,河南全省已经有五个县的"小麦丰产试验田"放出了"卫星",我们要分三批去见证这些人间的奇迹。我和我的同事被幸运地(现在想来应该是不幸地)分到了去放出了最大"卫星"的那个县。我们的责任极为重大。那"亩产四万斤"的"卫星"将通过我们的镜头震撼全国广大的读者。

所有前来参观和考察的人都只能站在两百米以外的地方观看人间的奇迹。我们也不例外。与我同行的记者中没有任何人对浓密得连老鼠都钻不进去的"丰产试验田"提出质疑。他们大概都像我一样,想到的只是如何将照片拍像、拍好、拍出"大跃进"的效果和激情。

我的照片首先由我们自己报纸的头条发表,接着又被广泛转载,最后据说还得到了伟大领袖的赞扬。这全国性的热烈反响将轰轰烈烈的"大跃进"推向了新的高潮。我为此多次受到表扬和嘉奖。报社的领导在一次全社的大会上表扬我从一个旧社会的小学徒成长为了新社会的大记者。他说这本身就是一种"大跃进"。他说我用手里的相机创造了新时代的历史,也就是说,在这个大放"卫星"的时代,我也同样放出了一颗必将载入史册的"大卫星"。

我的这第二次"创造"本来很快就有可能受到历史的惩罚。但是,政治风云变幻莫测。在一九五九年的庐山,本来准备的反"左"意外地变为了反"右"。历史又一次拯救了我。或者说,世界人民的大救星用他不可思议的政治谋略再一次拯救了我。

但是,我最终还是无法逃脱厄运的网罗。那位与我一起去拍"卫星",却没有任何照片见报的同事一直都非常嫉妒我的成就。"文化大革命"刚刚开始,他就带头贴出了我的"大字报"。他不知道从哪里找到了我为马副官拍的那张"全家福",攻击我是"美化刽子手的奴才"。这当然已经是一顶不小的帽子了。而如果他知道了"六千战俘"事件,我将立刻上升为"刽子手的帮凶",我的下场将不会与"刽子手"的下场相去多远。

我在一九六七年的夏天以"反革命罪"被判刑十二年。坐牢期间我见过不少奇怪的犯人:杀害了亲生儿子的教授,发表过"反党言论"的文盲,收听过敌台广播的少年,猥亵过妇女的妇女……而最让我觉得不可思议的是始终与我同牢房的"疯子"。大家都叫他"疯子"。我进去的时候,他就在。我出来的时候,他还在。没有人知道他是什么时候进来,又是因为什么进来的。就在"林彪事件"传到我们牢房里来的那一天，从来没有正眼看过我的"疯子"突然凑到了我的跟前，笑嘻嘻地对我说："我知道，你一共抓了六千俘虏。"他的话把全牢房的人都逗笑了。可是，我没有笑。我惊呆了。我不知道一个与我素不相识的"疯子"怎么会"知道"我与历史的关系。这是我至今都不理解的"知道"。它让我对生活充满了敬畏和恐惧。

在就差一个月刑满的时候，我的案件被确定为是"错案"。我有幸被"提前"释放。报社的领导在我出狱的当天就来家里看我。他们提起了后来在北京工作的"王代表"临终前对我的关心。报社的领导问我还想不想"重操旧业"。我不假思索地说经过这么多年的劳动改造，我的手关节都已经变形，相机肯定是端不稳了。这是我对他们的推脱。这也是我对命运的推脱。我马上注意到这其实也正是报社的领导们所希望听到的推脱。于是，他们就用充满关怀的语气告诉我，他们可以将我安排在报社的资料室里工作。

我每天埋头于报纸、杂志和书籍。我以为我与历史的关系（或者说冲突吧）就此结束了。没想到就在我准备退休的那一年，我会又一次遭遇历史的荒谬。事情起因于我们报社的一位年轻记者想对我做一个专访。他提到了"大跃进"中的那张著名照片，又提到了我因"错案"而遭受的迫害等等。我开始也是极力推脱，我说我成为那张照片的摄影师纯属"巧合"。年轻的记者似乎很理解我的顾虑。他说人们现在都已经"告别革命"了，不会再用过去那种简单的方法去解读历史。更何况，他说，我们这些过来人有义务让年轻的一代了解那个疯狂年代的疯狂。我不知道自己为什么居然会轻信一位年轻记者的这些说法。

对我的专访引来的是无数义愤填膺的读者来信:一位年轻的大学生说我是极左势力的帮凶,完全不应该被提前释放;一位著名的学者指责我谈论过去的口气没有任何忏悔之意,对整个社会会造成不良的影响;一对右派夫妻说我那张照片是今天中国造假之风的滥觞,要求我向全国人民公开道歉……还有一位中学女教师甚至来到报社的收发室当面控诉我的罪行:她说她的父亲在"大跃进"的高潮中带着他的卫星梦离家出走了。她说是我的照片让她的父亲成为了"大跃进"的牺牲品。

我因为这轩然大波而提前退休了。退休之后,我连门都不敢出,都不愿出。我憎恶自己经历过的历史。我更憎恶自己的记忆。我想借着生理机能的衰退,将我经历过的历史彻底遗忘。

最让我感觉内疚的是我的厄运影响了我儿子的身心健康。他在我入狱之后才降临人世。他第一次是在监狱的探视室里见到自己的"父亲"的。他得不到同龄的孩子们能够得到的荣誉和快乐。他先天营养不足,后天发育不良。他一直都很孤僻。他一直觉得他不属于自己生活于其中的世界。我想,这应该是他最后决定移民加拿大的最重要的原因。我万万不会想到,这竟是一个如此宿命的决定。它竟会再一次将我卷入令我神魂颠倒的记忆。

我儿子在宣誓入籍之后曾经邀请我去蒙特利尔与他们同住。开始的那一个月，我感觉很不习惯，不仅不习惯那里过于干燥的气候，还不习惯他们一家人的生活状况。曾经只亲我现在却一点都不亲我的孙子尤其令我失望。他甚至连汉语都不愿意说了，他甚至对中餐都没有胃口了。刚刚进入第二个月，我就对我儿子说我想提早回去。他似乎不是特别当真。他笑了笑说我不应该整天都闷在家里。"去马路上看看各种肤色的行人吧。"他建议说，"还可以去图书馆翻翻报纸和杂志。"

离我儿子住处不远的山脚下就有一个以艺术类图书著称的图书馆。接下来的三个星期，我几乎每天午休起来之后就会去那里消磨时间。我估计了一下，觉得可以在回国之前翻完那里的一整架摄影方面的书籍。

那个天色阴暗的下午……或者说那个天色"同样"阴暗的下午，我翻开了那本《加拿大摄影史》。那本书以文字为主，图片不多也不大。我缓慢地翻动着书页……突然，我看到了那棵老樟树，以及那个脖子上挂着相机皮套的孩子……天哪！那个神魂颠倒的孩子！

我翻到刚才漏掉的前面一页，那里有一张本节介绍的摄影师的头像。他与存留在我记忆中的年轻的传教士并不十分相像。在同一页的左下方，还有一张我们村子外旱裂的农田的照片。我好像又听到了我按下的那第一声快门……这就是我一生中拍下的第一张照片吗？

我又将书页翻过来。我好像又回到了那个天色阴暗的下午……或者说那个天色"同样"阴暗的下午。我抚摸着那个神魂颠倒的孩子。我好像能够感觉到他对我的抚摸的感觉。我急于想知道照片下面那一行字的意思。正好有一对中国母女从我身边走过。我叫住了她们。自豪的母亲让她与照片中那个男孩年龄相仿的女儿翻译给我听。小姑娘清脆的声音立刻将我带进了那神魂颠倒的往昔。

"上帝选中的摄影师"……这是一个多么荒诞的神话！对我这样一个不断被历史抛弃的摄影师来说，这是一个多么荒诞的神话。

我从来没有告诉过我儿子在他们移民加拿大的那个夜晚我做的那个梦。我也不知道该不该告诉他在山脚下的图书馆里意外地看到或者说注定要看到的这荒诞的神话，这与他的命运紧密相连的神话，这与我的命运紧密相连的神话。

历史中的一个转折点

She dwells with Beauty——Beauty that must die.
Ode on Melancholy
John Keats

黄营长接到命令，他的部队要在刚刚夺下的这座城市里休整三天。这道命令与最初的计划相冲突。最初的计划要求他尽快夺取地图上位于他的正北方，距离他现在的位置大约四十公里的那座小镇。那座小镇位于两个中部省份的交界处。小镇的南面有一条大约六十米宽的河流，河面上有一座大约五米宽的小桥。历史曾经多次光顾过那座小镇和那座小桥。而再过两天，那座小桥将再一次成为历史中的一个转折点。最初的计划要求黄营长率领他的部队趁敌军阵脚大乱，一鼓作气，冲过那个转折点，去翻开历史新的一页。"决不要给敌人喘息的机会。"团长在战前动员会上很坚决地说。可是现在，要部队休整的命令已经折叠在黄营长上衣左边的口袋里。黄营长刚刚向他的部队传达了这个命令，并布置了一系列相应的安排。这时候，只有那极少数想到了团长战前动员的下级军官提出了为什么要给敌人喘息之机的问题。黄营长没有理会他们的提问。他干脆地回答说："这是命令！"而对那些疲惫不堪的士兵们来说，这突如其来的命令无疑是一道福音。他们中的大多数人并不知道或者也不想知道这场战争的意义是什么以及他们的目的地在哪里。他们现在只是想好好睡一觉,好好吃一顿,好好玩一通。他们对历史中的转折点没有任何兴趣,他们也没有兴趣在那座千年古镇里去翻开历史新的一页。

黄营长却以为自己知道战争的意义是什么。但是,他也并不完全知道部队的目的地在哪里。他不知道两天以后,在冲过了那个转折点,并且夺取了那座古镇之后,他的部队将怎样行动。他们是继续北上呢,还是转而东进?西征是不太可能的。在这个国家的历史上,西部通常都只是退守避让之地。而他的部队,这支从广州开拔出来的部队,一直都是处于势不可挡的进攻状态之中的。他们要北上夺取政治的中心或者东进夺取经济的中心。黄营长知道,如果继续北上的话,他们所代表的观念将会遭遇棘手的政治局面,而如果转而东进,他们的军事实力又会遇到极其严峻的考验。这在他那一级官员的头脑里几乎是一种常识。而不管北上还是东进,都不是黄营长本人可以做出的选择。他只能够等待,等待又一道新的命令。但是,如果两天以后,他的部队无法冲过那个历史转折点的话,黄营长就很清楚自己的目的地在哪里了。在开拔之前提到那种可能性的时候,他的团长态度非常坚决地说:"老子毙了你。"

黄营长同样也不知道他的部队为什么要在这座刚刚夺下的城市里休整。尽管他和他的士兵们都已经相当疲劳了,但是四十公里的急行军外加一场强攻战对于一支被胜利冲昏了头脑的部队来说恐怕还不是太大的问题。黄营长从一开始就认为，他的部队应该打进那座小镇上之后再做休整。他盼望着早日冲过那座小桥，冲进那座小镇。他的这种盼望带有很强的个人目的，因为那座小桥和那座小镇珍藏着他的一段复杂的记忆。五年前的那个夏天，黄营长在那座小镇上住过一个星期。他的主人是他的同班同学。他们刚刚从北京大学毕业，深受新文化的影响。他们几乎每天傍晚都到小桥上去散步。他们俯在小桥的护栏上讨论西方的历史和东方的未来。当然他们谁也不知道他们脚下的那座小桥五年以后又将被东方的历史光顾，成为历史中新的转折点。现在，黄营长距离那座小桥只有四十公里了。他不想停下来，不想人为地推后进攻的时间。已经五年了！黄营长不愿意自己与那座小桥相隔更长的时间。这五年来，黄营长一直将那座小镇想象为一面神奇的镜子。通过它，他可以看到还没有遭受人间烟火熏染的自己。可是他无论如何也看不到他的那位大学同学了。他们在那个下着小雨的正午在小桥的正中分手。在随后的日子里，他们一直保持着有规律的通信联系。但是，他的那位同学在信中流露出来的情绪越来越糟了。他不仅抱怨家庭的清规戒律，也抱怨自己的身心状况。读着那些来信，黄营长对与自己心心相印的同学充满了担忧。那位感情极为细腻的年轻人出生在小镇上最富的人家。他独断专行的父亲是家庭里的主宰。家庭里的一切都要由他来决定。两年前，父亲突然告诉儿子，他已经安排他与小镇上那位盐商的女儿成婚。儿子的异议引起了父亲的盛怒和压制。结婚一年零四个月之后，黄营长的同学升格成了父亲。但是，这年轻的父亲在儿子满月的前一天就忧郁地离开了人世。他的最后一封信是在他死后才寄到黄营长手上的。他在信中并没有提到死神已经在朝他逼近，但是，他很消沉。他写道，如果社会不发生剧烈的变化，他的儿子肯定跟他有着同样的命运。他说他不知道一代又一代人的这种同样的生活到底有什么意义。令黄营长感觉天翻地覆的死讯是他从一个月以后收到的另一封信中获悉的。独断专行的父亲在信中告诉黄营长，极度的忧郁已经夺去了他心心相印的朋友的生命。父亲的文字充满了自责和懊悔。他说如果自己没有为儿子包办那样一场不幸的婚姻，他肯定不会这么早就失去自己心爱的儿子。接着，他告诉黄营长，儿子在临死之前一再表示要将年幼的孩子托付给黄营长，他说在这个世界上只有黄营长会将那个孩子当成自己的儿子看待。独断专行的父亲在信的最后提到了黄营长在小镇上住过的那一段经历，他说他从那个时候起就对黄营长有很好的印象。他希望黄营长今后就将他们的家当成自己的家，经常"回"小镇上来看看。

黄营长比他的那位同学幸运多了，因为他没有那样一位独断专行的父亲。黄营长的家庭由他的母亲负责管理。她是一位心地善良的女人，在一九二〇年（黄营长毕业回家的前一年）就受洗成了一名天主教徒。她的丈夫从不料理家事。他整天都在他们大宅院东南角的那间小屋里跟他那群无所事事的朋友斗蛐蛐。在黄营长毕业回家以后，每遇到重大的事情，这位心地善良的女人总是会跟自己唯一的儿子商量。这其中包括黄营长自己的婚事。在结婚之前，黄营长已经多次见到过他未来的妻子了。那个十六岁的女孩同样出自一个笃信的家庭。她苗条纯情，既符合黄营长从新文化运动之中吸收过来的关于"美"的标准，也激起了他本能的强烈反应。因此，他接受了母亲周到的安排，与他那位同学在同一年结了婚，也像他那位同学一样在同一年做了父亲。不同的是，黄营长现在还活着，而他的那位同学已经被埋在早已经选好的墓穴里了。五年前，当黄营长在小镇上度过他学生时代最后那个暑假的时候，他的那位同学曾经带他去看过他们家族的墓地。他还指着为自己留出的墓穴对黄营长说："那就是我的长眠之地。"他告诉黄营长他的墓穴在他刚满四岁的时候就已经选定了。"从子宫到坟墓，人的一生就是这么简单。"黄营长感叹说。从小桥这边望去，位于小镇西南角的山坡上密密麻麻的墓碑尽在眼中。每天傍晚，黄营长和他的那位同学站在那座小桥上谈论世界的时候，那些远处的墓碑就如同是历史和未来的注脚。河水从桥底下流过，静无声息。

良好的家庭环境使黄营长得以保存自己的理想、善良以及他不愿承认的内心的脆弱。他是一个理想主义者。学识渊博的白教士也是这样评价他的。那个懂得迦勒底历法的意大利人有一次去香港向他所属的米兰外方传教会汇报教务的时候，邀请黄营长一起前往。他当着主教大人的面就是这样评价黄营长的。也许正因为是一个理想主义者，黄营长接受了白教士多年的教诲却始终没有成为一名天主教徒。他总是能够发现上帝与他自己的理想之间的冲突。他经常对《圣经》

中的故事和结论有许多的疑惑。白教士对黄营长的疑惑总是极为耐心地倾听，并且极为耐心地解答。但是白教士的回答很少能够令黄营长满意和信服。与白教士讨论《圣经》不是令黄营长感觉愉快的生活片断。他们相处的愉快得益于西方十六世纪以来科学的巨大成就。白教士对各种科学原理的独到见解令黄营长兴奋不已。他好像又回到了那激动人心的学生时代，回到了激动人心的北京。源源不断的知识与深入浅出的探讨为黄营长的理想提供了极为丰富的营养。虽然黄营长从来也不是特别清楚自己的理想究竟是什么，他却非常清楚自己是一个理想主义者。

黄营长一家的乐善好施也远近有名。每年的盛夏和严冬，总有一群群固定的难民来到他们家的门口。他们向黄营长的母亲诉说与前一年几乎完全相同的灾情。黄营长的母亲会马上招呼用人们拿出大米和衣服施舍给他们。用人们知道这些难民中的绝大多数只是长年在外行乞的"职业"乞丐，他们总是想方设法不让黄营长的母亲知道他们的到来。看到那些乞丐从远处的小山坡上走下来，用人们就会将黄营长的母亲哄进宅院里最深的那几间库房，并且故意大声说话或者造出各种响声，想用室内的喧闹盖过那些乞丐一起用筷子敲击饭盆和茶缸的声音。用人们的招数很难将黄营长的母亲哄住。她与那些乞丐好像有天然的默契。她从来都没有错过过他们的到来。她从来不会让他们空手而归。难民们一遍一遍地重复同样的灾情时，她总是面带着微笑，认真倾听。而用人们对那些乞丐的恶劣态度总是会受到她温和又幽默的指责。

黄营长继承了母亲的善良。他从毕业后回到家乡的第一天起，就像是一个温文尔雅的绅士。连那些新来的用人们也对他赞不绝口。比如说长工阿虎吧。在来到黄营长家之前，阿虎从来就没有得到过或者感到过别人对他的尊重。可是在黄营长的身边，他时时刻刻都能清楚地感到来自自己主人的尊重。这种对人格的尊重更突出地表现在精神的方面。有一次，阿虎说他想学习认字。黄营长很快就为他编出了一个识字课本，并且在每天下午午休起来之后，亲自教他认字和写字。还有一次，阿虎说他想知道天主是怎么一回事，黄营长马上就给他讲起了他自己还将信将疑的《创世记》。看到阿虎听得出神，黄营长又决定每天晚上临睡之前都为阿虎讲几个《圣经》里面的故事。听着听着，阿虎说他也有点想入教了。这个想法让黄营长稍稍觉得有点奇怪，但是他还是很快就把阿虎带到了白教士那里，并且旁观了他的受洗……还有一次，那是更让黄营长吃惊的一次：他吃惊自己的人文教育会在那样短的时间里取得那样神奇的效果。那是一个阳光明媚的上午。刚刚从河边挑了一担沙子回来的阿虎放下扁担之后突然很认真地问黄营长，他经常说的"美"到底是什么意思。阿虎认真的表情让黄营长大吃一惊。他觉得那好像是这个刚刚认识了一百六十个汉字的年轻人苦思不得其解的问题。黄营长当然不可能直接说出他在大学里学到的那些关于"美"的定义。他稍稍想了一下，指着自己心爱的妻子说："你看我们家的少奶奶，她就是美。"阿虎当然不敢顺着黄营长手指的方向去看正坐在走廊的尽头捧读着《圣经》的少奶奶。他只是目不转睛地盯着黄营长充满自豪的眼睛。他好像懂了又好像还是不懂"美"的意思。

黄营长完全不知道自己对美的迷恋正好是自己内心脆弱的标志。他在新文化运动的躁动中感受着美。他在妻子的恬静中感受着美。他还在理想的神圣中感受着美。他的理想使他终于决定要再一次离开家乡。他的母亲知道他的一切。她当然知道他要去哪里,要去做什么。她不想他去,但是却没有阻止他去。她只是恳求自己的儿子不要把自己的去向告诉任何人。这个心地善良的女人憎恶一切形式的暴力。在她看来,没有任何战争是正义的,战争是暴力的极限。而精明的白教士虽然不知道这个理想主义者很快就会要成为"黄营长",却也毫不费力地就猜出了他感觉亲近的年轻人到底要去哪里,要去做什么。他不愿意让黄营长知道自己已经猜出了他的去向。他将准备送给黄营长的那本棕色封面的《圣经》交给了他的母亲。那是他从米兰的一位古董商那里买来的。白教士悄悄告诉黄营长的母亲,那本《圣经》经历过许多次战争,许多的磨难,"可它最后还是幸存下来了。"白教士那意味深长的话语令黄营长的母亲泣不成声。黄营长温顺的妻子在与他分手的一刹那也流下了眼泪。她不知道自己的丈夫这是要到什么地方去,去做什么。但是她感觉得到,他这是要去很远的地方,而且会去得很久。她甚至隐隐约约地感觉到了他要去做的事情充满了诡异和危险。她看着黄营长越来越远的身影,内心深处又出现了那一阵暴烈的空虚,就像在刚刚过去的凌晨当黄营长用从没有过的疯狂亲吻她的乳头时一样。他们的孩子用右手紧紧地搂着她的脖子,将脸狠狠地埋在她的肩膀上。他已经开始会说话了。他用很低的声音说:"爸爸,你回来。"他的声音那样低,就好像是他怕被离自己幼小的身体越来越远的父亲听到。

　　黄营长的部队正在刚刚夺下的这座城市里休整。他不知道为什么上司会突然命令他的部队在这里休整。他最开始猜测也许是因为他们的推进过于顺利了。一路上,黄营长的部队没有遇到出发前设想过的任何困难。事实上,他们比预计的时间提前两天进入了这座城市。如果不休整三天,他们反倒有可能打乱整个战役的进度。可是他的副官却并不这么看。他提醒黄营长,折叠在他上衣口袋里的是一道充满了私欲的命令。"有人嫉妒你了。"他提醒说,"他们不想让我们的部队抢了头功。"黄营长是一个理想主义者,他完全不可能接受这种庸俗的解释。"在这场战争的后面还有一场战争。"他的副官继续说,"你看吧,那场战争迟早也是会要爆发的。"黄营长也不可能接受这样的预测。他拍了拍副官的肩膀,示意他不要沿着这种"阴谋论"的思路继续走下去。"你不知道这一休整会令我们下一次进攻的损失增加多少倍吗?"副官非常激动地说。这个现实的问题打动了黄营长。他深深地叹了一口气。

　　第二天傍晚,团部随主力开进了这座城市。团长立即召集战前会议,宣布"明天中午"按照团部制定的最新作战方案,由黄营长率领的先头部队配合主力部队向小镇发起进攻。黄营长感觉有点突然。"不是说要休整三天吗?"他问。团长不太耐烦地解释说他原来没有估计到大部队这么快就能够赶到。接着，他强调了争取时间的重要。"决不能给敌人喘息的机会。"他很坚决地说。黄营长听到坐在一旁的副官发出了一声很夸张的冷笑。

在讨论完作战方案细节的时候，团长突然想起了什么，向自己的副官做了一个手势。团长的副官马上给黄营长递过来了一个信封。"很久没有收到家信了吧。"团长微笑着说。黄营长礼貌地欠了欠身子，接过了让他感觉很亲切的信封。这时，团长又开始大谈旧的军事纪律以及新的赏罚条例。会议室里弥漫着一股骚动不安的情绪。

黄营长撕开信封，读起了他母亲写来的家信。他的脸突然涨得通红。他的脸色又很快变成了铁青。他的双手激烈地抖动起来。他的眼睛瞪得比任何时候都要大……黄营长在极端紧张的情绪中读完了这封意想不到的家信。最后，他好像是想把信撕碎，但是他又没有那样做。他茫然地扫视了一眼乌烟瘴气的会议室，然后把信小心折好，小心放回信封，然后又将信封小心地塞进上衣右侧的口袋。他稍稍迟疑了一下，站起来，走了出去。

黄营长的副官一直在旁边注意着黄营长表情的变化。他非常不安，但是他并没有跟黄营长一起出去。他知道黄营长需要自己安静一下。重新回到座位上来的时候，黄营长的确显得平静多了。不过，他依然湿润的眼眶也很容易就被他的副官看出来了。他知道黄营长刚才在外面并不安静。他凑近黄营长，低声问："要不要先回去休息一下？"黄营长很冷漠地摆了摆手。

接下来,黄营长度过了他一生中最痛苦的夜晚。他没有脱去外衣就在床上躺下了。但是,他翻来覆去,无法安静。他生平第一次看到了自己内心的脆弱。他责问自己为什么不敢拍案而起,又为什么不敢当众撕碎令他分崩离析的家信。他生平第一次承认了自己内心的脆弱。他羞愧难当。他痛不欲生。他绝望地坐起来,蜷缩在油灯的阴影中。他全身发冷。他无法让自己的大脑安静下来。他忍不住又从上衣口袋里翻出了那封家信。他一遍又一遍地翻读着那封家信。眼泪浸湿了他冰凉的双颊,浸湿了他布满灰尘的军装。黄营长在这个最痛苦的夜晚做出了他一生中最重大的决定。在做出这个决定之后,他仍然(或者说更加)相信自己是一个理想主义者。他看了一下时间:凌晨三点五十二分。再过一小时零八分,部队就要开拔了。再经过五个小时的急行军,他率领的先头部队就将出现在历史转折点的面前。黄营长的决定使他自己完全平静下来。他开始祷告。这是他一生中的第二次祷告。第一次发生在他得到他那位同学死讯的那天深夜。他为那饱受折磨的脆弱的灵魂祈祷。他的这第二次祷告同样为的是一个饱受折磨的脆弱的灵魂。那是他自己的灵魂。那曾经是一个幸福无比的灵魂,可是它被母亲绝望的叙述推进了绝望的深渊……与第一次祷告时一样,那座小桥始终都漂浮在黄营长的脑海之中。他现在距离那座小桥还有四十公里。他现在知道那座小桥在大约十个小时之后将成为历史中的一个转折点。而在五年以前,他并不知道历史会走到这一步,他当然更不知道他自己会走到这一步,或者说"只会"走到这一步。现在,他知道了这一切……他要用自己这人生当中的最后一次祷告将自己送进"美"的天堂,只有"美"的天堂。

第二天黎明时分部队朝那座小镇开拔。忧心忡忡的副官看着表情变得非常神圣的黄营长更加忧心忡忡。但是,他没有多想,他也不想多问。先头部队一路顺利。在离那座小桥大约一公里远处的一个山坡上,黄营长指挥他的士兵们为团长搭起一个临时指挥部。团部和主力在三个小时之后也赶到了。团长按新的作战方案将主力分成三个梯队。第一梯队与黄营长的队伍一起作为进攻的先锋和主力。第二梯队和第三梯队负责增援和保护团部的安全。在进攻开始之前,团长再一次强调了这次战役的重要性:这是一次只能胜不能败的战役,它是一场旨在统一全国的伟大战争中的关键部分,是历史中的一个转折点。"如果败下阵来,"团长用枪口指着黄营长的鼻子说,"老子就毙了你。"

战斗结束之后,黄营长的副官在小桥上找到了黄营长的尸体。击中黄营长太阳穴的子弹从弹孔的形状判断,很容易知道是从近距离射出的。副官没有将黄营长中弹的这一细节写在他关于这次战役的报告之中。他在庆功会之前已经被正式任命接替了黄营长的职务。他指挥他的士兵们将黄营长的尸体埋在小镇西南角朝向河面(朝向黄营长故乡方向)的山坡上。那是一个风景秀丽的墓区。黄营长的副官觉得自己迷恋美好事物的上司能够在那样的地方安息对他们两人都是一种安慰。黄营长从来没有向自己的副官提起过他曾经在这座小镇上住过一个星期的经历。他一直想把这种与死亡和忧郁纠缠在一起的记忆全部留给他自己。因此，黄营长的副官完全不知道在离黄营长简陋的坟墓一百五十米左右的地方埋葬着他心心相印的朋友。他当然也不会知道黄营长这位朋友的儿子在去给他毫无记忆的父亲扫墓的路上很可能要从黄营长的坟墓前经过。他当然更不会知道黄营长的这位朋友在临死之前表达了想请黄营长充当那个孩子监护人的遗愿。经过这一场恶战，这风景秀丽的墓区里突然出现了太多的新坟。这些新坟既是历史的排泄物，又是丰富历史的养分。如今，历史终于翻开了新的一页。新营长站在黄营长的坟墓旁对新的副官说："太可惜了！他没有能够走进过这座注定要进入历史的小镇，实在是太可惜了！"

　　为黄营长清点遗物的时候，黄营长的副官在他上衣右侧的口袋里找到了那封令他非常好奇的家信。他小心地将信从已经被血染红的信封里取出来。他吃惊地发现，信已经被撕成了两半。他想起了黄营长在战前会议上的那个想做却没有做出的动作。他突然意识到黄营长在即将过去的这一天里显得非常神圣的精神状态事实上是一个极度痛苦的不眠之夜的结果。他突然意识到就是在极度痛苦地将信撕成了两半之后或者之前，黄营长做出了那个神圣又致命的决定。

　　黄营长的副官将信拼接起来，透过信纸上不均匀的血迹，他读到了如下的内容：

　　　　……她走了，她说她没有脸再……他看到了……可怜的孩子，他到现在还没有开口说话……你父亲也快不行了。你知道他以前从不管家事，但是这一次他就好像……他说他要亲手杀了"那个畜生"（主原谅我引用他的话）。他已经派人四处去寻……"那个畜生"居然是趁她在做祷告的时候冲进了你们的房间，犯下了这暴行的……他还是受了洗的人啊。……我其实早已经看出了他的魔鬼嘴脸，但是……都怪我太善良。善良是一种罪啊……不知道还有什么在等着我们……真希望你能够早点回来……

　　从这些断裂的文字，黄营长的副官大概知道了将黄营长推进深渊的"暴行"的性质，尽管他并不清楚"那个畜生"是谁以及他与黄营长本人有过什么样的关系。毫无疑问，自从他们北上之后，黄营长家乡的生活发生了不可思议的变化。这是黄营长没有料到也无法接受的变化。这也是黄营长和他的家庭无法抗拒的变化。那"暴行"只是这变化的一种典型表现。它摧毁的不仅仅是黄营长心中的"美"，它也摧毁了黄营长的理想和他对生活的信念。

　　新营长将黄营长的遗物（连同这封血迹斑斑的信）包在一起，托他自己的副官送到小镇上的邮政代理所去邮寄给黄营长的母亲。副官回来以后告诉自己的上司，他感觉邮政代理所的那个人好像有点熟悉黄营长家的地址，也有点好奇收件人为什么是黄营长"之母"而不是黄营长本人。黄营长的副官并没有在意这个不可思议的发现。他刚刚接到一道紧急命令，部队马上又要开拔了。他要指挥这支在这次战役中损失了五分之二的兵力的部队朝长江方向挺进。

　　当新副官在交寄那件包裹的时候,他填下的收件人的住址正在被一场大火吞没。这是当地日益高涨的仇教活动的最高潮。因为与仇教活动的领导者结下了深仇,大宅院的女主人已经接受白教士的建议,带着她因为目睹了那"暴行"而失语的孙子避居到香港去了。而病入膏肓的男主人仍然在病床上绝望地等待着自己的儿子回来。他带着报仇雪恨的怒火与留守大宅院的三位老用人一起葬身于由"那个畜生"亲手点燃的大火之中。

流动的房间

我们每个人的记忆中都有一座神秘莫测的城市。那座城市养育过我们的欲望和激情,又让我们惶惑,让我们焦虑。那座城市很可能是我们记忆之中最后的防线。它捍卫着生命最后的尊严。当时间的洪水没过这道防线,死亡就将接踵而至,生命就将蜕变成虚无。

关于那一座城市,我们也许有非常复杂的记忆……我们也许还记得穿过城市的河流以及从河流上驶过的那些破旧不堪的货船。我们也许还记得城市周围绵延不断的群山以及群山中那些被砍伐的森林。我们也许还记得城市里错综复杂的街道以及在街道上来来往往的人群,表情呆滞的人群。我们也许还记得,还记得城市错综复杂的历史以及被不断革命的风暴扫荡得无影无踪的历史的踪影……

在我的记忆中,这一切都已经黯淡了。我记忆中的那座城市不仅失去了它的历史,也与现实脱节。我已经无法在记忆中确认它的方位和格局。我甚至没有把握它是否真的存在过或者它是否曾经存在过。依然漂浮在记忆之中的只有那些房间,那些流动的房间……那是时间海洋中的孤岛。我能够清楚地看见自己在那些孤岛上的身影。我经常会对自己与孤岛的关系着迷,不知道究竟它是我的居所还是我是它的居所。我也经常会对那些出现在不同孤岛之上的"我"着迷。我知道,那每一个"我"都是怎样的不同呵……可是,语言简化了我的生命和感觉,它用一个代词囊括了"我"。而我还要忍受着这简化的屈辱,去捍卫生命最后的尊严……有时候,我真的希望这记忆最后的防线能够迅速被时间攻破,我想尽快摆脱掉所有关于生命的疑惑。没有想到,这防线竟是如此的稳固,许多年之后,那些流动的房间依然在我的记忆中缓缓地流动……

……
……的房间
堆满书的房间

在这陌生的房间里我几乎没有陌生的感觉,因为这是堆满书的房间。房间被书架环绕着。书架上的书摆放得非常随意。与东面的一侧书架平行摆放着一张简陋的单人床。床上也码放着一些书,而床底下塞满了各种开本的杂志。我刚走进这陌生的房间。除了书和樟脑的气味以外,我立刻就还嗅到了欲望的气味。也许是这种气味使我几乎没有陌生的感觉呢?!我觉得自己好像曾经来到过这里,并且曾经在这里获得过复杂的生命体验。这种亲密的幻觉突然令我感觉有点尴尬,好像我即将经受一场生命的蜕变。

我战战兢兢地走近那些书。我觉得只有走近那些书，我的尴尬才能得到抑制。书是我的乐园、药片或者避难所。书是终极的安慰。我总是能够从自己读过的书中辨认出自己。我也总是能够从别人读过的书中辨认出别人。现在，我有点不知所措的身心特别需要这种安慰。

我的手指从书脊上滑过。一开始，它滑动的速度十分急切。可是突然，我意识到这滑动很像是抚摸，手指立刻带上淡淡的伤感，滑动的速度减缓下来。是的，我正在抚摸的不是堆满了房间的书，我正在抚摸这堆满书的房间。除了书以外，这房间里还有无数裸露的角落和空隙……最重要的，这房间里还有人——房间的主人。如果我的手指能够触摸房间的每一个角落和空隙，它也就将触到房间主人的皮肤，触到它的干燥、它的潮湿、它的坚硬、它的松软，触到它与时间的耳语。不，我不能够放纵自己的手指。我减缓了它滑行的速度。但这好像还不够，好像还不能消除抚摸引起的不安。我伤感地将手指从书脊上移开，用目光代替它的滑动。房间里微弱的灯光增加了我目光的浓度……好，我看见了佩雷克的《人生拼图版》。我知道有人将它与《尤利西斯》相媲美。我还隐隐约约记得卡尔维诺对它的赞誉。在这本书的第五十七章，作者用前四段详细地描写了一个波兰美女在巴黎的房间。她的床头柜上摆放着一本侦探小说。小说中，X杀了A，法官知道这一点却无法给他定罪。接着，一个政府官员杀了B，这一次，X却被怀疑、被逮捕、被审讯、被定罪、被处死。这本小说本身就是一本生活的指南……摆在它旁边的是一套《观堂集林》。不，这是不完整的一套，它缺了第二册。在书架的另一个角落也许可以找到那一册。我记得那一册里有《殷卜辞中所见先公先王考》。我们最远的祖先被精密的考证复活了。远去的生活最终都变成了零散的符号。而今天的生活则被进一步简化，简化成轻浮的数码。生活总是在抛弃生活……好了，下面一本是卡尔维诺的《文学机器》，他的那个文论集的英语本。其中有一篇纪念巴尔特的文章。那篇文章发表于一九八〇年的四月九日。四月九日正好是那个与我关系最为密切的人的生日，所以我对这篇文章特别留意。在文章的第三段，卡尔维诺描述了十几天前躺在棺材里的巴尔特的模样。那位符号学大师细腻的思想究竟会不会因为死亡而停止？死亡是生命的"零度"……在不远的地方，我看见了著名的《罗马革命》。这本书强调了联盟在罗马政治生活中的重要性，也充分肯定了人的复杂性。有一张一九八三年四月四日的《泰晤士报》的剪报夹在书的第二百页到二百零一页之间。那是一份关于这本书作者学术生涯的详细评价。是谁将剪报夹在了这本书里？有太多关于书和阅读的谜……它的旁边居然是纳博科夫的《说吧，记忆》。这本自传一开始就告诉我们，我们的存在不过是两次永恒的黑暗之间一道短暂的光线。与生前所处的黑暗相比，我们更惧怕生活将我们引向的黑暗。

我还想继续辨认下去，一个很诱人的声音打断了我。那是房间主人的声音。"你为什么不看看我呢？"她动情地问。

我回过头去的时候，她正好将转椅转过来。她裸露的身体完全展现在我的面前。那是一道强烈的闪电。我刚才嗅到的欲望的气味被点燃了。"我还以为这是从书里面发出来的声音呢!"我故意用平淡的口气说,想克制住自己激情的膨胀。说完,我转过身去。我以为欲望的烈焰会在知识的海洋之中自动熄灭。

"不,你应该看着我。"房间的主人说。

她诱惑的声音又让我转过身来。我故意用冷漠的表情面对着她。我开始用挑剔的目光审视她有点单薄的身体。我好像听到了自己挑剔的评价:她虽然有很显眼的乳头,却没有丰满的乳房。在她的左肩下方有一颗大得已经失去了魅力的黑痣。她的身体上几乎找不到饱满的线条。灯光又进一步破坏了她皮肤的质感。我想用挑剔来抵制欲望的冲击。这是最后的机会。

房间的主人注视着我的注视。她完全没有被我的挑剔击退。她显然已经探测到了我身体和灵魂深处的骚动。她从我冷酷的目光里看出了欲望的光泽。突然,她放声大笑起来。她笑出了眼泪。她的笑声令整个房间都颤动起来,令我颤动起来。

我冲过去,双膝跪在地上。我将头紧贴她的身体。我开始亲吻她的小腹。在我的嘴唇刚刚接触到她的一刹那,她的身体剧烈地抽动了一下。这抽动好像是提升欲望能级的磁场。越过两个身体之间狭窄的缝隙,时间获得了一种新的形式。

我用不同的力度亲吻她的小腹。我不想再受理智的滋扰。我想让自己在这亲吻之中窒息。但是,房间的主人并没有让我窒息过去。她用力捧起我的脸,用充满诱惑的声音说:"我们到床上去。"

我将她抱到了床上。我的身体碰到了码放在床上的那些书。我还没有来得及调整好自己的姿势,我们的位置关系就发生了变化。房间的主人巧妙地翻转到我的身上,激情地在我的身体的胸部摩擦她的脸颊和嘴唇。这种摩擦没有明显的节奏,但是有很强的力度。它的力量好像不是来自她的激情,而是来自我的欲望。我知道我的身体已经强硬无比,我知道我的身体已经不再属于我自己。她的呼吸和呼唤都证实了这一点。"我要吞下你的强悍。"她气喘吁吁地说。

她吞下了我的强悍。她诱人的尖叫声让我更加强悍。那样的尖叫声不可能单纯来自那样单薄的身体。它来自我们欲望的纠缠和身体的碰撞。"我这是在知识的海洋里遨游。"我得意地说。她好像没有时间理睬我的玩笑。她稍稍停顿一下,然后继续她诱人的尖叫。"我这才知道了什么叫'知识就是力量'。"我继续得意地说。

房间的主人轻轻松开了她的手。"你能不开玩笑了吗?"她接着说,"你这样会妨碍我对快感的专注。"

"这不是玩笑。这是骄傲。"我说。接着,我抓紧她的手,示意她继续抱紧我,将我抱得更紧。"需不需换一种姿势?"我接着问。

"现在我是你的奴隶。"她温顺地说,"一切都由奴隶主来决定。"

可是,我已经无法也无需改变姿势了,因为她已经接近兴奋的极点。我只需要利用现有的优势就可以将她推上巅峰,将她的极点锁定。

那风光无限的巅峰真是让我领略了知识的力量……我不知道我们的身体是怎样分开的。在我们的身体分开之后,房间的主人很严肃地坐了起来。她的双手合抱着隆起的双腿,头轻轻地靠在膝盖上。她问我想不想知道她的感觉。我抚弄着她的脚趾,说当然想知道。

"我觉得自己是一个征服者。"房间的主人激动地说,"而且是最伟大的征服者。"

我不是太理解她身份的逆转,刚才她还是"奴隶",现在就成了"征服者"。

"我征服了时间。"房间的主人继续说,"第一次有这样的感觉。"

现在我懂了:我们的身体之间有二十年的差距,可是这种差距并没有隔绝我们的欲望,并没有成为我们登峰造极的障碍。

"我将永远感激这个夜晚,感激你。"房间的主人说,"你给了我新的生命。"

这感激没有冲淡我突然感到的一种迷惘。时间是无法征服的。我这样想,但没有这样说。

"到了我这种年纪,你肯定也会有'再生'的渴望。"房间的主人说。

我的人生就是从这堆满书的房间或者说从它博学的主人开始的。可是在那个激情的夜晚之后,我没有再走进过那房间,也没有再见过房间的主人。我想念那些熟悉的书。我想念那张凌乱的床……我甚至想念那诱人的尖叫以及那欲望的气味。可是,我没有再走进过它。我觉得我一定是因为恐惧什么才没有再走进它。我恐惧什么?

……
……的房间
没有家具的房间

　　这没有家具的房间里其实有一件非常显眼的家具:一张宽大舒适的床。我躺在深绿色的床单上睡着了。房间的空旷和宁静令我做梦。我梦见了一座没有街道的城市。那座城市由无数相通的房间联结而成。一个人总是有可能从一个房间经过一条不重复的通道抵达另一个房间。一个人一旦进入了这网状的城市就永远不能再离开。我梦见我在这座城市里行走。我很快发现我能够达到的最远的地方就是我的出发点,我的"原处"。所有的房间都是一样的大小,都没有家具。房间与房间之间靠照片相区别:每个房间里都挂着一张不同的照片——这个世纪最引人注目的那些女性的照片。这些女性之中,时间上距离我最近的是戴安娜和莱温斯基。因为这些照片,在这座城市里行走就好像是在这个世纪的一种特殊的历史中行走。我在这座迷宫一样的城市里行走……可是,还没有达到最远能够达到的地方,我的行走就被打断了。一只温情的手将我推醒。"你又说梦话了。"我的妻子问,"你做了什么梦?"

"我梦见了一座城市。"

"一座城市?"

"一座城市。"

"可是你在喊人。"

"谁?"

"很多人,都是女人。"

"有你吗?"

"如果有,我就不会推醒你了。"

"如果不推醒我,你肯定会听到你的名字的。"

"你也想要我做梦吗?!"

我有很多话想说:关于感情,关于厮守,关于欲望,关于未来……可是,我不想再说下去了。已经十年了,我们在一起的生活已经十年了。这种生活可以简化为一张床,或者说可以简化为这张床。这张宽大舒适的床。我将这房间称为是"没有家具的房间"其实就是为了要突出这张床。床单从来都由我妻子选择。而床单的颜色是选择的焦点。她有一天很神秘地告诉我,她是根据自己的欲望来选择的床单的颜色的。她说床单的颜色就代表着她自己欲望的颜色。我从来不知道欲望还有颜色。而更让我费解的是,我们床单的颜色正好可以用来标志我们婚姻生活的不同阶段,就像毕加索的一生可以用不同的颜色来概括一样。

她最初选择的是一块白色的床单。我们躺在床上就如同躺在云上。我们好像拥有天空的宽广。嫉妒离我们很远,孤独离我们很远……我们对床的理解与生命中任何痛苦或者敏感的角落都没有瓜葛。我们的记忆也像床单一样纯净整洁。当然,我们对身体和激情也没有认识。我们的身体只是通过突如其来的需要(难道这就是她说的欲望?)连在一起。我们往往手忙脚乱,经常半途而废。我们的联结从来没有快感的巅峰,也没有幽默感的点缀。我们以为这就是生活。我们不会感觉孤独。

后来,我们躺在一块黄色的床单上。那如同金秋的大地。这大地任我们翻转,任我们起伏,任我们伸延。这时候,我们开始尝到了寻找欢乐的乐趣。我们开始在意身体的强度和耐力。我们用登峰造极的快感来向时间挑战……总之,我们在床单上留下了欲望的记录。神奇的是,对"满足"的见识让我们开始遭受不满的折磨。也就是在这个阶段,床成为了复杂的暗示,它有时候会指向别处,指向我们的想象,指向想象中的另一张床。我们变得极度敏感。生活中的任何一点迟疑和停顿都会引起我们的警觉。我们会沿着想象的暗道进入对我们自己充满敌意的时间和地点……又一个来历不明的折痕,又一阵来历不明的严肃,又一句来历不明的评价……我们会计较"满足"中的任何一点缺损。我们什么都会计较。

后来,我们换上了一块深红色的床单。这时候,我们进一步探明了生命的奥妙。而孤独的感觉突然也变得如此地张狂。它不仅在我们的床上,它还附着在我们的时间上。我们不知道是这孤独感让我们懂得了生命的奥妙,还是因为懂得了生命的奥妙,我们才遭受着孤独感的折磨。我们开始求助于端详和被端详。我们开始沉醉于端详和被端详。我贪婪地端详着流畅的头发、清晰的鼻梁、柔顺的嘴唇、光滑的肩膀、热烈的胸部以及越过腰部的线条。接着,我的端详会在摊开的大腿上停留一会,然后,再缓慢地移向双腿接合的地方。那里是令我心醉神迷的花园。我痴迷地端详着花园的门户,直到欲望的甘泉突然浸湿了我的目光。

现在,我们换上了这深绿色的床单。这时候,我们对什么都变得无所谓了。我们开始调侃我们自己,从我们的相处一直到我们的身体。敏感已经成为时间的牺牲品。轻松又猥亵的幽默解构了欲望的尊严。我们甚至开始谈论我们的分离,因为端详已经无济于事了,因为紧跟在孤独感之后徘徊在床单上的是无聊的感觉。那一天,我问我的妻子,在我们分开之后,她会怎样生活。其实我有点恐惧她的回答。所有我能够想象到的回答都是对我的伤害,因为……因为我知道,我根本就无法容忍她的离开。

而我妻子的回答是我没有想到的。她说,如果我离开了她,她就会离开我。她的语气很平静,她的回答很干脆,就好像她说出的是一个深思熟虑的结果。

"这是什么意思呢?"我不是很相信自己的理解。

"我会去死的。"我妻子说。

我极为恐惧自己理解的正确。"为什么?"我问。

"我会的。我会的。"我妻子说,"我会去死的。"

"为什么?"我问。我不知道她为什么要用这样的回答来伤害我。

……

……的房间

没有光的房间

  我开始并不知道这从来都是没有光的房间,尽管我走进去的时候,里面是一片黑暗。房间的主人拉着我的手,将我领到一张椅子旁,"你可以坐下来了。"她说。黑暗中的声音显得特别沉闷。

  我坐下来了。那只牵着我的手慢慢松开。我想抓住它,但是没有抓住。"喂,你还在吗?"我紧张地问。

  没有人回答。

  "你还在这里吗?"我继续问。

  还是没有人回答。

  "这是什么地方?"我接着问,"我什么也看不到啊。"

  还是没有人回答。

  我站起来。我想顺着刚才的记忆,找到门的位置。

  这时候,黑暗中荡起了一阵抽泣声。

  "怎么回事?"我对着声音传来的方向问:"这是怎么回事?"

  仍然没有人回答。

  我沿着抽泣声慢慢移动脚步。我碰到了什么。我蹲下去,摸到了一只脚,接着又摸到了另一只脚。"是你吗?"我问。

  还是没有回答。

我顺着小腿摸到了弯曲的膝盖。我马上意识到抽泣者正坐在什么地方。我将手伸过去，很快就摸到了一张床。我站起来一点，也坐到了床的边沿上，并且轻轻地靠着抽泣者的身体。"你这是怎么啦？"我问。

"我想家了。"抽泣者说。

"为什么会突然想家了呢？"我又问，"是因为我吗？"

"与你有什么关系？！"抽泣者有点粗暴地说。

我觉得我不应该多问。可是，抽泣仍在继续，在黑暗中继续……怎么才能够制止住这似乎是不会结束的忧伤呢？我不得不再问一次。"那么，"我问，"是因为这黑暗吗？"

"我已经习惯它了，"抽泣者冷冷地说，"这房间里没有灯。"

"你不喜欢灯光吗？"我吃惊地问。

"连阳光也没有。"抽泣者说，"因为这里也没有窗户。"

我的身体颤抖了一下。我从来没有见到过不喜欢光的人。我从来没有走进过没有光的房间。因为在任何时间里都没有光亮，我永远也不可能知道这房间的形状和室内的布置。我感到自己现在已经与时间绝缘了。我只能通过语言和触摸来把握生命的"进度"，来标示自己的"活着"。"这是什么地方呢？"我急切地问。我希望自己至少能够有一点点方位的概念。"这是我的家。"抽泣者回答说。

对我来说，"家"是没有方位的概念。抽泣者的回答不能消除我的疑惑。"你刚才说你想家，"我问，"你想的就是这里吗？"

抽泣突然停止了。"你在嘲笑我。"抽泣者轻松地说。我突然意识到她的声音非常迷人。

谁嘲笑你呢！我心想，我在嘲笑我自己。我为什么会走近一个陌生人，跟她说话，又跟着她走进了这没有光的房间？我在嘲笑我自己。有很长一段时间了，我一直有一种原始的冲动：我想去尝试亲密之外的接触。我想理解陌生与亲密到底可以有多么大的重叠。我想知道我的渴望之中，哪些是可以满足的，哪些是不可以满足的。总之，我想了解边界：关系的边界、时间的边界、亲密的边界、距离的边界、身体的边界……我因此才走进了这没有光的房间。一开始，我并没有怎么去注意这陌生人的长相、举止和气味。我以为接踵而至的是一个漫长的夜晚。我以为我有足够的时间借着或明或暗的灯光去端详去品尝。我没有想到她会将我带进这样沉重的黑暗。现在，我们的周围只有黑暗。她消失在这黑暗之中，我消失在这黑暗之中，所有的边界都消失在这黑暗之中。这沉重的黑暗甚至使我的嗅觉也失去了它本能的敏感。只有语言和触摸在呵护着我的感觉。我有不安的预感。我预感等待着我的是虚无，如黑暗一样深不可测的虚无，因为我无法辨认"经过"的痕迹。我在笑话我自己呢！这没有光的房间埋葬了我原始的冲动。

抽泣者也许已经注意到了这一点，因为在她停止抽泣之后，我的身体已经没有再紧靠着她的身体。她将手放到我的大腿上。"你为什么不碰我？"她说。

"你还是一个孩子。"我说。刚才在走近这没有光的房间的时候,她告诉过我她的年纪。我痛苦地颤抖了一下:我们年龄的差距对我是一个隐喻。

"我从来都不是一个孩子。"

"这是什么意思?"

"我没有童年,没有家……我什么都没有。"

抽泣者的回答让我更加虚弱。所有的这些"没有"就是她拒绝阳光和灯光的原因吗?"我比你大了整整二十岁呢!"我说。

抽泣者挖苦地笑了一下。"比我大五十岁的人都想碰我。"她说。

"我不想。"我说。

"为什么?"

"我——我不能。"

"为什么?"

"因为……"我犹豫了一下,还是不想说出我的理由。

"那你为什么要走近我?"抽泣者不满地说。

"开始我的确想。"我说,"可走进这房间之后……"

"你不习惯这黑暗?!"抽泣者说,"你害怕?!"

我不想告诉她黑暗其实只是部分的原因,让我恐惧的还有我们年龄的差距。我不可能向她提起那间堆满书的房间以及那种"再生"的渴望。

"可是我习惯了这黑暗,"抽泣者说,"而且我需要这黑暗。"

抽泣者饱含诗意的说法让我有点费解。"为什么会'需要'?"我问。

"它让我看不见人的嘴脸。你知道吗?"抽泣者说,"我讨厌人的嘴脸。"

我还能再说什么呢?!我站起来,肯定地说:"把我带到门口去吧。"

走出这没有光的房间的时候,我回头看了抽泣者一眼。"谢谢你告诉我你为什么会想家。"我说。

室外微弱的光亮投射在抽泣者表情严肃的脸上,"我告诉你了吗?!"她冷冷地说,好像有点迷惑不解。

……
……的房间
浓缩着历史的房间

一开始,我并没有将这房间想象成是一间浓缩着历史的房间。我走近它。我穿过想象为欲望布置的各种各样的场景……可是,一走进这房间,我马上就进入了另外的时间:欲望隐退了,而历史却凸显出来。我注意到书架上那唯一一排中文书几乎全是历史书,其中甚至有两种我从来没有听说过的偏远县镇的"地方志"。很快,我就知道了:她是为了告别才邀请我走进这浓缩着历史的房间的。我可以在这房间里停留大约两个小时。

这房间此刻显得很零乱:床铺上、书桌上、沙发上都堆满了东西。床铺旁边有两口敞开的皮箱。皮箱里面也很零乱。

她已经在这个城市里生活了三年。一星期以后,她将回到家乡伯明翰去。

她将沙发上的一些东西转移到床铺上,为我们两人腾出了一块能够坐下的地方。我们坐下了。我们从来没有在这么近的距离里坐下来过。我们之间几乎没有距离。我们的膝盖不小心就会轻轻碰在一起。我能够感觉到她的呼吸。我相信她也能够感觉到我:我的呼吸甚至我的不安。我借助意志的支撑才敢正视她的目光。而她身上淡淡的香水气味很快就摧垮了我的意志。我尴尬地低下了头。我知道,我的感觉突然变得非常敏锐。我要用这敏锐在两个小时之内记忆下这房间的全部魅力,包括它最神秘的气息。在我看来,每一个房间都有它最神秘的气息,也就是它特殊的魅力。那是每一个房间里最柔软的地方。那里也许最明亮,那里也许最黑暗……但是,那一定是最柔软的地方。那种柔软有时候会超出视觉甚至触觉的感知范围,固执地等待着心灵的发现,细腻和脆弱的发现。那种柔软深根在记忆的最深处,时间的浇灌将使它更加柔软……我想知道这房间最神秘的气息与我们的相遇有什么关系。第一次,我们在博物馆的展厅相遇。我们之间隔着一副水晶棺罩,那里面躺着一具汉代的女尸。目光越过这历史的遗迹将我们连接在一起。然后,我们一起穿过了另外几间展厅,从这个文明古国的过去一直走到了它的现在。她对这个国家的了解令我吃惊。她了解它的过去,甚至我自己一点都不了解的那些过去。她甚至还了解这个国家对它自己过去的误解。这是我的祖国啊!她关于我的祖国的知识对我既是一种侮辱又是一种无法抵抗的诱惑。它引诱我走近她，走近她……这是走近未来，还是走近过去？

我尴尬地低下了头。我等待着她的声音或者说她的反应。我等待着这房间最神秘的气息。她终于说话了。她说她读到了我的信。她说我对她的赞扬令她感动。还有我对她的欲望呢？！我急不可耐地想，她为什么要避开那封信最重要的内容？我的欲望在信中表达得非常清楚。我说我希望我们的相处不会因为距离而中断，不管是地理上的距离：欧洲和亚洲；还是文化上的距离：西方和东方；或者信仰上的距离：她恪守的教义和我沉醉的生活……我希望所有这些距离都不会阻碍我们的相处。她没有回避我引起的话题。她接着说，我们不可能有更深的交流。她说她的心灵是一个坚固的堡垒，它所要"抵制"的正好是这个她极为熟悉的国家。她说我们有过的交流将随着她的离开而中断，我们不可能有更深的交流。她说历史已经刻画了她与这个国家关系的边界。她说我们其实早已经越过了这个边界。她伸出手来，用弯曲的右手的食指擦去我的眼泪。我没有想到我以为自己拥有的优势其实正好就是劣势。绝望的感觉窒息了我。我绝望地抓住她的手，将它轻轻地压在我的嘴唇之下。她容忍了我的再次"越界"，没有马上将手抽开。可是，当我想将她整个的身体拉近我的时候，她用另一只手挡住了我。"不，不要做。"她微微后仰着身体，用口音很重的汉语说。

在这五个月的交往过程中，她跟我讲过很多故事。她所有的故事都是用汉语讲述的。只是在实在找不到合适的汉语词汇的时候，她才会用英语辅助一下。我原来一直以为，她这是为我做出的选择。直到走进了这房间，直到她让我知道了她的"抵制"，我才意识到她对语言的选择完全是出于她自身的需要。她需要非母语的表达，她需要表达的障碍。选择用汉语讲述历史是她的一种姿态，是她对那种历史的"抵制"。

我努力记下了她讲述的一切。它们是我这五个月以来日记的主要内容。她的讲述按时间的顺序进行。最开始，她讲到十九世纪最后那几年中的一些事情。一批英国人在那个南部偏远省份的西部地区传教。他们建立了四十多处教堂，发展了大批教徒。可是在一八九五年六月的一天，当地一个信奉素食的组织纠集一百多暴民攻击了传教士们建造在深山里的度假村。他们高举火把冲进那几间平房，用菜刀砍死了那个试图反抗的男教士和两个女教士，然后点火烧死了正在熟睡的六个孩子和看护他们的那两个女教士。唯一幸存的女教士后来为这一事件写下了一段证词，其中描述了她目睹五个暴民同时用菜刀砍杀一个女教士的情形。

她后来又讲到发生在一九二五年的一些事情。她讲到在那个中部省份里的一个小镇上，那座有三十年历史的教会医院在教会内部现代主义运动的推动下获得了很大的发展。原教旨主义已经渐渐失去了活力，"社会福音"成了上帝新的表达方式。那所医院的院长是一位国际知名的肾病专家。他在那里平静地工作了六年。他灵敏地适应着思潮的变革。他的工作得到了教会和当地社会的赞扬。可是，政治的风云突变。几个月以来频繁的示威干扰了他的工作,也令他的精神忧郁。示威者高喊着反对帝国主义的口号,要求一切西方人都滚出中国。在一个深秋的下午,一场小规模的示威突然演变成了对医院的进攻。对这样的发展,院长其实早有预感。他在夏天已经将妻子和儿女送回伦敦去了。他自己也计划在冬天之前离开。他没有来得及离开。冲进医院的示威者怒不可遏。他们将他从手术室里拖了出来,将他拖到大门口的土坪上。院长乞求示威者让他完成正在进行的手术,否则手术台上的那位妇女会痛苦难当。他的乞求更加激发了群众的义愤。他们对他大声呼喊口号。他们要求一切帝国主义者立即从中国滚出去。院长辩解说他自己不是帝国主义者。他在中国所做的只是传教和行医这两件善事。在那个指挥者的示意下,愤怒的人群突然安静了下来。院长认识那个指挥者。他曾经为他做过切割阑尾的手术,根治了困扰他多年的阑尾炎。指挥者将手里的长棍架在院长的右肩上,他要他向全体群众交代他以传教的名义欺骗过多少中国妇女,又用行医的名义侮辱过多少中国妇女。院长当然拒绝交代。这时候,愤怒的指挥者突然面向着群众说:"他不是帝国主义者,还有谁是?"他的愤怒又一次激起了群众的愤怒。接着,指挥者又高叫着说:"我们的那位同胞姐妹宁愿死在手术台上,也不愿继续遭受一个帝国主义者的侮辱。"他还没有说完,愤怒的群众就围了上来。他们用乱棍将院长打死之后,又拖着他的尸体在小镇上继续示威。

她后来又跟我讲起了一件发生在一九三七年初的事情:

一个年轻的英国人受教会的委托重新开办了那家著名的医院。他充满敬意地将死于示威活动中的院长的画像悬挂在正对着医院大门的墙上。可是没过多久，日本军队就占领了医院所在的地区。他们不断骚扰医院的工作，最后终于在一九四三年初将年轻的院长投进了监狱。他们指控他暗地里给中国军队提供服务，认定他犯下了"间谍罪"。年轻的院长在两年之后重获自由，并且继续主持医院的工作。但是五年之后，在共产党夺取了全国政权之后不久，他又再次被当成是西方间谍，被关进了监狱。他六年之后才重获自由，回到了他的家乡。

五个月以来，我一直在记录着她讲述的故事。"你给我带来了一个全新的世界。"我曾经这样对她说。现在，走进了这浓缩着历史的房间，我仍然想这样说。我绝望地看着她。她从容地对我微笑。她对我的欲望的抵制让我伤心。但是不管怎样，我还是无法抗拒对她更深的好奇。我好奇地问她那所有的故事之间会不会有什么联系。如果有的话，我相信，那就是这浓缩着历史的房间里最神秘的气息。她严肃的目光让我终生难忘。她说与中国的关系是她的家族的基因，或者应该说是一种"基因的变异"，一种"遗传病"。她的这种说法突然就让我完全理解了那些故事之间的逻辑以及她对我的祖国的态度。她的解释与我的理解相吻合。她解释说，她曾祖父被杀的那一年，她十岁的祖父因正好被送回伦敦治病，幸免于难。而她祖父的两个弟弟和一个姐姐都成了"度假村"事件的受难者。二十四年后，她已经是知名肾病专家的祖父又来到了中国。他在那个中部的省份行医十年，建立了很高的威望。而当示威者拖着他的尸体在小镇上示威之后的第十一年，她的父亲又在同一个地方将医院重新开办了起来。她说她家族的历史与中国的历史紧密相连，甚至可以说她家族的历史就是中国历史的一部分。她说，对她的家族来说，中国是一种毒品，"它令我们上瘾。"她深情地说。她的家族知道这毒品的危害，却无法割舍对它的沉迷。但是，她的家族成功地抵制了中国人对他们基因的"再次入侵"。"也许我们变异的基因里幸存着一种免疫力。"她骄傲地说。她的家族一百年来成功地度过了那几次"再次入侵"的挑战。这是他们引以为自豪的"家业"。她最后将我的信还给我。她说她不是以她个人的名义拒绝我。她说她代表的是她那个基因变异的家族。

在这浓缩着历史的房间里，现实中的两个小时已经具备了永恒的分量，因为它已经让我嗅到了历史最神秘的气息。

……
……的房间
充满音乐的房间

这房间能够满足我的不同需要：有时候，我来这里寻找刺激；有时候，我是因为遭受了太多的刺激而来这里寻找安慰；有时候，我来这里仅仅是为了让她高兴（当然，这也是我的一种需要）；有时候，我来这里仅仅是因为我不想待在任何其他的地方。

我一直没有这房间的钥匙。我想让我的每一次到来都像是一次"来访"。对一个来访者来说,即将走进的房间总好像隐藏着特别的激情或者秘密,他的每一次进入都好像是一次历险。当然,对于像我这种过于频繁的"来访"者,并不是每一次"来访"都会巧遇值得回味的悬念。

因为没有这房间的钥匙,每一次我都需要按下门铃,然后等待。在等待的那一段时间里,我总是会去想象房门打开的一刹那她将带给我什么样的惊喜:也许她刚刚穿上那件天蓝色的睡衣……也许她依然披着那件粉红色的浴巾……也许她的脸上布满了泪水……也许她会责备我的早到或者迟到……也许她手里捧着我最喜欢吃的蛋糕……唯一无需我想象的是,每一次打开房间,音乐总是迎面而来。也就是说,她带给我的惊喜总是与音乐融化在一起,就好像其中的一段旋律。

这是充满音乐的房间。我们在这里的生活就好像是与音乐对话的另一个声部。我们在这里倾听我们的亲近我们的和谐我们的喜悦……在入睡之前,她会将音乐关得很小,但不会将它完全关掉。这样,我们的梦也能够有音乐的参与。在这充满音乐的房间里,音乐不仅是我们的伴侣,也是一个公开的窥探者。它窥探我们的身体,甚至窥探我们的意识。它甚至还会像"第三者"一样嫉妒我们美不胜收的结合或者骚扰我们意犹未尽的快感。白天的时候,这种嫉妒和骚扰一定会受到处罚。她会对"第三者"皱皱眉头,然后迅速换上一段与我们的激情相应的音乐。而一旦进入睡梦之中,什么也就都影响不到我们了。在睡梦之中,我们总是面对着面,我们的呼吸总是相互渗透,我总是将左手轻轻地放在她右侧的乳房上。这安详的姿势如同生命之中的默契,令我们像天使一样地安睡。

正是这种默契让我们不满足于同居的亲密。我们也许应该有一个家。我们也许还应该有一个孩子。我们想象所有这些,包括我们的新房。"那肯定还是充满音乐的房间。"她肯定地说。我亲吻了一下她的肩膀。我说:"肯定是的。"但是,我没有想到这时候她会突然用双肘撑起身体,很严肃地看着我。"结婚以后,你会不会需要新房的钥匙呢?"她问。她的问题让我非常恐惧:我不敢说不要,又不想说要。"每一次进入都应该像是一次历险。"我嘟噜着说。"你这是什么意思?"她说,"你没有回答我的问题。"

关于"家"的讨论是这充满音乐的房间里出现的唯一不和谐的声音。它暴露了我们内心世界里的一种对立,与恐惧相关的对立。我们都有恐惧,但我恐惧的是过去,而她恐惧的却是未来。我们都将"家"当成是一个机会:我想成家之后,我们就可以一起离开这座城市,摆脱充满困惑的过去;而她相信成家会让我们永远安居在这座城市,不需要再经受未来不安的颠簸了。

这种对立令我们隔膜得如地球的两极,同样寒冷又同样寂寞的两极。我们都痛苦不堪。我们经常在深夜里被寒冷和寂寞惊醒。我们的睡眠开始出现严重的问题。有一天深夜,我惊醒之后，发现她也已经醒了。她用绝望的目光盯着我。"不能再继续那种讨论了。"我对她说。

她压住我轻轻放在她乳房上的手。"原谅我。"她说，"我不想失去你。我觉得只有在我们自己的城市里我才有能力留住你。"

她对失去我的恐惧让我亢奋起来。我慌乱地打开我们的台灯。我想看见她。我想看见她的身体。我想看见她的灵魂。我想看见她的恐惧。我没有想到这时候她会突然贴着我的耳边说："把音乐关掉。"她的呼吸已经变得非常急促。"为什么？"我好奇地问。她没有回答，而是激情地脱去了她的睡衣。我背过手去关掉了音乐。我的眼睛却没有离开她。我贪婪地盯着她粉红的乳晕，那上面已经布满了突起的颗粒。我俯下身去，将整个乳晕都含在嘴里。我用舌尖弹动着她的乳头。我欣赏着她身体欢快的颤抖。像往常一样，她没有发出任何声音。她自始至终都没有发出任何声音。她用沉默呼应我在她身体深处的冲撞。这是激情的沉默。这是沉默的激情。对我来说，这沉默和激情就是这座城市最明显的"地标"。这时候，这充满音乐的房间里一片寂静。只有时间在嫉妒地打量着我们。我突然知道她为什么要我关掉音乐了：她在我们这史无前例的激情中更贪婪我的视觉而不是我的听觉。是的，我已经看见了从头开始的一切。是的，我看见她的面部已经出现了极度痛苦的表情，好像她整个生命都即将崩溃。我知道，这就是激情的巅峰呈现出的奇观，瞬息即逝的奇观。"你不会失去我。"我贴在她的耳边说，"永远也不会。"

……
……的房间
……

  我们每个人的记忆中都有一座神秘莫测的城市。当我们远离了那座城市之后,我们对生命的看法肯定会发生巨大的变化。也许我们依然陶醉于激情带给自己的满足或者伤害……也许我们对岁月的流逝已经变得无动于衷……也许欲望正在引诱我们重返我们的城市……那座城市很可能是我们记忆之中最后的防线。

  经过漫长的生活,我们知道,坚守住这最后防线的希望已经十分渺茫。我们怎么办?是应该选择放弃,还是选择固守?是更应该依赖理性,还是更应该依赖信仰?

  事实上,无论放弃还是固守,都只是死亡的一个注脚。事实上,在经历过那些流动的房间之后,我们就无法选择也无需选择了。这也许就是那座神秘莫测的城市对于我们的意义……这神秘莫测的意义。

"你肯定听不懂的故事"

"你这是怎么了？你好像还是不想出门，就跟昨天一样。我说好了要带你到山顶的树林里去的。那是你最喜欢去的地方啊。告诉我，你这是怎么了？你的表情就跟昨天一样。你是想我继续讲那个故事吗？我真的不想再讲了。我昨天就不应该讲那么多。那是你肯定听不懂的故事，我一开始就警告过你。可我为什么又接着跟你讲了那么多呢？我自己也不知道为什么。昨天讲的那些其实还不难懂。你还记得吗？你好像还记得。是的，我是从我们的相遇讲起的。那是一个星期六的中午，在市中心最大的商场从二层到三层的扶梯上。我上行，她下行。突然，我注意到了她，她也注意到了我。我们的目光像闪电一样缠在一起。就一秒钟。一秒钟就够了。一秒钟就足够了。那是需要我用一生来回报的一秒钟。

我成了她的俘虏。整个过程只持续了一秒钟。一秒钟就足够了。那是真正的'闪电战'。她长得一点都不漂亮，但是她的目光里透出了一种特别的气质。我至今也不知道应该怎样来定义那种气质。也许可以说是'柔弱的冷漠'？！在那之前，我一直觉得冷漠是世界上最强硬的情感，可她的冷漠柔弱得令我痴迷。她好像不属于这个世界。她好像是一个梦或者一个谜。这个谜闪电式地迷住了我，完全迷住了我。我并不知道自己为什么会引起她的注意。她完全是在我注意到她的同时注意到了我。那是互动的一秒钟，交融的一秒钟。它改变了我们的生活。或者说，它成为了我们的生活。在回头盯着她的背影的时候，我肯定那互动和交融的一秒钟永远也不会与我们的生活分离了。她没有回头。但是，她将脸侧过来了一点。她将背影升级成了侧影。我知道，她在用余光延续刚才的互动和交融。

你想起来了吗？她在人群中的消失并没有令我失落，因为我预感我们的相遇并没有结束。你想起来了吗？我的预感很快就得到了证实。那一天的傍晚，我刚走进住处附近的那家快餐厅，目光就被强烈地吸向了最角落里的那张桌子。她坐在那里，柔弱又冷漠。她显然已经吃完。她好像正在等人。她好像正在等我。她特别的气质完全改变了快餐店的气味和气氛。它好像突然变成了令人心惊肉跳的情场。更准确地说，它是突然变成了惊心动魄的战场。我稍稍迟疑了一下，突然，又有重新穿上了军装的感觉。一场新的战争即将开始了。这不是常规的战争：因为我射向'敌人'的将不是子弹而是词语。因为我的词语必须命中却不能致伤，更不能致命。我的目标仍然是'占领'，但不是占领我的'敌人'占领的地方，而是占领我的'敌人'……这是更需要讲究战略和战术的战争。

你应该还记得我接下来讲的那些吧？是的，我没有走向柜台，而是直接走上了'前线'。我在她的对面坐下。她有点脸红，却并没有不安或者反感。我提起我们中午在市中心那家商场扶梯上的相遇。'我们？'她做出吃惊的样子说，'没有印象。'我说她'做'出吃惊的样子是因为我肯定她是在撒谎。这谎言远比真话重要。它暗示的是机会。我抓住了这关键的战机，与她交谈起来。我首先主动暴露自己，这当然是为了诱敌深入。我告诉她我就住在附近，这家快餐厅就像是我的食堂。而她说她是第一次从这里路过，当然也是第一次走进这家快餐厅。接着，我谈起了我的工作和爱好，我相信它们有利于缩短我们之间的距离。我的战术非常成功。她很快也开始提供对称的信息。她说她在图书馆的采编室工作。工作意思不大，却很安稳。她说她喜欢安稳的生活。我们的交谈直到最后才遇到一点'惊险'。在她突然起身准备离开的时候，我匆匆忙忙在一块餐巾纸上写下了我的电话号码。这当然不是我的目的。我的目的是想她也做出对称的反应。两个素不相识的人同一天在两个不同地方相遇，这不只是'机遇'，我严肃地说，这是'缘分'。我没有想到这个词火力过猛。她显然是受惊了。她看上去好像连我的电话号码都不想要。就在这千钧一发之际，扔在旁边桌面上的那张报纸为我解了围。我借用那条醒目的标题，说留下电话号码有利于'可持续发展'。她的反应说明她有起码的幽默感。

    这些都是我昨天跟你讲过的。我现在还清楚地记得那个电话号码。在她离开快餐厅50分钟之后，我用它发起了第一次强攻。接通信号响了很久她才接起电话。我开诚布公，承认中午与她擦肩而过的瞬间就成了她的'俘虏'。她没有放下电话，也没有开口说话。我用同样猛烈的火力发起了第二次强攻。她还是没有说话，也没有放下电话。在拨打电话之前，我反复设想过她对我第一次电话的反应，同时也反复设计过对她的各种可能反应的反应。我设想过刚听到我的表白，她就立刻挂断了电话。我会将这种反应当成是进展，而不是终结。我会再拨通那个号码，不停地拨，直到她终于接起，并且开口说话；我也设想过还没有等我表白完毕，她就破口大骂，骂我无聊，骂我无耻。我同样会将这当成是进展。我会耐心地等她骂完，然后不停地表白，直到她变得心平气和；我还设想过在听完我的表白之后，她会语重心长地规劝我不要有非分之想。这样的反应也会被我当成是进展。我会乘胜前进，直到她停止对我的规劝……但是，既不说话也不放下电话的反应出乎我的意料。这也可能就是她的'特别'之处吧。我担心这就是终结。我有点不知所措。正面强攻的战术显然已经失败，我应该迂回包抄，甚至以退为进。对不起，我说，我不应该冒昧地给她打电话，更不应该这样露骨地表白对她的好感。我的后退立刻招来她的进攻。真没有想到新的战术会如此奏效。是啊，她说，这样的行为绝对不利于'可持续发展'。你听出来了吗？她这是在引用我50分钟前说的话啊！这哪里是进攻，这分明已经是就范！我为自己的'首战告捷'激动得彻夜难眠。

你还记得我昨天讲的这些吗？接下来的是一场持久战：长达11个月的持久战。在这段时间里，我谨小慎微，忍辱负重，随机应变。我明明不喜欢吃甜食，因为她喜欢吃，我就说我也喜欢吃，而且跟着她大口大口地吃；我特别喜欢看NBA，因为她不喜欢看，我就说我也不喜欢看，而且一场都没有看。我为自己纯真的感情说过无数的假话谎话疯话蠢话。她终于情窦渐开。从第一次强攻之后的第152天起，她不再拒绝我在马路上拉着她的手。而那之后的第79天，我想抱她的诉求终于获得恩准。又过了41天，当我在潮湿的夜色中抱紧她的时候，她不再将脸埋在我的胸口，而是抬起来仰视着我。那种仰视令我的身心瑟瑟发抖。我尝试着将嘴唇贴近她的嘴唇。她没有将脸侧向一边。那是我一生中的第一次亲吻。它让我顿时感到了激情的膨胀。就在那天晚上，我第一次梦见了我们的'肉搏'。我曾经在前线经历过三次肉搏。那是真实的战争中最真实和最残酷的部分。那是'你死我活'的二律背反。而出现在我梦中的肉搏就像是一场美梦。我们好像是在空中翻转，因为我们身体的下方没有任何的支撑。可我们却并没有悬空的感觉。我们各自的身体成了彼此依附的大地。我们与这温情的新大陆一起旋转和升华。我们的'肉搏'是充满辩证色彩的'双赢'。

你还记得吗？我昨天一直讲到了这里。我知道这是你肯定听不懂的故事，却还是不停地讲，一直讲到了这里，一直讲过了这里。我们的'肉搏'在一阵放电般的痉挛中结束。那已经是凌晨2点50分。我被那畅快的感觉惊醒了。我毫不犹豫地拨通了她的电话。我想正式向她求婚。我想天一亮就去登记。她几乎是立刻就接起了我的电话。我当然好奇她为什么还没有睡觉。她的回答更让我感觉神奇。她说她'知道'我会来电话。这怎么可能！我不敢相信。我不相信她能够感觉我们在梦中像光线和气流一样的翻转。她没有提到我的梦,她提到的是我们在扶梯上的相遇。她说那一秒钟是我们相距最近的时刻,后来她觉得我越来越远了……我不知道她为什么会有如此'特别'的想法。我当然也崇拜那神谕般的最初一秒钟。但是我觉得后来我们更是在不断地走近,总有一天,我们会像在我刚才的梦中那样难舍难分。我们结婚吧!我怀着最神圣的虔诚恳求说。

她的沉默令我不知所措。我更没有想到,在那么长的沉默之后,她会用冷漠又柔弱的声音说:'不行。'我当然不会将这也看成是进展。'为什么?'我恐慌地问。她的回答让我感觉有点无聊。她说她是残疾人。我真不知道她为什么要开这样的玩笑。她说这不是玩笑。她说她不完美。我说世界上没有完美的人。她说没有人像她那样不完美。她说她的身体有缺陷。'怎么我不知道?!'我有点不耐烦地说。她的回应很冷漠。'因为你不知道。'她说。她说这是真的,她是有缺陷的人。我当然不可能相信她。但是,她为什么要这样说?她为什么不用一个讲得通的理由来拒绝我?

我没有想到接踵而至的竟是她将近两个小时的讲述。'这是你肯定听不懂的故事。'她说。我不喜欢这种乏味的开始。接着,她提到了许多毫无关联的人事和场景。在我就快承受不了的时候,她突然将我带进了她的家庭。这是她第一次主动向我提起她的家庭。她对她家庭的'回避'曾经也被我当成是她的'特别'之处。她的讲述躲躲闪闪,含糊其词。她好像是故意不让我听懂。而且她吐字的速度极快,显然是不想给我留下任何反应的空隙。她讲了差不多两个小时,一直讲到晨曦透进了我的窗帘。直到这时候,直到她突然挂断电话之前,所有那些听起来毫无关联的细节才突然连在了一起。我至今也不相信从她烟雾缭绕的讲述里浮现出来的最后的场面。但是,我听懂了……是的,那时她刚满13岁。是的,当时她正在家里的卫生间里沐浴。是的,他闯了进来。是的,他闯了进去……是的,我听懂了这我至今也不相信的结局。

我昨天一直讲到了这里。你还记得吗?这是你肯定听不懂的故事。我真的不想再讲下去了。我至今也不相信故事的结局,更不相信那样的事会发生在她的身上,或者说,会发生在我的'身上'。听懂了却不相信,这种矛盾的状态改变了战争的节奏和性质。我即将到手的俘虏逃走了。她突然挂断了电话。而我一动不动地躺在床上,躺了几乎整整一天,就像一名阵亡的士兵。但是,我的大脑不仅没有死亡,反而异常活跃。我疯狂地想象着那个最后的场面,所有那些毫无关联的人事和场景都历历在目,它们像带着身体污垢的洗澡水一样汇入了结局的阴沟。

是最初的那一秒钟救了我。在夜幕降临之际,那一秒钟的神圣感觉突然重现在我的心灵中。整整一天野蛮的想象被迅速击溃了。我开始接受她的'残疾',开始理解她的'缺陷'。我开始觉得正是她的'残疾'和'缺陷'造就了她的'特别'。生活对她的伤害猛烈地拉近了我们的距离。我发誓我要用一生来爱她,就像我在最初的那一秒钟感觉的那样。这崇高的爱促使我再次拨通了她的电话。但是她没有接。我不停地拨,一直拨到了'第二天'。她还是没有接。这是自从我对她发起第一次强攻以来从没有发生过的事情。我突然有不祥的感觉：她说我'肯定听不懂的故事'会不会就是她绝望地留下的遗言？我迅速坐了起来。我必须找到她，将她从绝境中拉回来。

就在我刚准备锁门的时候，电话响了。我冲进房间，冲动地拿起话筒。我知道是她，尽管她没有说话。'我爱你！'我对着话筒说，'我们马上结婚吧。'不知道等了多长的时间，我才听到了她的反应。'你真的不在乎吗？'她用我几乎听不到的声音问。'不在乎什么？'我故意用问题来回答她的提问，似乎是在炫耀我的毫不在乎。一个星期之后，我们手拉着手从设在市中心那家商场顶层的婚姻登记处走了出来。

我明明知道这是你肯定听不懂的故事，为什么还要接着讲呢？你看你这么使劲地摇着尾巴，你真的急着想知道接着发生的事情吗？她可没有你这么着急。她那天没有与我一起过夜。她说要等到正式的结婚仪式之后。她说那是她的原则。

我们正式的结婚仪式非常简单。她没有通知任何与她有血缘关系的人，我也没有通知我家里的任何人。我们只邀请了几位要好的朋友过来。在附近的一家川菜馆吃过饭之后，朋友们按照惯例到我们简朴的新房去'闹'了一阵。但是不到11点钟，他们就陆陆续续地离开了。

最后离开的是她最好的朋友。当她送她下楼的时候，我迫不及待地脱去了外衣，迫不及待地将堆放在床上的礼物都移到了沙发上。我站在门边等她，我的身体已经忍无可忍了。她刚推开门，我就迫不及待地将她抱了起来。我将她抱到床上，迅速剥去了她的衣服。总攻的时刻终于到了，我终于能够发起最后的冲锋了。转变成现实的'肉搏'持续了47分钟。那是层次鲜明,完美无缺的47分钟。在高潮到来的时刻，她用颤抖的声音不断感叹她的'幸福'。那颤抖和感叹带给了我极度的虚荣。一场旷日持久的战争终于结束了，即将降临的应该是充满诗情画意的和平。

我们躺在床上情意绵绵地交谈了一阵。然后，她坐了起来。她的双手合抱在胸前，遮掩着刚才一直紧贴着我的乳房。她说她想去冲洗一下。我在她走进卫生间之后，闭上眼睛，想好好回味一下刚才那登峰造极的虚荣。没有想到这时候黑暗竟突然从天而降：从卫生间里传出的水流声竟突然变成了尖利的噪音，如带齿的匕首，它刺穿了我所有的内脏。我闻到了来自身体内部的浓烈的血腥味：那是遗憾？那是恐惧？那是绝望？我马上就清楚了：那是对'不'完美的遗憾、恐惧和绝望，那是对'不再能'完美的遗憾、恐惧和绝望。那时她刚满13岁，那充满童贞的沐浴却变成邪恶的诱惑，却诱惑了那个'最'不应该被她诱惑的人……这生活中的黑暗将我带进了黑暗的生活。我的心中充满了遗憾和恐惧。我绝望地想，在标志着开始的那一秒钟之前20年，一切其实就都已经结束了。我的身体因为这遗憾、恐惧和绝望而剧烈地疼痛起来。

如果不是因为听到了那温情的喊声，这疼痛也许会慢慢平息，我也许还有可能重见光明。但是，我听到了她温情的喊声。'你不来冲一下吗？'她喊道，'你出了那么多的汗。'

这是她从那一秒钟以来向我发出的最亲密的邀请。

她的邀请将我剧烈的疼痛转化成了怒不可遏的岩浆。我粗暴地冲进卫生间,粗暴地将她抱起来,粗暴地闯进了她的身体。她对我的粗暴一点也没有感到陌生。她完全彻底地成了我的俘虏。她用完全的驯服回报我的粗暴。她用彻底的陶醉回报我的粗暴。在火山喷发之后,她捧着我的脸惊叹说:'你怎么这么厉害?这么短的时间里,你又掀起了第二次高潮。比上次更好,你知道吗?比上次更好。'

她的惊叹不仅没有给我带来虚荣,反而加深了身体的疼痛。我很清楚,'这么厉害'的不是我,而是我黑暗的意念。我很清楚,这'更好'的一次已经不是征服,而只是被征服者邪恶的反叛。遗憾、恐惧和绝望重新占领了我的身体。伴随着这更深的疼痛,那个最野蛮的要求出现在我的头脑中:我要'最上次',我要'第一次',我要我要……这时候,我意识到身体剧烈的疼痛永远也不可能平息了。和平没有降临:我从一场战争直接走进了另一场战争。

比'上次更好'的那一次成了我们的最后一次。从第二天开始,她不再是我做爱的伙伴,而沦为了我作案的对象。我不记得往她的脸上和身上吐过多少痰。我不记得多少次揪着她的头发将她的头往墙上或者桌面上撞。她额头上的那道刀疤是我的罪证。她后背上的那块烫伤见证的也是我的疯狂。在真实的战争中,我从没有虐待过俘虏。我不知道为什么会如此虐待自己最柔弱的俘虏。

所有留在她身体上的新伤丝毫没有减轻我身体内部剧烈

的疼痛。我有时候觉得自己同样也是受害者。我受信息之害。我受诚实之害。为什么要让我'知道'那么多？为什么要跟我讲我'肯定听不懂的故事'？那些本来与我无关的'事实'因为我的'知道'而变成了我终生无法摆脱的'现实'。她为什么要用信息的病毒将生活中的黑暗扩散到我的身上？爱是生命中最大的虚荣。它需要激情的放纵，而不是事实的约束。我对她的爱起源于与她在扶梯上的相遇，它与20年前那个兽性的黄昏无关。

我们的婚姻只维持了将近七个月。如果不是因为那位邻居，它或许还会继续维持一段时间，因为她不想张扬她正在遭受的虐待。那位邻居报警之后，'家庭暴力'不仅引起了法律的关注，还成了媒体上的话题。除了三次警方的调查之外，我们还被迫接受过一次报纸的采访。在调查和采访中，她关于'情节'的说法远没有那位邻居报告的那么'严重'。我当然完全接受受害者本人的陈述。而警察和记者追问暴力起因的时候，我始终都保持沉默。我还记得那位年轻记者对我投来的那种鄙视的目光。他当然不可能看到他的追问在我头脑中激起的水花。我疯狂地注视着在那水花里沐浴的身体，那没有'缺陷'的身体。我的沉默差点就变成了我的爆发。

因为她与事实相悖的陈述，我被免予起诉。当然，我们的婚姻不可能再继续下去了。离婚的过程一直进行得十分顺利，可是最后的分手却意外地成了'不欢而散'。我完全没有想到她最后会突然说出那样的一句话。'我知道你会在乎的。'她说。在我听来，这不是柔弱的懊悔，而是冷漠的责备。

我气急败坏地走开了。走了几步之后，我突然回过头来，对着她已经消失在人群中的背影吼叫着说：'你既然知道，为什么还要让我知道？'

　　我没有留下犯罪记录，却留下了恶劣的名声以及那些看得见的伤痕和看不见的伤痛。这就是我为什么要离开那个国家的原因。这当然也成全了我们的'缘分'。我们在一起生活快五年了吧。你都已经七岁了。换算过来，差不多都相当于我的年纪了。在这样的年纪，你还有你肯定听不懂的故事。这是你的福气。我也不想听懂。我也想听不懂。可是我还要等很久，等到已经完全没有记忆的时候，才会有你这样的福气。好了，不说了。我说好了要带你到山顶的树林里去。我昨天就跟你讲过，大自然里没有你听不懂的故事，你还记得吗？

　　这是怎么了？你好像还是不想去。你怎么了？你怎么突然变得不像是你了？你好像被雨淋湿了一样。你这是想干什么？你不要这样。你不要舔我的脸……我知道了。我知道了。都怪你，你知道吗？都怪你一定要听你肯定听不懂的故事。你不要再舔了，我一会儿就好了。你好好坐着吧。让我跟你讲完吧，讲完我就好了。

　　从那'不欢而散'之后，我就再也没有见过她了。我听说她后来跟一个很体贴她的人生活在一起。我不清楚那个人是不在乎还是不知道那个故事的结局，那个我至今也不相信的结局。我听说他们还领养了一个小女孩。我听说他们生活得很幸福。"

出租车司机

出租车司机将车开进公司的停车场。他发现他的车位已经被人占用了。他没有去留心那辆车的车牌。他看到北面那一排有一个空位。他将车开过去，停好。出租车司机从车里面钻出来，他环顾了一下四周。然后，他走到车的尾部，把车的后盖打开，把那只装有一些零散东西的背包拿出来。接着，他又把车的后盖轻轻盖上。他轻轻说了一句什么，并且在车的后盖上轻轻拍了两下。然后，他抬起头来。有一滴雨正好滴落到他的脸上。

出租车司机平时遇到有人占用了他的车位，一定会清楚地记下那辆车的车牌。他会在下一次出车的时候，呼叫开那辆车的同事，"你他妈怎么回事？！"他会恶狠狠地骂。但是刚才出租车司机没有去留心那辆车的车牌。他走进值班室，将车钥匙交给正在值班的那个老头儿。老头儿胆怯地看了出租车司机一眼，马上又侧过脸去，好像怕出租车司机看到了他的表情。出租车司机迟疑了一下，然后用手轻轻拍了拍老头儿的肩膀。老头儿顿时激动起来。他用颤抖的声音说："她们真可怜啊。"

出租车司机好像没有听到老头儿说的话。他很平静地转身,走了出去。但是,老头儿大声叫住了他。他停下来。他回过头去。

老头儿从值班室的窗口探出头,大叫着说:"经理让你星期四来办手续。"

"知道了。"出租车司机低声回答说,好像是在自言自语。

雨没有能够落下来。空气显得十分沉闷。出租车司机沿着贯穿整个城市的那条马路朝他住处的方向走。现在高峰期还没有过去,马路上的车还很多。不少的车都打开了远光灯,显得非常刺眼。

出租车司机横过两条马路,走进了全市最大的那家意大利薄饼店。刚才就是在这家薄饼店的门口,那个女人坐进了他的出租车。这时候,整个薄饼店里只有两个顾客。在这座热闹的城市里,意大利薄饼店总是冷冷清清的。这正是出租车司机此刻需要的环境。此刻他需要宁静。

出租车司机要了一个大号的可乐和一个他女儿最爱吃的那种海鲜口味的薄饼。在点要这种薄饼的时候,出租车司机的眼眶突然湿了。服务员提醒了三次,他才意识到自己还没有付钱。他匆匆忙忙把钱递过去,并且有点激动地说:"对不起。"

出租车司机在靠窗边的一张桌子旁坐下。他的女儿有时候就坐在他的对面。她总是在薄饼刚送上来的时候急急忙忙去咬一口,烫得自己倒抽一口冷气。然后,她会翻动一下自己小小的眼睛,不好意思地笑一笑。从这个位置,出租车司机可以看到繁忙的街景,看到马路上川流不息的车队。这就是十五年来他生活于其中的环境。他熟悉这样的环境。每天他都开着出租车在这繁忙的街景中穿梭。他习惯了这样的环境。可是几天前他突然对这环境感到隔膜了。他突然不习惯了。刚才他没有去留意占用了他车位的那辆车的车牌。他对停车场的环境也感到隔膜了。出租车司机已经不需要去留心并且记下那辆车的车牌了,因为他不会再有下一次出车的安排。在他将车开进停车场之前,他已经送走了自己出租车司机生涯中的最后一批客人。整个黄昏,出租车司机一直都在担心马上就会下一场很大的雨。出租车的雨刮器坏了,如果遇上大雨,他就不得不提早结束这最后一天的工作。出租车司机不想提早结束这最后一天的工作。他也许还有点留恋他的职业,或者留恋陪伴了他这么多年的出租车?出租车司机如愿以偿:他担心的雨并没有落下来。只是在停车场里,在他向出租车告别之后的一刹那,有一滴雨正好滴落到了他的脸上。

  出租车司机擦去眼眶中的泪水。他深深地吸了一口可乐。他好像又看见了那个表情沉重的女人。她坐进了出租车。他问她要去哪里。她要他一直往前开。出租车司机有点迷惑,他问那个女人到底要去哪里。她还是要他一直往前开。

  出租车司机从后视镜里瞥了那个女人一眼。她的衣着很庄重,她的表情很沉重。她显然正在思考着什么事情。不一会,电话铃声响了。那个女人好像知道电话铃声会在那个时刻响起来。她很从容地从手提包里取出手提电话。她显然很不高兴电话铃声打断了她的思考。"是的,我已经知道了。"她对着手提电话说。出租车司机又从后视镜里瞥了她一眼。

"这有什么办法!"那个女人对着手提电话说。

出租车司机从这简单的回答里听出了她的伤感。

"也许只能这样。"那个女人对着手提电话说。

出租车司机注意到她将脸侧了过去,朝着窗外。

"我并不想这样。"那个女人对着手提电话说。

出租车司机有了一阵迷惘的好奇。他开始想象是一个什么样的人给他的乘客打来了这个让她伤感的电话。

"这不是你能够想象得出来的。"那个女人对着手提电话说。

是的,出租车司机想象不出来。他开始觉得那应该是一个男人。可是他马上又觉得,那也完全可能是一个女人。最后他甚至想,那也许是一个孩子呢?这最后的想法让他的方向盘猛烈地晃动了一下。

"你完全错了。"那个女人对着手提电话说。

出租车司机想到了自己的女儿。一个星期以来,接听所有电话的时候,他都希望奇迹般地听到来自另外一个世界的童音。他不知道他的女儿还会不会给他打来电话,那个他绝望地想象着的电话。

"不会的。"那个女人对着手提电话说。

出租车司机迷惑不解地瞥了一眼后视镜。他注意到了那个女人很性感的头发。

"你不会明白的。"那个女人对着手提电话说。

出租车司机减慢了车速,他担心那个女人因为接听电话而错过了目的地。

"这是多余的担心。"那个女人对着手提电话说。

她果断的声音让出租车司机觉得非常难受。他很想打断她一下，问她到底要去哪里。

"我会告诉你的。"那个女人对着手提电话说。她显然有点厌倦了说话。她极不耐烦地向打来电话的人道别。然后，她很从容地将手提电话放回到手提包里。她看了一下手表，又看了一眼出租车上的钟。她的表情还是那样沉重。"过了前面的路口找一个地方停下来。"她冷冷地说。

出租车司机如释重负。他猛地加大油门，愤怒地超过了一直拦在前面的那辆货柜车。

出租车刚停稳，那个女人就递过来一张一百元的钞票。然后，她推开车门，下车走了。出租车司机大喊了几声，说还要找钱给她。可是，那个女人没有停下来。她很性感的头发让出租车司机感到一阵罕见的孤独。

出租车司机本来把那个女人当成他的最后一批客人。几次从后视镜里打量她的时候，他都是这样想的。他想她就是他的最后一批客人。他很高兴自己出租车司机生涯中最后的客人用他只能听到一半的对话激起了他的想象和希望。可是，在他想叫住这最后的客人，将几乎与车费相当的钱找回给她的时候，另一对男女坐进了他的出租车。他们要去的地方正好离出租车公司的停车场不远。出租车司机犹豫了一下，但是他没有拒绝他们。

那一对男女很在意他们彼此之间的距离。出租车司机一开始就注意到了这一点。他还注意到了那个男人几次想开口说话,却都被那个女人冷漠的表情阻止。高峰期的交通非常混乱,有几个重要的路段都发生了交通事故。最严重的一起发生在市中心广场的西北角。出租车在那里被堵了很久。当它好不容易绕过了事故现场之后,那个男人终于冲破了那个女人冷漠的防线。"有时候,我会很留恋……"他含含糊糊地说。

"有时候?"女人生硬地说,"有什么好留恋的!"

女人的回应令男人激动起来。"真的。"他伤感地说,"一切都好像是假的。"

"真的怎么又好像是假的?!"女人的语气还是相当生硬。

马路还是非常堵塞,出租车的行进仍然相当艰难。出租车司机有了更多的悠闲。但是,他提醒自己不要总是去打量后视镜。他故意强迫自己去回想刚才的那个女人。他想那个打电话给她的人一定不是一个孩子,因为她的表情始终都那样沉重,她的语气始终都那样冷漠。这种想法让出租车司机有点气馁。一个星期以来,他一直在等待着来自另外一个世界的童音,那充满活力的童音。

后排的男人和女人仍然在艰难地进行着对话。男人的声音很纤细,女人的声音很生硬。

"我真的不懂为什么……"

"你从来都没有懂过。"

"其实……"

"其实就是这样,你永远也不会懂的。"
"难道就不能够再想一想别的办法了吗?"
"难道还能够再想什么别的办法呢?!"

因为男人的声音很纤细,这场对话始终没有转变成争吵。这场对话也始终没有任何的进展,它总是被女人生硬的应答堵截在男人好不容易找到的起点。"你不要以为……"男人最后很激动地说,他显然还在试图推进这场无法推进的对话。

"我没有以为。"女人生硬地回应说,又一次截断了男人的表达。

出租车司机将挡位退到空挡上,脚尖轻轻地踩住了刹车。出租车在那一对男女说定的地点停稳。那个女人也递过来一张一百元的纸币。出租车司机回头找钱给她的时候,发现她的脸上布满了泪水。

出租车司机将一张纸巾递给他的女儿。"擦擦你的脸吧。"他不大耐烦地说。大多数时候,她就坐在他的对面。她的脸上沾满了意大利薄饼的配料。出租车司机一直是一个很粗心的人。他从来就不怎么在意女儿的表情,甚至也不怎么在意女儿的存在。同样,他也从来不怎么在意妻子的表情以及妻子的存在。他很粗心。他从来没有想象过她们会"不"存在。可是,她们刹那间就不存在了。这生活中突然出现的空白令出租车司机突然发现了与她们一起分享的过去。一个星期以来,他沉浸在极深的悲痛和极深的回忆之中。他的世界突然失去了最本质的声音,突然变得难以忍受的安静。而他的思绪却好像再也无法安静下来了。他整夜整夜地失眠。那些长期被他忽略的生活中的细节突然变得栩栩如生。它们不断地冲撞他的感觉。他甚至没有勇气再走进自己的家门了。他害怕没有家人的"家"。他害怕无情的空白和安静会窒息他对过去的回忆。出租车司机一个星期以来突然变成了一个极为细心的人,往昔在他的心中以无微不至的方式重演。

出租车司机知道自己的这种精神状态非常危险。他向公司递交了辞职报告。一个星期以来,他总是看到自己的女儿和妻子。她们邀请他回到他们共同的过去。从前那种他不怎么在意的生活一下子变得有声有色了。他用细腻的回忆体会她们的表情和存在。他不想放过生活中的任何一个细节。当然,他不愿意看到她们突然出现在出租车的前面。她们惊恐万状的神情会令出租车司机措手不及。他会重重地踩下刹车。可是,那肯定为时已晚。出租车司机会痛苦莫及。他痛苦莫及。他误以为自己就是那不可饶恕的肇事者。他陷入了深深的自责。直到又有货柜车出现在他的视野之中,出租车司机才会重新被事故的真相触怒,将自己从自责的漩涡中解救出来。他会愤怒地加大油门,从任何一辆货柜车旁边愤怒地超过去。那辆运送图书的货柜车从他的女儿和妻子身上辗过的时候,出租车司机正在去广州的路上。雇他跑长途的客人很慷慨,付给了他一个前所未有的好价钱。

出租车司机在紊乱的思绪中吃完了意大利薄饼。他觉得自己的吃相与女儿的非常相像。他的妻子总是在一旁开心地取笑他们。出租车司机吸干净最后一点可乐之后,将纸杯里的冰块掏出来,在桌面上摆成一排。这是他女儿很喜欢玩的游戏。他不忍心去打量那一排冰块。他轻轻地闭上了眼睛。尽管如此,他仍然看到了女儿纤弱的手指在桌面上移动。那是毫无意义的移动。那又是充满意义的移动。出租车司机将脸侧过去。他睁开眼睛,茫然地张望着窗外繁忙的街景。这熟悉的街景突然变得如此陌生了,陌生得令他心酸。他过去十五年夜以继日的穿梭竟然没有在这街景中留下任何痕迹。

出租车司机清楚地知道自己不可能在如此陌生的城市里继续生活下去。他决定回到家乡去,去守护和陪伴他年迈的父亲和母亲。他相信只有在他们的身旁,自己亢奋的思绪才可能安静下来。他离开他们已经十五年了。他的重现对他们来说也许更像是他的死而复生。他很高兴自己能够给他们带来那种奇迹般的享受。他甚至幻想十五年之后,他的女儿和妻子也会这样奇迹般地回到他的身边来。他决定回到自己的家乡去。他希望在那里能够找回他生活的意义和他需要的宁静。

最后的那两批客人给了出租车司机一点信心。他惊喜地发现自己对生活仍然还有一点好奇。他的听觉被极度的悲伤磨损了,却并没有失去最基本的功能。他还能够听到别人的声音,他还在好奇别人的声音。是的,他其实也听到了公司值班室的老头儿激动地说出来的那句话。他说:"她们真可怜啊。"当时,出租车司机的身体颤抖了一下。但是,他没有做出任何反应。他很平静地转身,走出了值班室,好像没有听到老头儿揪心的叹惜。他害怕听到。他害怕他自己。他已经决定要告别自己熟悉的生活了。他要拒绝同情的挽留。

星期四办完手续，他就不再是出租车司机了。他决定回到自己的家乡去，去守护和陪伴他年迈的父亲和母亲。

出租车司机将脸从陌生的街景上移开。前方不远处坐着的一对母女好像并没有引起他的注意。他盯着眼前的桌面。他发现刚才的那一排冰块已经全部溶化了。他动情地抚摸着溶化在桌面上的冰水，好像是在抚摸缥缈的过去。突然，他的指尖碰到了他女儿的指尖。他立刻听到了她清脆的笑声。接着，他还听到了他妻子的提问，她问她为什么笑得那样开心。他们的女儿没有回答。她用娇嫩的指尖顶住了他的指尖，好像在邀请他跟她玩那个熟悉的游戏。他接受了她的邀请，也用指尖顶住了她的指尖。她的指尖被他顶着在冰水中慢慢地后退，一直退到了桌面的边沿。在最后的一刹那，出租车司机突然有大难临头的感觉。他想猛地抓住他女儿的小手，那活泼和淘气的小手。但是，他没有能够抓住。

出租车司机知道这是他最后的机会。他没有抓住。他也知道这是他与他女儿在这座城市的最后一次相遇和最后一次相处。他永远也不会再接触到这块桌面了。他永远也不会再回到这座城市里来了。对这座他突然感到陌生的城市来说，他已经随着他的女儿和妻子一起离去和消失了。这种"一起"的离去和消失让出租车司机感到了一阵他从来没有感到过的宁静，纯洁无比的宁静。这提前出现的神圣感觉使出租车司机激动得放声大哭起来。

小　贩

　　甚至在求解一元一次方程的时候，我都会想起他。他总是戴着那一顶瓜皮帽。在这个连冬天都几乎没有人戴帽子的城市里，他的帽子是一种令人迷惘的标志。中午放学的时候，会有许多学生涌到他的跟前。他紧张地用身体护住那两只化学纤维口袋。那里面分装着他赖以生存的两种商品：爆米花和糯米条。班上成绩最差的那几个同学将后一种商品称为"电棒"。

　　上语文课的时候，我没有分心。但是，我不愿意站起来朗读课文。我用不着顾忌自己普通话的发音（我总是分不清边音和鼻音），因为我的大多数同学以及我们的老师在发音上的问题比我的要严重得多。我们的老师甚至有元音上的问题。她会将复合元音 /ou/ 发成单元音 /u/。这样，当她说"扣子在裤子上"的时候，听起来就像是说"裤子在裤子上"。局部（"扣子"）被整体（"裤子"）代替了。这种替代正好是修辞学里的提喻（以局部代替整体）的反例，我在做梦的时候都觉得这个反例非常有趣。

　　我们早已经习惯或者容忍了彼此的口音，为什么我还要为自己分不清鼻音和边音而内疚呢？河"南"(/nan/)当然不是荷"兰"(/lan/)。河南是中国历史上盛产"乞丐"的省份，而荷兰是地球上盛开郁金香的国度。我心里非常明白它们地理位置上的距离以及在其他许多方面的差异，虽然我将它们都发成/helan/，无法从语音上将它们分开。我真的没有顾忌自己的发音。我不愿意站起来朗读是因为我不喜欢这一篇课文。这篇著名的课文曾经让两代中国人心潮澎湃，可是，它不合我的胃口。我的反感情绪从预习阶段一直延续到学期的结束。但是在课堂上，我真的一点也没有分心。我紧跟着朗读者的节奏，仔细体会她有点夸张的顿挫。她声音的魅力冲散了课文本身引起的反感。她吐出来的每一个字音（甚至那些最暴力的字音）都是对我身体温馨的点击，都能够愉悦我的神经。

　　她是班上成绩最好的学生。她也是班上唯一不会讲广东话的学生。我坐在她的后面，相隔着两排座位。她吐出来的那些翩翩起舞的字音令我几次忍不住将视线从书本上移开，投向她挺拔的后背。我不敢在她的臀部和颈背上停留太久。对那两个部位的注视让我感到一种强烈又陌生的羞愧。我的视线最后停留在她的头部，或者准确点说，是停留在她的发夹上。那发夹的形状好像是两只叠在一起的蝴蝶。我嫉妒那两只蝴蝶。为什么我不是其中的一只？我开始想象在她的发丛中扇动翅翼的感觉。我突然感到了一阵难以形容的亢奋。我写下了一张纸条，想在下课的时候塞给她。我的纸条上写着："你就是我最可爱的人。"

　　我以为她全神贯注的朗读会引起同学们的哄笑。我不愿意她蒙受羞辱。我甚至不愿意她感觉尴尬。这篇课文对美国士兵的描述与我们在好莱坞大片里看到的相去甚远。在我们看到的大片里，美国人总是战场上的英雄。如果一个死去的士兵手里还紧握着一个"弹体上沾满脑浆"的手榴弹，那他一定是美国兵。而与他同归于尽，被他的手榴弹敲得"脑浆迸裂"的士兵则归属于德国、越南或者伊拉克；如果一个死去的士兵嘴里还衔着"半块耳朵"，那"半块耳朵"在我们看到的大片里不太可能是一个美国人身体上的组成部分。我担心班上的同学们会哄笑起来。但是他们没有。他们非常安静。他们似乎都被朗读者的声音迷住了。他们似乎都在认真地倾听。在我的想象中，那两只叠在一起的蝴蝶正在她的发丛中尽情地分享着生活的奥秘。

　　下课的时候，班上成绩最差的那几个同学为谁是意大利足球甲级联赛中"最可爱的人"而争吵起来。他们中间最执着的两个最后竟突然扭打在一起，就好像是在示范刚才分析过的那篇著名课文里的搏斗场面。这突如其来的暴力令其他的几个同学极为兴奋。他们用广东话不停地大叫"咬掉他的耳朵""咬掉他的耳朵"……这句话里面的每一个音都跟普通话里的发音相去甚远，听起来极为风趣。我不知道他们究竟是在为谁助威，是在鼓励谁咬掉谁的耳朵。而那两个扭打在一起的同学很快就被这激情的助威逗乐了。他们停下手，从地上爬起来。他们中的一个抬起双手，摸了摸自己的两只耳朵。接着，这一群成绩最差的同学追打着跑出校门，一起涌到了小贩的跟前。

小贩已经与他们交手过多次了。他紧张的身体显得更加紧张。他用两条腿紧紧盘住跟前的那两只化纤口袋。他的双手交叉在胸前，右手掌紧紧地护住胸部。他收到的钱都集中在上衣内侧贴胸的口袋里了。他必须紧紧地护住那个部位。

像从前一样，那几个同学默契地分成两组，分别站在小贩的两侧。两个刚才扭打在一起的对手现在是同一个小组里的战友。他们负责分散小贩的注意力。他们说要买一点爆米花。他们顽皮地问小贩是不是设有"最低消费"。小贩一开始没有理睬他们。但是，当他们重复了他们的问题之后，小贩有点恼火了。他警告他们不要妨碍他做生意，他说他不会再上他们的当。小贩与这一组同学纠缠的时候，另一组同学成功地偷走了几只"电棒"。恼怒的小贩意识到自己还是上了当。他兀地站起来，敏捷地攥住一个偷"电棒"的同学的衣领。原来纠缠着他的那一组同学乘他注意力的转移，迅速行动，用提前准备好的塑料袋手忙脚乱地装了三袋爆米花，然后迅速跑远了。小贩注意到了他们的行动，却没有松开他攥住的那个同学。他只是转过脸去，冲着远处大声嚷嚷："当年美国鬼子都没有逃出我的手心，我看你们往哪里跑。"那一组同学没有在意他的叫嚷。他们在学校围墙的拐弯处停下来，躲在那里，乐不可支地将一把把的爆米花塞进嘴里。

另外这一组的几个同学想把小贩的手掰开，却怎么也掰不开。被小贩攥住衣领的同学自己也在全力挣扎。他几次抬脚去踢小贩的身体，都被小贩躲了过去。但是，他有一脚正好踢翻了小贩装爆米花的化纤口袋。撒满一地的爆米花让小贩怒不可遏。他猛地一用力，几乎将被他攥住衣领的同学摔倒在地。正在这时候，那个从不远处的小树底下捡起了半块砖头的同学跑过来，用砖头在小贩的额头上狠狠敲了一下。鲜血顿时从伤口里涌冒出来，并且迅速盖住了小贩的半边脸。小贩的手终于松开了。他同时用两只手捂住额头上的伤口。趁这个机会，这一组同学马上也都迅速跑远了。刚才被小贩攥住衣领的那个同学在跑开之前还踢翻了小贩的另外一只化纤口袋。

小贩强睁着没有被鲜血蒙住的那只眼睛望着那几个跑远的同学。他气愤到了极点，又气馁到了极点。看着他的腮帮子在激烈地抽搐，我的心也凄凉地颤动了一下。我伤感地跟踪着他的动作：他背过身去，靠近身后的那一排围栏，手忙脚乱地解开裤子的前方开口，用力挤出了几滴深黄色的尿。他窝起左手，接住那几滴尿，将它拍打到额头的伤口上。然后，他又手忙脚乱地将裤子扣好，并在裤腿上擦干左手。他又朝那一组同学跑远的方向望去。"当年美国鬼子都没有逃出我的手心，我看你们往哪里跑。"他低声重复了一遍刚才大声嚷嚷的话。他的方言与我母亲的方言非常接近。这熟悉的方言让我感觉更加难受。

我很想走过去帮他收拾起他赖以生存的爆米花和糯米条。但是我不敢。我怕那些挑衅他的同学们第二天会笑话我。我真的不敢。我看着小贩自己将糯米条收捡起来，吹去上面的灰尘，将它们放回到化纤口袋里。我看着他沮丧地望着撒满一地的爆米花，似乎也想将它们捧回到口袋里。但是，他最后还是放弃了。他将两只口袋系紧，然后用一根细绳将两只口袋系在一起。他提起两只瘪瘪的口袋，用细绳将它们架到肩上，就像他来的时候一样。他又摸了一下额头。血已经完全止住了，但是，伤口显然还有点痛。这隐痛似乎并没有撒在地上的爆米花更让小贩难受。他沮丧地看了地面一眼，有点犹豫不决地走开了。可是，没有走出几步，他又折了回来，在撒了一地的爆米花上狠狠地踩了几脚。然后，他快步朝黄贝岭方向走去。

那正好是我回家的路。我跟在他的身后。我很想知道他住在哪里，他的家在哪里。我不知道他是否知道刚才在语文课上我们学习过的那篇也提到了"美国鬼子"的课文。他的脊椎骨弯曲得十分明显。但是，他走路的速度相当快，跟上他的步伐并不容易。我突然想知道，在我这样的年纪，他的生活是什么样子。他是不是也要做作业，他是不是也要参加各种各样的竞赛。我甚至想知道，他是不是结过婚，是不是有过孩子。我觉得自己突然幼稚了许多，因为我的问题越来越多。我甚至想知道他是不是也有过爸爸妈妈。我甚至想知道，他爸爸妈妈将他抱在手上的时候，是不是想到过他今天的遭遇。他嚷嚷的"当年美国鬼子都没有逃出我的手心"究竟是什么意思？如果他真的参加过那场著名的战争，他就应该知道那篇著名的课文。也许他就是一个"最可爱的人"呢？！也许他也咬下过一个美国士兵的"半块耳朵"呢？！如果真是这样，那辉煌的过去对他又意味着什么？如果不是刚才受辱的经历，他也许永远都不会向人们或者说向他自己提起那辉煌的过去。我想知道他是怎样与记忆相处的。我想知道他又是怎样变成了一个小贩。

小贩一直没有减慢速度。他走得很快。我有点跟不上他了。我们之间的距离越来越大。但是，我看见他突然停了下来。接着，他大步往回走。我不知道发生了什么事。也许我不应该去想象他那辉煌的过去。也许是我的想象令他突然决定回头朝我这边走来。很快，我看见三个穿着浅灰色制服的年轻人追上了他。他与他们发生了激烈的争执。他极力想护住他的那两只瘪瘪的化纤口袋。但是，他又一次失败了。个子最矮的那个年轻人夺走了他的口袋。另外的两个年轻人将他推到路边的那一排围栏上。其中的一个用真正的电棒顶住了他的鼻子。

我慢慢地走向他们。我发现小贩并没有在意他眼前的两个年轻人，而是踮着脚，在吃力地跟踪着另外那个年轻人的动作。事实上，他是在盯着他的那两只化纤口袋。"那是我用来活命的东西啊。"我听见他绝望地喊道。

"你这样的人就不应该活命。"我听见手持电棒的那个年轻人这样说。

那个夺走小贩口袋的年轻人走到了一个垃圾桶旁边。他用小刀划破口袋，将小贩用来活命的东西狠狠地倒进垃圾桶里，然后又往里面吐了三口痰。接着，他又将两只化纤口袋也狠狠地塞进了垃圾桶里。

小贩激动地跟踪着他的一举一动。但是当看到那个年轻人吐出那三口痰的时候，他终于将视线收了回来。他伤心地摇起了头。他的身体顺着身后的围栏滑下去，滑到了地上。

那个年轻人跑过来，在围住小贩的两个同事的肩膀上拍了一下。三个年轻人说说笑笑走开了。

小贩在地上坐了一阵。然后，他好像从一场噩梦中惊醒过来一样，茫然地打量了一下四周。然后，他慢慢地站了起来。他看了看自己的手，好像它们变成了多余的东西。他慢慢地走到垃圾桶跟前。他慢慢地扯出一只口袋，看了看上面被划破的口子，又将它慢慢地塞进了垃圾桶里。他朝那三个年轻人走远的方向望了一眼。他的目光让我感到恐惧，又让我感到空虚。

整个春季学期过得都非常无聊。班上有三个同学先后出国去了。他们都去了英国。其中那个成绩最好的同学去了诺丁汉。有一天，一个同学收到了她寄回来的一张照片。她的头发已经披散开了，披在肩上。我想她也许不再用那个令我浮想联翩的发夹了。那两只叠在一起的蝴蝶变成了我的记忆，它们尽情的分享变成了我的记忆，生活的奥秘变成了我的记忆。整个春季学期都很无聊。甚至在解不等式的时候，我都会想起那个小贩来。我相信他已经死了。像那几个穿浅灰色制服的年轻人所说的那样，他也许根本就不应该活着。我想知道，他死的样子与我们死的样子是不是一样。我觉得自己越来越幼稚了。我甚至觉得，在死的时候，小贩额头上的那一道伤痕可能还在隐隐作痛。

秋季开学的时候，小贩又回来了。他仍然戴着那顶瓜皮帽。他好像感觉不到天气的炎热和变化。每天中午放学的时候，总是有许多的同学涌到他的跟前。他的重现没有给我带来任何的惊喜。我第一天看见他的时候甚至还非常生气。我觉得他不应该用"重现"来否定我的"相信"。我相信他已经死了。我宁愿每天都"想起"他，而不是每天都"看见"他。我越来越不关心周围的世界了。我迷上了物理学中五彩缤纷的"假说"。我希望自己生活在一个光速不再是极限速度的世界里。我希望时间的倒流能够让我的想象变得更加自由，更加放荡。

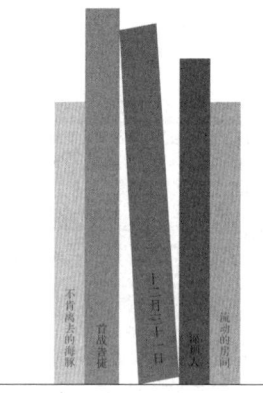

三故事

搬　家

　　河道两边是铺满鹅卵石的岸。鹅卵石刚才还晃着刺眼的白光，烫得皮肤裂疼，一转眼却变得黯淡了，并且透出了凉意。收工的钟声正好在河道的两岸回荡，唤来了特别凝重的黄昏。世界顿时远去了……接下来的好像是一个令人发怵的鬼故事。

　　风拂过。

　　湿气从细沙的深处开始爬升。

　　那只鸟慢慢合拢翅膀。它在鹅卵石堆上随意走了几步之后突然停下。它好像是在倾听空中飘过的一种奇特的声音。那样寂寞的倾听。山不像是山。水不像是水。世界真的已经很远了，世界不像是世界。那只鸟惊奇地眨了眨眼睛。

　　河水中颤动着倒影。被风揉皱了的天空。没有星星。夜色好像还在上游……那只鸟就是刚从那里顺着河道飞来的。它的翅膀掠过了森林般的烟囱和荒凉的灯影。

　　那只鸟无意中走近了X。那不是它的食物，它没有受到鼓舞。不过,它认真地（也许还好奇地）打量了一下。然后,它轻轻跳到了X的胸部。它的双爪顿时感到了一阵令它诧异的心跳。

X微微睁开眼睛,冲着它微笑。

那只鸟受惊了。它奋力飞起,朝昏暗的天空中飞去。

X又闭上了眼睛。现在还不走,就得到半夜才能回到城里了,他有点着急地想。他已经在河岸边躺了整整的一个下午。"准备走的时候,你们按汽车喇叭就可以了。"他午饭后离开的时候这么说。他跑到了河岸边。他将鹅卵石捡开,腾出一个正好够他躺下的位置,然后,在温热的细沙上躺下。刹那间,河水流动的声音好像渗透到了他的血管里。他觉得那样的惬意。他很快就睡着了,而且做了后来他不断做过的那个梦。

那个梦其实就像是回忆,因为X的确这样请求过母亲。"不要把外公外婆接到城里来。"他请求说。

"为什么?"

"因为……"他沮丧地说,"以后我们在乡下就没有自己的家了。"

"我们本来就不应该有一个这样的家。"母亲肯定地说,"外公外婆本来就不应该住在乡下。"

母亲的说法并没有让X吃惊。他以前听她说过很多次,说谨小慎微的外公外婆是一场政治运动的受害者。就在他出生的那一年,他们被开除了公职,被遣送回了自己的原籍。

当X坐进搬家的大卡车上的时候,他想也许应该将自己的想法直接告诉外公外婆。"你们真的不要搬到城里去住。"

他想这样说,"不然的话,以后放假我就没有好玩的地方了。"可是,大卡车刚在外公外婆的土砖屋门前停稳,他们就抱怨开了。他们抱怨他们来晚了。"我们天还没有亮就都已经准备好了。"外公生气地说,"白白等了一个上午。"外婆好像没有生气。"我还以为你们在路上翻了车呢。"她用调侃的语气说,看上去他们比任何人都要兴奋。

X打量了一眼房间里乱七八糟摆放着的东西,那真的已经不像家了!他首先感到的是一阵心酸。接着,他突然觉得自己已经长大成人,因为世界已经不再理会他的请求。这种被抛弃的感觉接着在X的心中激起了一阵绝望的愤怒。

那只鸟又飞回来了?不,也许是另外一只鸟。它走到了X的身旁,沉着地打量着他。它没有跳到X的身上。

X感到了它的走近。他微微睁开眼睛,冲着它微笑。这一次,鸟没有惊飞。它一动不动地站在鹅卵石上,沉着地打量着X。也许是昏暗的天色让它忽略了X的表情?

鸟太自由了!它能飞。它飞来又飞走。X想,整个世界都是它的家。可是,他自己再也不会回到这惬意的河岸上来了。这里不再是他的家……他不知道自己的家为什么那么小。

太阳已经越来越低。风也夹带着越来越重的凉意。鸟好像没有感觉到光线的变化。它仍然在沉着地打量着X。X抓起一把阴冷的细沙。他突然觉得这只鸟是一个信使,它好像给他带来了什么消息。X睁大了眼睛。他吃惊天色已经这么晚了。他好像看见了零零落落的星星。

他心头一紧。会不会发生那种情况?他恐惧地想。他冲动地爬了起来，冲动地朝村子里跑去。那只鸟沉着地打量着他摇摇晃晃的身体。鹅卵石的躁动回应着X的恐惧。

会不会呢？X刚才想，他们会不会抛下我走了，把我一个人留在这个空空荡荡的"家"里？

会的！X一边跑一边肯定。会的！他肯定……因为他们没有理会他的请求，因为他们已经将他抛弃。

他绝望地朝村子里跑去。他知道自己离村子越来越近了，但是他觉得自己离"家"越来越远了。

逃　学

在这个季节逃学，通常有两种选择：或者到大桥上去看涨大水；或者到隧道后面的野山上去采桑叶。X和"大眼睛"终于决定星期四下午不参加无聊的班会了，"反正从来就没有我们的事。""大眼睛"说。

X点了点头，"那我们就去看涨大水吧！"他建议说。他太想去了，因为"大眼睛"去年已经去看过。他多次向X绘声绘色地描绘过他看到的那种奇观。在被大水淹掉的街道上，人们坐着门板或者澡盆慌张地逃离。水面上漂着各种各样的东西：家具、玩具、餐具……突然还有一大堆大堆的屎。真的什么东西都有！"大眼睛"说。最后人们都挤到了桥上，看热闹的人和逃难的人。他们的表情当然不同。看热闹的人很开心，逃难的人很伤心。"大眼睛"说他很开心。他盼望着河水越涨越高，直到高过桥面，直到漫过他的头顶。到那时候，作文就不会再让他头痛了。但是，河水并没有淹过桥面。它突然又落了下去。当然不一会儿,它又会重新涨了上来。接着,又落了下去,又涨上来……它总是这样涨涨落落,好像永远都不会停止。就像我们的班主任老师,X悄悄地想,她为什么在班会上总是有那么多话说,总是能够说个不停呢?!

"不,我还是想去采桑叶。""大眼睛"说,"我的蚕全都瘦得不行了。"

X很失望地看着他。"那好吧。"他扫兴地说。说完,他突然有了一个古怪的想法,他觉得,"大眼睛"其实根本就没有去看过涨大水。他的描绘全是他的编造。

不久,两个少年就上路了。"大眼睛"捡起一块石头往前奋力一掷。X也捡起了一块石头,朝"大眼睛"掷出的那块击去。两个少年就这样轮番追击着自己的目标。他们很快就接近了隧道。

他们看到了隧道的旁边那个岗哨以及不远处的那座兵营,那是负责守卫隧道的部队的营地。"大眼睛"握着手里的石头。突然,他对自己的最后一掷有了新的想法。他奋力将石头朝岗哨方向掷去。然后,他拔腿就跑。他不敢去确认石头是否能够击中目标。X也跟在他的身后玩命地跑起来,他除了跑出的满头大汗以外,还吓出了一身冷汗。

过了一阵,两个少年才意识到根本就没有人追过来。他们便轻松地停了下来。他们得意地相视一笑,然后朝野山顶上爬去。

山不高,两个少年很快就爬到了山顶。

"你看。"X指着另一侧山坡上的那两棵茂盛的桑树,激动地说。

"我的蚕一定正在流口水呢!""大眼睛"说。

两个少年不约而同地用衣袖抹去脸上的汗水。"开始吗?"X问。

"大眼睛"四处张望了一下。"先休息一下吧。"他说。然后,他一屁股坐到了地上。

X也坐到了地上。他轻松地将后背靠到"大眼睛"的腿上。

"你看对面那座山。""大眼睛"说。

"那是一座坟山。"X说。

"是啊……那么多的坟。""大眼睛"说,"它们像什么?"

"像碉堡。"X不假思索地说。

"大眼睛"看了他一眼,说:"我也这么觉得。"

"死人就是一动不动的碉堡。"

"活人呢?活人像什么?"

"不知道。"

"我也不知道。也许像水,流动的水。"

"那也可以说是像风,飘来飘去的风。"

一阵凉风从坟山那边吹过来,让两个少年都打了一个寒颤。

"大眼睛"回头看了一眼。"你看见过尸体吗?"他低声问。

"在我的老家,在很宽的河面上。"

"它漂在河面上?"

"它们……"

"大眼睛"吃惊地看着X。他记得去年在桥上看涨大水的时候,旁边有人说,有时候会看到有尸体被大水冲过来。他很遗憾自己没有看到。他有点嫉妒X的经历,又有点不太相信。他说的"它们"是什么意思?他悄悄地想。

"我们住的地方从前也是坟山,我听大人说过。"X说。他好像是想转换一下话题。

"我也听大人说过。""大眼睛"说,"你看,我们其实就住在尸体的上面。"

X抬头看了一眼寂静的天空。"你怕死吗?"他问。

"怕。"

"为什么怕?"

"我在噩梦里死过很多次。那很可怕。"

一段短短的沉默之后,X说:"我不想死。"

"我也不想。""大眼睛"说。

两个少年接着谈起了他们做过的那些与死亡有关的噩梦。他们一直这么谈论着,直到又一阵凉风从坟山那边吹过来,打断了他们的谈话。两个少年又都打了一个寒颤。他们这才发现,夜幕已经降临了。远处的城市里已经晃动着冰凌一样的灯光。

"我们该回家了。"两个少年几乎同时说。他们同时感到了一阵揪心的恐慌。

"大眼睛"兀地站了起来。然后,他伸手将X拉起。两个少年匆匆跑近那两棵桑树,胡乱地揪了几把桑叶塞进空书包里。然后,他们手拉着手,慌慌张张地越过山顶,朝隧道那边的山脚下跑去。

游 泳

四个少年都爬上了围墙。

"一点也不难。"

"没错,一点也不难。"

"早知道就不用下那么大功夫去复习了。"

四个少年都轻松地摆动着他们的双腿。

"下午到底去不去游泳?"

"不是说定了,考得好就去吗?"

"那就去。"

"我不去。""大眼睛"说,"我爸爸下午会带我到河里去游。他说过的,只要我考得好。"

另外的三个少年都羡慕地看了他一眼。他们都羡慕他有一个那么好的爸爸。

三个少年约好了在交叉路口会合。X稍稍晚了一点,他的那两个同伴没有抱怨。三个少年立刻并成了一排,朝水库方向走去。

"我这是第一次瞒着大人去游泳。"X说,"如果我妈妈知道了,一定会吓昏过去的。"

"我三年级的时候就自己去游泳了。"

"我也是。反正不会出事。"

X不知道他们这是不是在吹牛。"你们从来没有被家长发现过吗?"他低声问。

"发现了又怎么样？认个错，发个誓，下不为例呗。"

"下次是下次。"

"下次照样认错、发誓：下不为例！"

"老师呢？"X又问，"如果被老师发现了呢？"

"那不是一回事吗？！"

"一回事。"

水泥大坝在水库的东面。大坝的斜坡上有六列石梯，顺着坡面一直伸进水库的深处。X坐在紧贴水面的一级石梯上，双脚浸泡在水里。

"下来游一会儿吧！"同伴们又一次对他发出了邀请。

X还是没有反应。

"你吹牛。"

"你根本就不会游。"

"我会的。"X说，"我会。"他的声音很低，就好像是自言自语。

"你吹牛。"

"你根本就不会。"

X脱去上衣，沿着石梯往下走。他的同伴们已经游到水库的中间去了。两个黑点在波光粼粼的水面上颤动。

再下去一级，水正好埋到了胸部。X舒展开身体，沿着与大坝平行的方向游动起来。"我说过我会的。"他低声说。

他的同伴们在远处看着他。"到中间来！"他们大声嚷道，"到中间来！"

X游到下一列石梯跟前就停了下来。他没有朝同伴们的方向望去，而是拾级而上，走出了水面。接着，他顺着大坝，小心回到自己下水前的位置。他算了算，自己刚才大概游了差不多有十五米。

这时候，X突然感到一阵很深的恐惧。如果出了事，就连中学生都做不成了，他恐惧地想。

阳光正将他身上的水渍细致地抹干。他看着那两个黑点被渐渐放大……很快，同伴们也上了岸。

三个少年都将湿短裤顶在头顶。X走在后面。他的两个同伴走得很快，走在前面。刚才在水库旁的草棚里换裤子的时候，他们骂他："胆小鬼！"X没有回嘴。他只是在心里反驳了他们一句："反正我没有吹牛。"三个少年都在那散发着恶臭的草棚里撒了一泡尿。

X也学着他的同伴的样子，将湿短裤顶在头上。他走在后面。他的两个同伴走得很快，走在前面。他不知道他们正在兴致勃勃地说着什么。

"我请你们吃雪糕。"在经过一个小卖部的时候，X大声朝前面喊道。

他的同伴们停了下来。

X兴奋地跑上前去，将刚买的雪糕递给他们。

然后，三个少年又并成了一排。他们继续朝前走去，但是谁也没有说话。

毕业典礼之后，三个少年又爬上了围墙。他们的手里都拿着一张很粗糙的毕业证书。

"他爸爸真没用。"

"活该他倒霉。"

"他那天就不应该考得那么好。"

"他跟我们去不就没有一点事了吗?"

"幸亏我没有一个那样笨蛋的爸爸。"

"幸亏我没有。"

X呆呆地盯着手里的毕业证书。他没有加入同伴们激动的谈话。

突然,一个同伴伸手过来,遮住了他的毕业证书。"为什么不说话呢?"另一个同伴问道,"你不想他吗?"

X抬起头,他的目光中充满了恐惧。"那天幸亏他没有跟我们一起去。"他低声说。

他的两个同伴都用迷惑不解的目光看着他。"为什么?"他们异口同声地问。

"如果他去了,"X说,"我们可能就都出事了。"

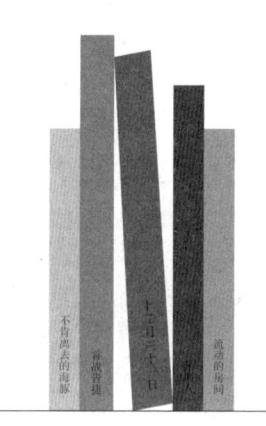

生活中的细节

每次旅行中都要发生一些不愉快的事情。开始我非常难受也非常计较,后来就渐渐习惯了。

最近的这次旅行看来一切顺利。回家的那天,气温摄氏二十度左右,而且阳光明媚。上车之前,妻子还收听了全国的天气预报。我们那个城市长达两星期的秋雨终于停了。"瞧,一切都这么好。"妻子轻松地说。

我们那节车厢里的人不算多,却弥漫着浓浊的烟味。在座位上坐下之后,妻子皱起眉头看了我一眼。

"可以打开一下窗户吗?"我马上向坐在对面的人提问。

他们漫不经心地点着头。

我把车窗提起来,空气的状况并没有立刻得到改善。"等开车了大概会好一些。"我低声解释说。

妻子温暖地笑了笑。"其实这样就够好的了。"她说,"想想我们来的时候。"

我们的对面坐着两个女人和一个男人。两个女人长得都很漂亮,她们的打扮更是非常性感。那个男人个头很大,但是显得并不结实。他说话的时候活泼得像一个少年。他们三个人在不停地说话。

可是，列车开动后不久，三个人对说话就都有点心不在焉了。两个女人开始津津有味地品尝起各种零食。看得出，上车前她们做了很充分的准备。而那个男人一会儿很出神地打量着我们，一会儿又若有所思地打量着窗外。

妻子用胳膊肘碰了碰我。"这个人是怎么回事？！"她俯在我耳边说。

"我们像是一对私奔的人。"我俯在她的耳边，一本正经地回答说。

妻子不以为然地笑了笑。然后，她伸了一个懒腰，轻松地说："还记得小时候坐火车的感觉。那时候，总是痴痴地盯着窗外，对后退的风景那样着迷。现在想来真有点不可思议。"

列车第一次停站的时候，我和妻子到月台上去买了两份盒饭。"我们最后的一点钱都用完了。"妻子对我说。

"这趟旅行中的一切都恰如其分。"我得意地说。

妻子也冲着我愉快地笑了。

回到座位上，我们很快吃完了盒饭。"味道还过得去。"我评价说。

妻子点点头。"比来的时候车上卖的那种要好多了。"她说。

我刚想提醒她，不要念念不忘来的时候那拥挤不堪又服务极差的列车，对面那个男人用试探的口气喊出了我妻子的名字。

妻子吃惊地看了看他，又转过脸来迷惑不解地看了看我。

那个男人精神为之一振,在他右边那个女人的大腿上狠狠地拍了一下。"我怎么看就怎么像嘛。"他激动不已地说。

坐他左边的那个女人匆匆忙忙把嘴里的零食嚼碎咽下,迫不及待地说:"我早说过了,世界上的女人都与你有关系。"

那个男人得意地痴笑起来。但是突然,他的表情又变严肃了。他看着我仍然显得疑惑不解的妻子。"怎么,你不记得我了吗?"他焦急地问。

妻子没有肯定也没有否定。

"在我们的协会里,那时候——"那个男人猛然放慢了说话的速度,"当然,那有很多年了。"他说。

妻子的表情还是那样,不肯定也不否定。

"记得协会组织的那次郊游吗?"那个男人提示说。

妻子这时候好像突然想起了什么。

"最后我们去了水库。"那个男人提示说。

妻子显然已经想起"那次郊游"。

"你在水库里被折腾得够呛。"那个男人笑呵呵地提示说。

妻子侧过脸来看了我一眼,然后,又将脸转过去。"那次有很多人去了。"她很有把握地说。

"没错!"她的记忆让那个男人情绪高涨,他兴奋地说:"有十几个,也许二十几个人。"他停顿了一下,然后接着说:"但是,只有一个女的下了水。"

"你的记性真好。"妻子冷冷地说。

"我还记得协会主席得意地说,只有他能够将你拉下水。"那个男人说。

妻子轻蔑地笑了笑。然后,她指着我说:"这是我丈夫。"

那个男人将手伸过来,脸却还是冲着我的妻子,"早听说你结婚了。"他说。他的语气显出他的心不在焉。他显然不愿意打断自己关于"那次郊游"的记忆。

"你好。"我大声向他打招呼后,那个男人才将脸转过来,看了我一眼,并且回了一声"你好"。

这次旅行已经过去几个月了。在这几个月中,我常常听到妻子跟我谈起我们在返程列车上的经历。"我对火车上的那个人只有一点隐约的印象。我至今还想不起他的名字。"她解释说。我在她解释完以后总是说:"没什么。"或者,"这又有什么呢?"

但妻子还是不停地向我解释。我想,除非下一趟旅行又碰上另一些不愉快的事情……否则,她会永远这么解释下去。

中篇小说

通往天堂的最后那一段路程

> 呵,多么悲惨!我们的生命如此虚飘,它不过是记忆的幻影。
>
> 《墓中回忆录》第二卷第一章
> 夏多布里昂

怀特大夫顺利渡过黄河之后,我父亲一直作为翻译在他的身边工作。在他去世前的那一天深夜,怀特大夫将他的一些私人物品托付给我父亲,其中包括他在西渡黄河之前写给他前妻玛瑞莲的信。怀特大夫解释说,这是他一生之中写给她的最后一封信。自从去年夏天闷闷不乐地离开马德里之后,怀特大夫就与他的前妻失去了联系。他甚至不知道她现在住在哪里。但是,他仍然不停地给她写信。怀特大夫说,不断地给他的前妻写信是他的一种生理需要。为了保证这种生理需要,每次开始写新一封信的时候,怀特大夫就会将前一次写好的信撕掉。这样,他就不至于因为积压而产生对继续写作的厌倦。我父亲后来将怀特大夫所有其他的遗物都交给了上级,但是,他留下了这封信。他这样做是因为他在整理遗物的时候读完了这封信。他非常清楚将这样一封信交给上级对怀特大夫没有任何好处。有很长一段时间,我父亲一直为自己的这种行为深感内疚。他甚至一度相信这是他一生之中犯下的最大的过错。直到他的晚年,直到他完全"觉醒"(他使用这个词的时候总是非常激动)了之后,他才意识到自己当年留下这封信是为中国和历史做了一件了不起的事情。他临终前将这封信交托给了我。他说他希望将来有更多的人能够读到这封信。他说他相信人们从这封信中不仅可以发现一个"另外"的怀特大夫,还能够见识一个真正高尚的人、一个真正纯粹的人……一个真实的人。

下面就是一九三八年三月二十七日到二十八日的深夜,怀特大夫在黄河东岸的那座小村庄里写给他前妻玛瑞莲的信。我的翻译参考了我父亲的一些注释,并且得到了一位不愿意暴露身份的语言学家的指点。

傍晚的时候,弗兰西丝在一次心不在焉的空袭中丧生了。你可以想见我当时的心情吗?你可以想见我现在的心情吗?我知道,你不可能读到我写给你的这封信,就像我不可能再面对你那一双神秘而温情的眼睛。但是,我隐隐约约地感到将来会有许多的人读到我的这封信。也许那已经是另一个世纪的传奇了。也许我的读者散布于全世界……也许其中的一位就生活在我们曾经共同生活过六年的那座迷人的城市里。你还记得圣丹尼斯街上的那家咖啡馆吗?你拉着我的手说你知道我总有一天会要离开你。我一直觉得,这种伤感的说法其实是你亲近我的一种方式,甚至可能是最直接的方式。我知道,你渴望亲近我,就像我渴望你的亲近。可是,不管人们多么"亲近",他们其实总是要分离的,他们也总是已经分离的。即使我不去马德里,即使我不来中国,即使我们从来没有离开过我们在底特律的那座浪漫的小木屋,即使我们看上去那样难舍难分,我们其实已经"分离"。

我好像看见我的那位读者就住在我们住过的那座公寓里。那已经是下一个世纪了,比如二〇〇三年吧。那是我们的躯体永远也无法抵达的年份。那时候,世界上肯定还有战争。人们仍然会依靠战争来平息国家和党派之间的争端,来伸张其实永远只属于一方的"正义"。当然,那时候的战争也许更像是一场游戏。技术的优劣将成为决定胜败的关键。我看不清那位读者的脸,但是我想象他是一个中国人,就像现在生活在我周围的这些人。我与那个中国人相距六十五年。我们交换了我们的"祖国"。或者不用这个狭隘的词吧。你知道,我一直鄙视地理上的"祖国"。这是我从我们的家族继承下来的"知识"(或者说"病症"?)。你知道,我那位医术高超的祖父一辈子都生活在"寻找"的狂躁之中。他带领他庞大的家庭从一个国家走到另一个国家。他总是在寻找一种陌生的语言,一种他听不懂的语言,似乎只有生活在听不懂的人群里,他才能够抓住生活的意义,才保有对生活的激情。他曾经说,"祖国"就如同他已经无动于衷的妻子,他要靠"陌生"和"听不懂"的诱惑去寻找令他心潮澎湃的情人。我认同我祖父的这种"知识":我们只有躯体的出生地,而我们的灵魂应该无拘无束,飘忽不定……在过去,在现在,在未来。它是虚无,又是一切。它也许是一张床。它也许是一束光。它也许是一段文字。它也许是一个瞬间。它也许是一阵痉挛……好吧，让我想象一下：那个未来的中国人远离他的"出生地"来到了我的"出生地"，就像我六十五年前远离自己的"出生地"来到他将来的"出生地"一样。我们不仅仅进行了一次地理上的交换，我们也交换了我们的时代。此刻，我正在想象他的时代，想象我的躯体永远也不可能抵达的二〇〇三年。而在我的想象之中，那个表情严肃的中国人正在阅读我们这个战火纷飞的时代，或者说是阅读关于我们这个时代的一种激情（或者伤感？）。你知道，我也同样鄙弃局限思想自由的"时代"。我们要借助想象冲破"时代"的局限。想象力是解放者。通过它，我们不仅成为我们自己，也成为我们的祖先，我们的后代，我们的主人，我们的奴隶……一句话，想象使我们成为人，真正的人。没有被想象力解放的生命是平庸的生命。想象力模糊了真实与虚构之间的界限。它形成的"模糊地带"正好就是生活中的华彩。这就是为什么阅读对我们如此重要的原因。一个好的阅读者就是生活的测量师。我相信那个未来的中国人就是一个好的阅读者。他会在阅读的时候加入自己的想象。我给你的这封信会被他当成我创作的另一篇小说（我知道你认为我没有一篇小说值得称道），而不仅仅是我内心世界的自然流露。你可以说这是误读。这种误读会让我对你的思念成为众说纷纭的谜团。这误读并不是"时代"之间的隔阂造成的。因为我知道，其实根本就用不着等到下一个世纪，也根本就用不着去等待那个还没有出生的中国人，在我们自己的时代，巨大的鸿沟就已经存在。我的一举一动都在遭受同时代人的误读。

我内心世界的自然流露可能只会被一部分人相信，而在另外一部分人看来，那可能暴露的正好是我的伪善。比如你吧，你就肯定不会相信我因为你而遭受的折磨，就像你从来不肯相信我对你的爱一样。你总是说我对你的爱是抽象的"爱"，是没有具体的对象或者说没有"你"的爱。我记得第一次在爱丁堡约会你的时候，你就这样说。你的语气那样肯定，又那样沮丧。它将卡尔顿山顶上的寒风永远地留在了我的心中。也许我不应该一开始就那样坦诚地向你揭示我们关系的扭曲特征：我说这种关系很可能会给你带来"不幸"，但是绝对不会让你感到"平庸"。你的反应是那样的肯定和沮丧。你说你宁愿忍受平庸，也不愿意遭受不幸。这只是你给自己开出的一张空头支票。这只是你为我们共同的不幸预设的借口。你不可能忍受平庸。你会宁愿忍受我，可能会给你带来"不幸"的我。我从一开始就很清楚这一点。我也清楚这种忍受只可能最终将我们引向彼此的无法忍受。这是它唯一的方向……离婚摧毁了我，却并没有能够拯救你。这是我们共同的不幸。我们关于生命疯狂的体验是分离无法冰释的。我们共同的生活还在继续，在谁也看不到的时间之中，在漫无头绪的想象之中，在没有节制的寒风之中。我们共同的生活将背负着分离的凄苦伸延到我们生命的尽头。我理解你对我的渴望和怀疑。我理解你疯狂的逃避和抗拒。我自己也经常会不相信，不相信我脆弱的生命所经历的这超出想象的一切，不相信从我的笔下自然地流露出来的记忆，不相信用语言封存的欲望、懊悔和思念……现在我已经听不到震耳的爆炸声，已经看不到飞溅的肢体和鲜血。现在，我的世界是如此的寂静，静如虚空。我已经感觉不到对生命的恐惧和厌倦，也感觉不到时间的追赶和威胁。只有绝望的文字在陪伴着我……不，还有疼痛，绝望的疼痛。我不清楚是我的痛觉在触摸这不断涌来的文字，还是这些文字在触摸我好像永远也无法消除的痛觉……

傍晚的时候，弗兰西丝在一场心不在焉的空袭中丧生了。只有两架日军的飞机参与了这一次空袭。我们离开汉口已经五天了。我们已经到达了黄河的东岸。我们比原计划提前了七个小时。这意想不到的"提前"使我们在横渡黄河之前能够有这一段惬意的休整。而我可以利用这个空隙给你写下这封感情冲动的长信。最近每次给你写信，我都觉得自己在写的是最后的一封信。现在，这种感觉似乎更加强烈，尽管我知道渡过黄河之后，去西安的一路上都不再会有什么特别的危险。在我的期待中，西安首先是一个澡堂。我们的领队几次说过，到了那里，我们就有机会洗一个热水澡了。我们的领队是一个性情温和又非常乐观的人。如果我当面向你提到他的这种性格特征，你一定马上就会说我应该向他"学习"。你总是这样。你从不会放弃任何一次羞辱我的机会。我接受你带给我的这种"不幸"，因为你是我的暴躁性格和悲观情绪的受害者（其实我自己不也是一个受害者吗？），更因为我爱你，深情地爱你，疯狂地爱你，宿命地爱你，不得不爱你……伤害也许是爱情的属性，或者说是爱情的需要。我们这么多年来的互相伤害令我们的爱情如火如荼、刻骨铭心，即使到了我们的身体终于完全分离的此刻仍然是那样地如火如荼、刻骨铭心。我们的领队对他的革命充满了信心，因此也就对生活充满了信心。而我是因为不再相信平庸的生活，才投身到革命事业中来的。两年前，在我出发去马德里的那天下午，我就向你解释过这一点。你一定还记得。我记得你当时用右手托着我的脸，目光显得那样的无奈。你好像想告诉我，你救不了我，或者说是你害了我。不！我们都是受害者，对完美的贪婪和疯狂使我们成为受害者……我们的领队对胜利也充满了信心。他说胜利之后他就可以回家去看一看了。我猜想在他的家乡，他不仅有亲人还有爱人，因为每次谈起"家"的时候，他的目光中就会闪过一阵深深的欲望和孤独。那是只有我这种疯狂地爱过又被疯狂地爱过又远离了疯狂的爱的男人才能够捕捉到的欲望和孤独。两天以前，他与弗兰西丝在行军的途中讨论起了中国唐代诗人李商隐的一句诗。对"家"满怀深情的领队突然感叹说汉语中有许多让他感觉神秘的词语，比如"回归"。在他看来，"归"是一种心理的嬗变，饱含色彩和细节，而"回"指称的只是空间的迁移或者时间的流转，呈现的只是粗略的事实。我不喜欢这种很容易令人怀旧的讨论，因为我害怕时间。你还记得我们许多关于时间的讨论和争论吧。我说时间是一去不复返的"箭"，而你说时间是不断完成不断重复的"圈"。我记得有一次争论的结果就是你拒绝与我做爱（我当时用一个粗俗的比喻悄悄地缓解了自己的失望：我心说你是拒绝让我的"箭"射入你的"圈"）。其实不管时间是什么，在我看来，"过去"

都是对生命的嘲弄。当我说我爱你的时候,我不是说我曾经爱过你。我是说我仍然爱着你。你的呼吸仍然惊动我的听觉。你的柔弱仍然颤动我的抚摸。你的忧伤仍然感动我的注视。你的迷惘仍然激动我的想象……我是说"此刻"。我是说此刻我正在爱着你。尽管我不知道你此刻的方位,但是我知道,我的灵魂始终与你的灵魂缠绕在一起,你永远是渴望我命中的靶心……你是吗?亲爱的,你为什么不回答我?为什么不告诉我你此刻的方位?你的沉默让我有时候会觉得你已经离开人世了,就像弗兰西丝那样。可是,这种恐怖的念头一点也不会令我屈服。我会用难以抑制的欲望驱散死亡的阴影,让你复活,让你重现,让你开放……让你为我而开放。我要。我要。我要你活着,尽管我甚至都不知道你的方位。我要你依然能够感觉到我如火如荼的欲望。

原谅我。原谅我用这种混乱的语言来表白自己。我记得在我们结婚之后不久的一次争吵中,你就指责过我语言的混乱,你指责说那是故意的混乱,那是我企图欺骗你的证明。你现在应该知道了,语言的混乱其实是激情的标志。你仍然是我无边的焦渴。你仍然是我无限的贪婪。你仍然是我茫无头绪的激情。

我们离开汉口已经五天了。刚刚离开汉口的时候,我们没有想到会出现后面的情况。一开始一切都很顺利。我们搭乘的火车先由京汉铁路北上,然后沿陇海线西行。火车前面的车厢非常拥挤,挤满了难民和伤兵。而我们使用的是加挂在火车尾部的邮车,远比前面的车厢宽松。但是第二天凌晨,火车在一个小站停下来，不能继续前进了。因为有消息说前方的一个大站已经被日本军队占领。我们在小站滞留了大约八个小时。我们的领队到附近的几个村庄进行了一次很有效率的动员，组织起了一支由四十二架平板车组成的运输队。每一架平板车由三只毛驴拉动。我们就这样将我们的物资装上平板车重新出发了。我们的领队已经对路线做了仔细的勘察，我们将沿着一条坎坷不平的土路一直走到黄河的东岸。

这一天的天气非常晴朗。我走在队伍的最前面，感觉自己就像是一部莎士比亚戏剧中的主角。表演的畅快沁透了我的身心。那是自去年夏天离开马德里以来从没有出现过的畅快。你知道我突然想起了什么吗？我想起了麦克白斯听到他妻子死讯时的那一段独白。"啊，生命不过是行走的影子。"我想这也许不是一种悲叹。那"毫无意义的喧嚣与骚动"也同样可能不是一种责难。我的生命就是需要喧嚣与骚动的生命，这一点你应该比我自己还清楚。同样，我也就是行走的影子。你也是。我们曾经行走在爱丁堡、伦敦和巴黎。我们曾经行走在底特律、多伦多和纽约。然后，我又怀着对你的欲望和思念独自行走在莫斯科和马德里的大街小巷。现在，我又来到战乱中的中国，行走在杂乱的城市和凋敝的乡村。我的一生都将在喧嚣与骚动之中行走。而这还只是行走的一种形式。还有另外的一种"行走"，一种更重要的"行走"在推动着我的生命，你知道的。这就是内心的行走，思想的行走。在过去的三十年中，我从基督教走向了无神论，又从无政府主义走向了共产主义。只有这种不断的"行走"能够防止我极端的心灵迸裂成疯狂的碎片。

但是,我畅快的行走被飞机的喧嚣声打断了。我回过头去。我看见的是一片混乱的景象。我们的队伍已经溃散了。所有人都惊慌失措地冲进道路两侧的农田。我也很快趴倒到农田边的一条小土沟里。一架日军的飞机朝我们的运输车队俯冲过来。它在队伍的前面扔下了四枚炸弹,又在队伍的尾部扔下了四枚炸弹。一共有五架日军的飞机参与了这一次看上去就像是即兴的空袭。轰炸结束之后,我穿过混乱的人群,奔向运输车队的尾部。我想马上知道弗兰西丝的情况。完全出乎我意料的是,车队的尾部这时候已经变成了一个急救中心。弗兰西丝正跪在地上紧张地处理着伤员的伤口。她的头发和面颊上都布满了灰尘,她的全身都沾满了血迹。但是,她显得非常沉着和镇静。她的动作肯定果断,又有条不紊,没有丝毫的变形。我在她的身边跪下来,想帮她做点什么。但是,我的身体突然颤抖起来……不是因为恐惧,而是因为惊奇。我突然觉得这个跪在我面前,身上布满尘土的女人是你。也就是说,我突然觉得我的身体再一次贴近了我的欲望、我的贪婪、我的一切、我的虚无……你知道吗,我曾经无数次梦想过我们会有一次血与火的旅行。这也许就是我说的将要带给你的"不幸"。可是我们一直没有。我们共同的生活中有迷人的温馨和烦人的争吵,却没有尘土与硝烟、血与火。我只能在缥缈的梦幻中去品味我带给你的"不幸"。

弗兰西丝毫无表情地看了我一眼,冷冷地说:"这不是马德里。"然后,她又继续埋头包扎伤口。她冷冰冰的话令我清醒过来。我知道，她的这句话起源于我们在跨越太平洋的枯燥航行中的那些交谈。她似乎非常同情我在西班牙的痛苦经历。那种同情让我将她当成了值得依赖的倾诉对象。我告诉了她一切，除了私生活之外的一切。战地记者的报道将我描述成一个临危不惧的人。事实上，一开始并不是这样。在马德里遭遇第一次空袭的时候，我其实非常紧张也非常恐慌。我在枯燥的航行中告诉过弗兰西丝这个小小的秘密。应该感谢她冷冰冰的提醒。那是她对我的误读。应该感谢她的误读。它将我从幻觉中唤醒。我看清了跪在我面前的女人不是你。这个身上沾满血迹的女人不是你。可是亲爱的，你在哪里？我不知道你此刻在哪里，跟谁在一起。我知道你迷恋温馨舒适的生活，或者说"正常"的生活。我知道我无法给你那种生活。我不想知道谁能给你那种生活，不想知道谁正在给你那种生活，天哪，我不想遭受这龌龊的想象的折磨……但是，我想知道你在哪里。亲爱的，此刻你在哪里？

除了人员的伤亡之外，这次空袭还令我们损失了三分之一的毛驴。有一头毛驴被炸掉了一只耳朵和一条腿，正躺在泥地里挣扎。包括领队在内的所有人都不知道应该怎样处理它。最后是我用手枪为它解除了痛苦（我在马德里的郊外有过两次类似的经历）。我们没有时间可以耽误了。有情报说，一支日军的机械化部队正朝黄河岸边开过来。我们必须在三月二十八日之前赶到那里，做好渡河的一切准备，否则卷带着沉重历史感的黄河将会成为我们的坟墓。

空袭之后的那一个夜晚我们在一座废弃的村庄休整。村庄里只剩下了一个双目失明的老太婆。弗兰西丝问她为什么没有逃离。她回答说她的生活已经不可能再坏了。她拒绝跟其他的村民一起背井离乡。老太婆家的两间土屋是这座被轰炸过多次的村庄里最奢侈的住处。我们的领队将弗兰西丝、布朗医生和我安排在那里（他对我们这些外国人总是特别照顾）。我非常疲劳，很快就睡着了。但是在深睡之中我突然感到有人推了我一下。我迷迷糊糊地睁开眼睛。我看见了黑暗中的那个人影。那是一个女人，她紧靠在我的土炕旁。我看清楚了：那不是你。那是弗兰西丝。我惊恐地坐了起来。我记得在底特律的时候，你经常在半夜惊醒，跪在我的身边，用你迷惘的目光注视着我，直到最后将我惊醒。亲爱的，你无声的注视可以将我从熟睡中惊醒，你知道你有多么疯狂吗？你知道我有多么疯狂吗？你知道我们有多么疯狂吗？……现在，我仍然能够感觉得到你那深不可测的忧伤。那忧伤到底源于什么？那连如此疯狂的爱都不能驱散的忧伤到底源于什么？……我看不清楚弗兰西丝的表情。我伸手过去扶着她的腰，示意她在土炕边坐下来。我感觉到了她身体的冰冷和颤抖。我问她出了什么事。她机械地摇了摇头。我用另一只手抚摸着她仍然布满灰垢的头发，问她到底出了什么事。弗兰西丝突然失声痛哭起来。我轻轻地抱住她，哀求她告诉我到底出了什么事。在这样深的夜晚，在这样一个与我们的记忆和我们的痛觉没有太多关联的地方，我不知道一个女人会因为什么而如此地伤感。何况这是一个在战场上表现得那样勇敢的女人。弗兰西丝哭得很放肆。她好像是要用她的伤感来羞辱这陌生的夜晚。她一边哭着,一边断断续续地向我叙说她下午的感受。那已经不是她第一次经历血腥的场面了,可是那种场面总是带给她坠入了地狱的感觉。她说她害怕极了。她说她每次都害怕极了。

在汉口就与我发生过多次争吵的布朗医生一开始也在我们的队伍之中。我的这位同行是圣公会派来的传教士。他对无神论的敌意已经到了疯狂的程度。他年轻时在多伦多曾经与我父亲有过一些接触。他好几次故意强调说他非常敬重我的父亲。这是他对我的挑衅。这是他对我的叛逆的挑衅。他知道我跟我的家庭著名的决裂。他知道我无法忍受那个家庭虚伪的信仰和道德。我是一个艺术家。我是一个无神论者。我不能接受"罪"的假定。我无罪。在我们离婚之前,你也经常表达你对我的"无法忍受"。所以,你一定能够理解我对他们的"无法忍受"。可是,布朗医生不可能理解。我总是努力避免跟他谈话,因为我们所有的谈话都一定会演变为争吵。布朗医生对我显然也没有什么兴趣。因为他能够讲流利的汉语,他是我们的队伍中最受欢迎的人物。我曾经非常嫉妒弗兰西丝与他的相处,嫉妒他们在英语和法语之外还拥有第三种共同语言。当他们用汉语谈笑风生的时候,我感觉自己是一个被命运再次抛弃的男人。有一次,我甚至盼望有一场突如其来的空袭打断他们的交谈。后来,我发现我的嫉妒完全是多余的。有一个十分生硬的词早已经为他们划清了界限。这个词就是"阶级"。

布朗医生对我最大的羞辱其实并不是他说出来的那些

话，而是他从来不说，我却总是能够清晰地感觉得到的"潜台词"：他那高贵的出身。他来自北美最富有也是最有权势的家庭之一。他们家族为历史贡献过不少著名的人物。而布朗医生可能是那个家族出产的最叛逆的人物。他鄙视财富又鄙视权势。几年前，他的祖父曾经给他留下过一笔惊人的遗产，而他却将它全部贡献给了他所属的教会。同样地，我也鄙视财富。可是，因为我从来就没有享受和拥有过巨大的财富，我的鄙视很容易被人误读，甚至遭人鄙视。在与布朗医生发生激烈争论的时候，我会憎恶自己竟与一个有这样背景的人享有共同的激情。这种激情让我们选择了同一块土地和同一段历史来延续（或者是考验？）我们的生命。而布朗医生似乎比我拥有更加广阔的天地。他是一个博爱的人。他的服务对象无所不包：国民党人、共产党人、普通民众甚至日本军人。谁都知道，他在南阳开办的那家医院在一天之内可以先后为所有这些人服务。从这个意义上说，他的手术刀是一把纯粹的手术刀，一把高尚的手术刀，一把有益于人民的手术刀。而我的手术刀同时还是我的武器。我会用它刺破日本法西斯军人的心脏，我会用它割断一切反动派的喉管。

我们在服务对象上的选择（或者说我的选择以及他的不选择）注定了我们在历史中的命运。布朗医生是注定要被历史摒弃的。而我，如果我们领队的信心可信的话，我将与共产党人的"胜利"一起被写进历史。这种胜利将给予我"永垂不朽"的特权。我有可能会成为"纯粹"和"高尚"的象征，并因此而成为在这个国家家喻户晓的人物。你觉得这很荒谬吗？你一直都不信任的人却得到了亿万人民的信任……这就是历史。在我看来，全部的历史都是用误解写成的。你知道我从来就没有想到过要成为家喻户晓的人物。我像鄙视财富一样鄙视名声。我是因为你或者说因为失去了你，因为对你的疯狂的爱，因为这种爱的折磨，因为这种爱引发的痛苦和绝望，才不远万里，来到这个国家的。如果我真的成为了一个家喻户晓的人物，那肯定是我的悲剧。那意味着我最终还是没有得到我苦苦追寻的自由。当我被奉为英雄的时候，我实际上就遭受了与布朗医生同样的命运："我"就从历史中消失了……那个在你的怀抱中活生生的"我"，那个在你的身体中活生生的"我"，那个在你的忧伤中活生生的"我"，那个令你激动不已又痛苦不堪的"我"。亲爱的，你知道，我只想成为你一个人的英雄。

　　弗兰西丝的选择不像布朗医生的选择那么费解。她出身于一个贫苦的家庭。她对苦难有天然的认识和朴素的感情。而我的"阶级"正处在他们两者的"阶级"之间。我们三个来历如此不同的人，居然来到了同一个古老的国度，居然走在了同一条乡间小路上，同一支由毛驴拉动的平板车队中……这也许就是"上帝"的设计？不，我是无神论者。我不相信这是精致的安排。我认为这只是荒诞的巧合。我们只是任凭历史摆布的棋子，而历史的棋局竟是如此地荒诞。

　　在弗兰西丝失声痛哭的第二天深夜，我们的队伍在一片小树林里宿营。不知道为什么弗兰西丝、布朗医生和我都没有睡意，我们就围坐在一起谈起了我们在地球另一侧度过的童年。布朗医生很谦逊。他说起话来慢条斯理。听得出来,他在叙述中有意省去了许多可能会刺痛我们自尊心的生活细节。而因为我主要想表达的是对家庭的憎恶,也同样需要故意跳过许多日常生活中的"幸福"场面。相比之下,弗兰西丝显得最坦率。她一点也不掩饰她童年生活的窘迫。她甚至说,每次回忆起童年的生活,她都会有一种进到了天堂的感觉。

就这样,"天堂"进入了我们的话题。你当然知道,布朗医生的"天堂"是唯一的和永恒的。那是他的信仰中的一个"地名"或者说是"极点"。它是我们死去之后,也就是我们的灵魂与肉体相分离之后,灵魂的一个去所。这个去所是对"信"的奖赏,是对"善"的奖赏……因为还存在着另一个惩罚性的去所,进入布朗医生的"天堂"是需要门票的。没有得到门票的灵魂就将在"地狱"接受永恒的惩罚。在布朗医生看来,对和错、善和恶、真和假信与不信等等都存在着明确的对立,就像亚里士多德的形式逻辑法则规定的那样。而"天堂"和"地狱"的对立就是所有这些对立的裁决形式。你当然知道,我对这种高高在上的来世的"天堂"从来就没有什么好感。你应该还记得当我知道你在这一点上与我有同感的时候,我是多么地满足和兴奋。

而弗兰西丝的"天堂"却不是一个"地名",也不是一个"极点"。当然,它也不是唯一和恒定的。它更不存在于来世。它如同流动的盛宴。它是她心灵与肉体共同的感觉。它是她全身心地投入的生活或者说生活中的华彩部分。在那里,所有的对立都已经消除。在那里,过去、现在与未来和谐地融为一体,时间就像是一棵长青的树……我想起了前一天深夜发生的奇迹。我想那座荒弃的村庄里的那间破烂不堪的土屋就是弗兰西丝生活中的"天堂"。在那里,她的眼泪流进了我的记忆。我突然抱紧了她。我的激情驱散了她的恐惧,将她从下午的地狱之中拯救出来。我们用英语和法语亲密地交谈着。在中国乡村充满焦虑的黑暗之中,我们像两只深海里的小鱼,在元音和辅音动人的组合里触到了生命斑斓的色彩以及心灵游弋的畅快。

你知道,作为一个坚定的无神论者,我其实对这个话题并没有什么好感。但是,生活中一个很神秘的细节将我迫不及待地推进了这严肃的讨论。在离开汉口的前一天深夜,我又梦见了你在卡尔顿山顶上的背影。你还记得吗,你轻轻地说,你想去抚摸那一排庄严的立柱?我梦见你的背影与那一排立柱缠绕在一起。我朝你谜一样的背影走过去。突然,我发现你飘起的围巾上闪动着一行晃眼的文字。我被那一道闪光惊醒了。我有点恐惧,又有点兴奋。我怀疑那一行神迹一般的文字是一部艺术作品的标题。一幅油画或者一篇小说?我已经很久没有摸过画笔了。我最后画下的你的身体标志着我整个艺术生命的终结。你知道那一次我的审美趣味建立在一种什么样的"逻辑"之上吗?我终于发现了我的作品与你的身体的关系。我觉得是你的身体来源于我的作品,也就是说,是你来源于我的艺术,而不是相反。这也许就是我们永远都无法割舍对方的原因,哪怕我们已经被我们绝望的焦虑分开了,哪怕我们的分离已经得到了法律平庸的承认,哪怕我们现在都不知道对方的所在……而如果那是一篇小说的标题,我就会更加感到羞愧。你对我的写作毫不留情的挖苦从一开始就让我无地自容。你还不知道吧,自从你批评我去西班牙之前完成的那部小说形式陈旧、内容肤浅,我就发誓再也不去尝试"小说"这种令我敬畏的艺术形式了。你的口气可能有点过分,但是你的批评并不是没有道理。我记得你有一次还批评我写的一部独幕剧里的人物爱憎过于分明。是的,我有过强的政治倾向和冲动。我的文学创作过多地受到了我的政治激情的影响。我承认,不管是小说、诗歌还是戏剧,多年来,我在所有这些方面的尝试都是失败的。而绘画不一样。绘画逼迫我沉默,因此我能发出的"声音"就更加丰富。我在用颜料和画笔创造你的时候,你不会被简化为政治符号或者道德准则。我从来不会在画布上将你表现为一位从人生的战场上凯旋的"战士"。你是一个女人,一个复杂的女人,一个与成功和失败无关的女人,一个渴望快乐又沉迷于忧伤的女人,一个无法用陈词滥调来美化或者丑化的女人,一个谜一样的女人,一个为诱惑并且只为诱惑做注释的女人……总之,你是我的女人,过去是,现在是,永远都是。亲爱的,原谅我这么说。原谅我仍然使用这粗暴的"所有格"。这是我的独白,不是对你的要求。你不需要为这语言的暴力尽任何的义务。你知道吗,我现在生活在地球的另一侧,可是我仍然经常回想起你在我作品中的裸体和你在我生活中的裸体。也许你真的是一位"战士"。我也是。当我们为冲击生命的高潮而奋力拼搏的时候,你是我的敌人还是我的战友?时间是我们的敌人。时间是。但是,时间也是我们的战友。我们身体的搏斗最后变成了我们与时间的搏斗……在巴黎的那些白昼和夜晚,在爱丁堡,在底特律,在多伦多……到处都有我们开辟的战场。后来,当我独自穿越带着血腥味的枪林弹雨的时候,我总是想起我们充满神奇和芬芳的肉搏:那是我们生命中永不凋谢的玫瑰。

为什么我又在这里突然谈论起艺术来了?我现在的状况与去年夏天离开马德里的时候完全不同了。那时候,我可以说是丧魂落魄,对自己和对革命都已经彻底绝望。在横渡大西洋的忧郁的航行中,我给组织写过一封很长的信。那是一封语气含混、结构混乱、思想矛盾、情绪波动的信。我在信中对西班牙内战的前景蜻蜓点水,对其他的现实问题更是避而不谈。但是,我却花大量的篇幅讨论起了艺术家应该过怎样的生活。我的论点自相矛盾:一方面,我强调艺术家应该过一种远离现实的悠闲生活;另一方面,我又认定艺术家应该比常人更善于行动和更敢于行动。这是一个失意的理想主义者典型的自相矛盾。那时候,我对现实灰心失望又念念不忘。我希望艺术能够扶助我沉沦的灵魂,也希望艺术能够成为我行动的天地和激情的归宿。现在的情况完全不同了。现在,我又重新回到了革命的洪流之中,又在现实的时空中找到了激情的归宿和行动的天地(有时候,我真觉得革命本身就是一种艺术)。可是,我为什么突然又像一生中最失意的时候一样滔滔不绝地谈起了艺术呢?难道绝望又在集结,难道我的身心又将遭受新一轮的重创?

  傍晚的时候,弗兰西丝在一次心不在焉的空袭中丧生了。只有两架日军的飞机参与了这一次空袭。它们好像是在返航的途中偶然遇见我们的队伍的。我们听见沉闷的马达声马上就散开了,在道路两侧的农田里卧倒下来。不!还是回到我们讨论"天堂"的那个夜晚中来吧。为什么说"那个夜晚"?其实它就是昨天晚上发生的事,可是我觉得它已经发生很久很久了。我知道这是因为这两个夜晚之间隔着弗兰西丝的死⋯⋯这让我无法接受的空缺是更深的黑暗,它改变了我对时间的感觉。我们都知道,有的时候,近的事物会远离我们,而有的时候,远的事物却又会朝我们逼近⋯⋯因为记忆,因为期盼,因为绝望,因为伤感。记得我们在贝克莱故乡的那个下午吗?我们坐在一家街角的咖啡馆里从他的那句名言讨论起了人的感觉。我很高兴你同意我对"远"和"近"的看法:根本就不存在绝对的"远"和"近",只存在我们感觉中的"远"和"近"。昨天晚上对我已经很远很远了,而我们在贝克莱故乡的那个下午却是那样的近。那距离我们已经有二十三年了吧⋯⋯可是,我的心灵中依然残留着那个下午你的指尖的温度。它在我身体中掀起的波澜至今依然能够让我迷失方向。

  与"天堂"相伴的这个夜晚非常安静,安静得就好像是在"天堂"本身一样。清凉的空气中夹带着沉缓的流水声。那流水好像想带走我们所有的烦恼和我们深深的疲劳。清淡的烛光扑打着我们的面孔。我们在看见对方的同时又好像看见了自己。布朗医生一大早就要与我们分手了。离我们的宿营地不远的那座小镇上有一座耶稣会的教堂。从很远的地方就可以看见那座法国式教堂的尖顶，它与四周中国乡村的环境很不协调。我们在天黑之后曾经去拜访过那座教堂。有两位属于法国外方传教会的传教士仍然留守在那里。他们告诉我们，小镇里的情况已经相当混乱。镇长两天前就已经携家逃走了。有消息说，日本军队很快将会从东面打过来。而教堂里面和周围都挤满了受伤的军人和逃荒的平民。整个小镇上只有一个"医生"，那其实是一个名声不好的兽医。他一直公开宣称传教士是魔鬼的使者，从来就拒绝与教会合作。教堂里的药品早已经用完了。那些伤员已经两个星期没有换过药了，他们包扎伤口的纱布大都已经发臭。这两位传教士已经没有什么事可做，但是他们仍然不打算离开。他们不知道日本军人会怎样处置他们。报纸上已经有过不少日本军人杀害西方传教士的报道了。但是，他们还是不打算离开。布朗医生向他们保证说自己可以在那里停留几天，帮助处理情况重急的伤员。

离开汉口前的那天深夜将我惊醒的那一行文字是"通往天堂的最后那一段路程"。它如同一道强光，从你飘动的围巾上一闪而过。它中间的"天堂"和"最后"两个词让我有一种极为不祥的感觉。我绝望地盯着客栈房间的天顶。我想我的死期也许不会太远了。这是我重新回到革命的洪流之后第一次想到自己的"死亡"。也许我不应该这样想。如果你在我的身边，你也许又会用手捧着我的脸，让我不要这么想。是的，我不应该这么想，因为我的"天堂"与死亡和来世没有关系。我的"天堂"是你,从来就是你,永远都是你。与布朗医生的"天堂"相似,它也是唯一的和恒定的。与弗兰西丝的"天堂"相似,它属于永远的现在,它永远只属于现在。它是我灵魂和肉体共享的家园。它是我生活中的华彩。当你消失的时候或者当我感觉不到你的时候,我就坠入了与这"天堂"对立的场所。亲爱的,如果没有你,这世界就是一座暗无天日的"地狱"……我绝望地盯着客栈房间的天顶。我怀疑那神迹一般的文字是一部艺术作品的标题。可是关于那部艺术作品本身,我没有从梦中得到任何的启示。我想它应该非常复杂,就像让我们痛苦不堪的爱。我想它应该经受得起无限的"误读",就像让我们痛苦不堪的爱。

借着那神秘的宁静和光影,我向弗兰西丝和布朗敞开了我的"天堂"。我没有提到你的名字。我只是说,我的"天堂"就是我的"爱"。我说我的"爱"就存在在这个世界上,却又是我的生命无法抵达的地方。弗兰西丝说我的"天堂"应该与她的"天堂"非常接近,但是"无法抵达"却让她无法理解。而布朗医生开始先是调侃我的神秘主义。他说芝诺应该以爱神厄洛斯为主人公补充一条关于"无法抵达"的悖论。后来,他又说,只有对上帝的"爱"才能够将我们带进真正的"天堂"。

我没有理睬他这种偷换概念的做法。不过我想,"无法抵达"的确会让"天堂"失去本来应该非常强烈的诱惑。其实,对很多人来说,"天堂"很可能就是一个具体的地方,比如我这一次漫长旅行的目的地,因为它标志着理想和激情的归宿。我从多伦多出发，环绕半个地球，来到了神秘莫测的中国。现在，我离我向往的目的地只有最后的三百公里了。自从去年秋天读到斯诺的作品，我的生活就有了新的方向，新的目的地。我终于从被迫离开西班牙之后的那种沮丧情绪中挣扎出来了。当然，我的欣喜之中经常会夹杂着一阵惶惑。我不知道我的想象与我即将目睹的"真实"之间是否会存在巨大的差距。只有爱是超越"真实"的，因为它在很大程度上就是一种想象，关于"和谐"或者"同一"的想象。而在革命圣地，许多的"真实"会令我不知所措。在马德里，我已经有过这样的经历。在莫斯科，我也有过类似的经历。你知道，三年前的莫斯科之行像十年前的肺结核一样剧烈地改变了我。十年前，我第一次站到了死亡的边缘，第一次看到了生命的荒谬。我没有想到奇迹会在绝境之中出现：我用在同行们看来是自杀性的激进发明挽救了自己的生命。我从死亡的边缘回到了人间。但是，我从此不再相信"平静"和"安逸"的生活，或者说我对实际的生活失去了兴趣。死亡是一种即兴的表演。生命随时都可能中断。从这个意义上说，生活中所有的"实际"都是不切"实际"的。我的转变就这样开始了。我开始热衷于各种形式的社会变革。我开始崇尚"毫不利己专门利人"的生活。是的，也许正是这种生活放大了我们之间的隔阂，让你有了"不幸"的感觉。你终于无法忍受了。你终于离开了我。你说你在我这种革命性的生活方式中找不到自己的位置，找不到属于你自己的温暖。你有一次甚至用粗暴的语气对我说，"专门利人"其实就是最大的"利己"。

这又是你惯用的语言暴力！你的这种说法让我觉得语言就像金钱一样是人类最异化的发明：它貌似服务于人的奴仆，其实却是喜欢肆意蹂躏人的暴君。你看你用一个简单的系动词，就在"利人"和"利己"这两个极端之间划上了等号。我还能说什么呢？你可以用这简单的肯定句去否定一切啊。亲爱的，你为什么要这样使用语言呢？你知道吗，你的这种说法给我带来的伤害是永远不可能治愈的。

后来我总是想，如果语言总是能够将一个词或者词组等同于它的对立面，背叛就是一切事物的本性，也就是最基本的"人性"，因为语言与事物互为镜像，而语言的特征来源于事物的特征又决定了事物的特征。后来我总是想，人类的一切错误其实都根源于语言的错误或者语言使用的错误。我们是语言的受害者又是它死心塌地的同谋。

好了，还是回到我自己生活的逻辑中来吧。后来的莫斯科之行又一次剧烈地改变了我。我从一个单纯的理想主义者转变成为了一个共产主义者。当然，关于莫斯科的想象与我在莫斯科目睹的真实之间还是存在着一定的差距。在那短短的几个星期时间里，我也已经看到了被视为是世界上最优秀的社会制度体内的一些极其危险的症状。也许是我的职业给了我这种敏锐。这是我回到蒙特利尔之后一度拒绝参加共产主义小组活动的重要原因。我说我还不够条件。其实，我是心存疑虑。但是，我的激情很快战胜了我的疑虑。我完成了向一个共产主义者的转变。后来在西班牙遭受排挤的经历也没有动摇我的信仰。有时候，我真的觉得"真实"是一个恶魔。它总是在伺机伏击我们纯洁的想象和崇高的理想。我不知道这恶魔的幽灵是不是也徘徊在中国的北方，徘徊在我心向神往的目的地。但是，我可以肯定，那"真实"的恶魔同样无法改变我对革命的信念。

我还没有来得及将"天堂"就是前方的革命圣地的想法说出来，我们的领队就走进了我们的讨论之中，并且给出了他自己关于"天堂"的看法。他的脸上总是闪烁着坚定的微笑。我记得那天在与弗兰西丝讨论李商隐诗歌的时候，他说他最不能够接受的情感就是忧伤。他说他总是生活在希望的阳光之中。这种阳光也总是照耀着他的"天堂"。他"天堂"的方位简单明确：革命的领导机关在哪里，他的"天堂"就在哪里。这正好与我最后想到的天堂就是"革命圣地"的说法完全一致。可是，我故意说，我觉得这样的"天堂"更像是布朗医生的那种，因为进入它需要昂贵的"门票"。我的说法令布朗医生非常气愤。他的脸涨得通红。他说将他的信仰与共产主义联系在一起是对他的侮辱。他拒绝将我的幽默翻译给我们的领队听。是弗兰西丝翻译了我的话。我们的领队没有生气。他坚定的笑声令那略带寒意的夜晚充满了善意。

连续两个通宵的谈话使弗兰西丝非常疲惫。早上重新出发的时候，我们坚持让她躺在一架货物不多的平板车上。弗兰西丝轻轻地闭着眼睛，但是她并没有睡着。我紧跟在平板车的旁边。我能够清楚地"看见"她迷人的呼吸。她的呼吸很深，而且充满了对生命的渴求。每一次呼吸之后，她的嘴角就会绽开一束顽皮的微笑。我不知道她是在呼吸阳光，还是在呼吸大地。也许她是在呼吸我？就像从前的你一样。她用食指梳理头发的动作令我想起你。一阵绝望的颤栗突然从我的身体里穿过。

  布朗医生与我们分别的时候显得有些迷茫。他说如果我们不能够在地球上再见面了，将来也许还可以在天堂里重逢。他把"也许"说得很重，这强调令我非常敏感。等他走远了，我告诉弗兰西丝，布朗医生肯定认为与我重逢的机会不大，因为像我这样的人进天堂的机会非常渺茫。"那只是他的天堂！"弗兰西丝不以为然地说。是的，我们穿过这凋敝的土地，经历这血腥的战争，忍受这巨大的寂寞，面对这极度的危险……这不同寻常的生活经常会让她体验到"天堂"的荣耀和惬意。我深情地扶着弗兰西丝的肩膀。我非常羡慕她的"天堂"触手可及，我非常羡慕这触手可及的"天堂"给她带来的绝对自由……我流下了庄严的眼泪。

  我流下了庄严的眼泪，因为我的"天堂"遥不可及，从来就遥不可及。我的"天堂"是你。是你一次次将我从地狱般的痛苦中拯救出来，让我感受到进入"天堂"的荣耀和极乐。但是，分离始终笼罩着我们的爱。即使我们紧紧地缠绕在一起的时候，分离的痛苦依然在折磨着我们。这是我们的疯狂的一个重要的标志。是的，最后是你离开了我。你说你无法忍受我们的爱。你说你无法忍受我们对彼此的贪婪。现在，我连你到底在哪里都不知道，我甚至不知道你是否还"在"。我只知道，我们之间的距离会因为我绝望地朝向你的行走而越来越大，或者说通往"天堂"的路程会因为我的行走而变得越来越长。这很像是一个古希腊的悖论。它在用"无限"诱发我的绝望。

就在这个时候,我又一次被推到了地狱的边缘。我注意到前面的一个小兵走路的姿势非常奇怪,而且他每走几步就要停下来吃力地呼吸一阵。因为不断有难民和伤兵加入,我们这一队人的结构已经变得相当复杂。我不知道这个孩子是什么时候加入进来的。我快步赶到他的身旁。我发现他的脸色极为难看,而他的呼吸也已经非常细弱。他棉衣前后那两大块乌黑的血迹让我意识到了问题的严重。我要求他马上停下来。我解开他的棉衣。刹那间,一股剧烈的腐臭从他的身体里喷发出来。这是一个还不到十五岁的孩子。他所在的连队一星期前遭遇了日本军队的埋伏。他是唯一的幸存者。但是在激战中,他也被子弹击中。子弹穿过他的肺部从他的后背飞了出去。负伤之后,他不仅没有接受过任何治疗,也没有过完整的休息。他从尸体堆中爬出来,连续行走了两天之后,遇上了我们的车队。现在,他的第三肋骨以上的胸腔内已经积有大量的脓液。而他的心脏已经往左侧偏移了将近七个厘米。如果不是亲眼看见,我绝不可能相信会有这种幸存的奇迹。我安排他躺到一架平板车上。可是,这对他并不是合适的办法,因为路面坎坷不平,平板车不断的摇晃激起了这个孩子剧烈的咳嗽。我找到我们的领队,问车队能不能停下来,让这个生命垂危的孩子稍稍休息一下。我们的领队没有理睬我的要求。我告诉他,如果得不到休息,这个孩子很快就会死去。而我们的领队说,如果车队停下来,我们大家就很快都会死去。我不想再说什么了。但是我不愿意看着这个孩子就这样死去。我回到弗兰西丝的身旁，想向她求助。我首先向她描述了这个孩子的情况。在说到他心脏偏移的状况时，我突然感到了一阵强烈的恶心。这是对"战争"感到的恶心。这是我第一次对"战争"感到的恶心。在用激进的疗法战胜了肺结核的病魔之后，我一直是战争的崇拜者，就像那些表现主义的艺术家一样（你知道我的画风也与他们的非常相似）。我相信战争是颠覆平庸生活最理想的方式，是一种救赎，一种美。但是，我突然从一个不可思议地幸存下来的孩子的身上，不，应该是从一个不可能幸存下来的孩子的身上，看到了"战争"的丑恶。弗兰西丝紧紧地握着我的手。她知道我又一次被推到了地狱的门口。她知道我的幻灭。她也没有办法帮助那个生命垂危的孩子。她只能用她布满灰尘的注视抚摸着我绝望的心灵，让我不要掉进地狱的深渊。我又一次获救了。我又一次获救了。我用充满感激的语气告诉她，这获救让我想起了我的"天堂"，想起你。弗兰西丝没有嫉妒。她仍然紧紧地握着我的手。她仿佛是在告诉我，这时刻也是她的"天堂"，或者我和她共享的"天堂"。

大概过了一个小时，我们的领队走过来告诉我那个孩子已经断气了。他说没有任何人知道他更多的来历。他说他已经安排人将他埋在道路旁边的农田里了，就像对一路上死去的其他人一样。这时候，我想起我们在巴黎时一起去看访拉雪兹神父公墓的情形。我还记得站在肖邦的墓前你问过我的那个问题。那时候，我们多么年轻。除了墓地，恐怕没有任何事物能够向我们提示生活的极限。二十多年过去了,可是你的问题还像傍晚的空袭一样清晰。你问我将来想被埋在哪里。那时候,"中国"对我来说还只是一个语义贫乏的专有名词。我怎么也不会想到我将来会走进它,成为它的一个组成部分,并且为它添加新的语义。还记得我当时是怎样回答(或者说"回避")你的问题的吗?我说,我会埋在你的身旁。你那时候笑得那样刻毒。我知道你一定不愿意。你已经受够了我的梦话和呼噜,你一定不愿意我继续影响你一直都很脆弱的睡眠。现在,我们离得这么远。只有通过写作,我才能够让你听到我的声音。我还可以再回答一次那同样的问题吗?现在我知道我将被埋在中国……如果在到达目的地之前死去,我也会像那个孩子一样被埋在道路旁边的农田里。我的尸体很快将会在这贫瘠的土地中腐化。而我的灵魂(让我再一次背叛唯物主义)在下地狱之前会继续困扰你的身心。如果你将来有机会升入布朗大夫的"天堂",我们就永远也不会有重逢的机会了。我们将在对立的场所忍受生后的寂寞,而我们曾经有过的生活就将永远只是更加孤独的"记忆的幻影"。

我没有死在路上。我已经顺利地到达了黄河的东岸。再过一段时间,我们就要西渡黄河了。现在,我的确对"死亡"有强烈的预感,我知道我肯定不可能再回到自己出生的地方去了,我会死在这个对我来说是"命中注定"的国家。在我死后,我也许会拥有一块用这个国家的标准说来相当奢侈的墓地。也许每年的任何时候都会有许多的崇拜者从全国各地赶来为我扫墓。也许我会被神化为这个古老国家的英雄。可是，这里的人民不了解我，也不可能了解我。不是因为他们听不懂我的语言，而是因为他们不是你。只有你了解我。只有你能够了解我。只有你的了解才是我的渴望和荣耀。你知道，只有你知道，我寂寞的阴魂渴望听到的是一段莎士比亚的诗句，而不是那些平庸的扫墓者千篇一律的颂词。我渴望你来到我的墓碑前，用对我的听觉异常敏感的声音为我吟诵"分离是如此甜蜜的忧伤"或者"然而，我会用珍惜来伤害你"。只有你天籁般的声音能够安抚我焦躁不安的阴魂。

现在我就听到了你的声音。你在向我讲述傍晚时的那一次心不在焉的空袭，好像不是我，而是你经历了那昙花一现的历史，那"永远不可能从中醒来的噩梦"。只有两架飞机参与了那一次空袭。它们好像是在返航的途中偶然遇见了我们的队伍。我们听见沉闷的马达声马上就散开了，在马达两侧的农田里卧倒下来。飞机只是象征性地扔下了三枚炸弹就飞走了。可是，其中的一枚正好落在了弗兰西丝隐蔽的地方。我刚刚才知道弗兰西丝实际上是被炸成了碎块。当时，我们的领队不让我接近她遇难的地方。三个年轻的士兵将我按倒在地上。我声嘶力竭地吼叫着，像一头怒不可遏的困兽。灰蒙蒙的落日刺红了我的眼睛。我能够模模糊糊地看到不远处的农田里的那些忙乱的人影。我知道，弗兰西丝马上就会被埋葬在那里。

我们在天黑之前就进驻了黄河东岸的这座小村庄。天亮之前，我们将从离村庄不到一公里的那个渡口渡过黄河。在我刚刚安顿好之后，我们的领队过来为弗兰西丝的事向我道歉。我听不大懂他说的话，但是我知道他是在向我道歉。他没有必要这么做。如果我接近了弗兰西丝的那些碎块，又能够怎么样呢？我有再高的医术也不可能将那些碎块缝合起来，让弗兰西丝再一次撩动布满灰尘的头发或者再一次用温情的注视将我从地狱边缘拉扯过来。当时，日本军队离我们只有不到一百公里的路程了。我们必须"提前"赶到黄河东岸，与我们自己的主力部队会合。我理解领队当时的决定。他没有必要向我道歉。我甚至试图向他解释，对弗兰西丝来说，那毫无准备的死亡也许不是一个坏的结果。她完全来不及恐惧，刹那间就越过了生与死的界限。按照她自己的理解，这样的死亡也许就是生活能够给予她的最后的"天堂"。我们的领队当然听不懂我的语言，但是我相信他完全能够听得懂我的意思。他的眼睛里荡漾起了一阵深深的迷惘。这是我第一次看见他失去方向。这只是短短的一刹那，也许短得就如同弗兰西丝跨越生死界限的一刹那。然后，他就离开了。他将他的马灯留在或者是忘在了我炕头的小桌上。我就是借着这马灯微弱的光线写下了给你的这封激情的长信。

  其实现在我已经平静下来了。这是我刚才那一阵写作的风暴之后意想不到的平静。我突然觉得自己已经克服了对时间的恐惧。这也许就是所谓的"神性"吧。我这个彻底的无神论者居然也在自己的身上发现了"神性"，这算不算是生命的奇迹？现在，是这"神性"而不是我在继续给你写信。你听到了"它"对你神圣的眷恋吗？

渡过黄河之后的路就好走多了，我们的领队告诉我们，因为通往"天堂"的大门已经敞开。一路上，我们会遇见许多年轻的学生和知识分子。他们中间的许多人都懂英语。也许我将有机会与他们交谈，了解他们对革命的狂热和对未来的向往。我曾经说过，所有的激情都具有同一种颜色。这种颜色就叫作"青春"。许多年过去了，我仍然是青春期症状的奴隶。与爱情一样，革命也是我的一种生理要求。你知道这一点。你痛恨这一点。在你看来，革命和爱情是两种对立的激情。

现在的问题是我们还没有找到足够的船只。按照正常的速度，起码有三分之一的人员无法在日本追兵到来之前顺利摆渡到黄河的对岸。在这座村庄的西侧，再过几个小时，肯定会有一场恶战。那时候，我应该已经站在对岸的山堆上了，因为我被安排在第一批渡河。不需要任何的想象力就可以想到，这条在人类文明史上如此沉重的河流很快将再一次经受历史的沉重。

我已经听到了部队准备出发的嘈杂声。是结束我们"在一起"的这又一个漫长夜晚的时候了。刚才我稍稍休息了一下极度疲劳的眼睛，并且长长地吁了一口气。这时候，透过眼睑前的灰暗，我似乎看见了我们在底特律那间小木屋里的灯光。这么多年以来，这灯光一直在照亮着我生命的旅程。我一直怀着一种奇怪的信念，相信那在记忆深处闪烁的灯光其实是从你忧伤的灵魂深处发出来的光亮。我知道我很快就会死去。也许仅仅是因为一场荒唐的医疗事故，比如我有可能会在战地医院的一次手术中不小心划破自己的手指，结果引起了致命的感染……我死于什么并不重要，重要的是，我会死在异乡，我会死在这里。这是我的宿命。现在，我已经不害怕死亡了。你知道，在与肺结核搏斗的那一段时间里，我已经经历了死亡可以掀起的所有惊涛骇浪……其实，在哪里死去对我也并不重要，因为我属于你，因为你是我永远不变的"天堂"。

可是你知道吗，这"天堂"又是我绝望的根源，因为它拒绝我最彻底的抵达。通往天堂的最后那一段路程就好像是一条无限延长的路，就好像是对我永不终结的惩罚。你为什么要用这种"无限"来惩罚我？就因为我对你的爱从来没有给你带来过安全感吗？……我们的爱就像是深不可测的黑暗。它那样的和谐又那样的矛盾。它是现实世界不存在的黑暗。它是因为我们的相爱才出现的黑暗，它是只有我们才能看得见的黑暗。我知道我的"天堂"就在这黑暗的最深处。这就是为什么我总是在"寻找"你的原因：即使你就在我的怀抱里，即使我就在你的身体里，我的这种寻找也没有停止，也不会停止。

是的，我清楚地看见了我们在底特律那间小木屋里的灯光。那是我们的共同生活开始的地方。那是我永远也不会结束的"寻找"开始的地方。这么多年以来，我好像随时都可以在那张温馨的小床上躺下，躺在你的焦渴中，躺在你的梦呓中，躺在你的懒散中……我不知道时间会怎样来构造未来的生活。但是我知道，许多年以后，记忆会成为我们的伪装，荣誉会成为我们的伪装，误解会成为我们的伪装。我知道，在这个动荡不安的国家，我将被供奉为英雄，我将被戴上"高尚"和"纯粹"的桂冠，我将成为"毫不利己，专门利人"的典范。可是，你知道，我是一个多么"自私"的人呵！在这个世界上只有你知道，因为你就是我的所"私"，你就是我的"私"。你爱我，我爱你，我们一直都在用爱折磨着对方、折磨着自己。我们都知道这种折磨就如同我的"寻找"和你的忧伤一样永远都不会结束。哪怕我们的身体会被死亡吞没，哪怕我们的灵魂将被地狱与天堂分隔，这种难以忍受的折磨也不会结束。

　　还记得吗，在底特律的那张温馨的小床上，每次即将到达激情巅峰的时候，我总是要你告诉我，你是我的，从来都是永远都是。现在，我不知道你在哪里，甚至不知道你是否还"在"……可是我仍然想听到你同样的倾诉："我是你的，从来都是永远都是。"通过这近乎绝望的倾诉，记忆中的幻影与生命融为了一体。这么多年了，你知道吗，一直是你的幻影在呵护着我脆弱的生命，我幻影般的生命……一直是。

　　我父亲告诉我，怀特大夫的所有手术刀上都刻着他前妻姓名的缩写。我父亲还告诉我，怀特大夫早就知道有一天他的手术刀上一定会染上他自己的鲜血。他说那是他的宿命，是他这个无神论者不得不相信的命运。他在临终前将自己写给前妻的这最后一封信连同他的手术刀等私人物品一起托付给了我父亲。我父亲告诉我，怀特大夫在临终前的最后一刻情绪非常激动。他用法语说了一句话。我父亲没有听懂，也没有能够记下来。我父亲说他好像是提到了夏多布里昂。

我父亲告诉我，他们的领队后来就一直生活在他所说的"天堂"之中。他后来一直在中央机关工作。一九六八年五月的一个下午，一群年轻人冲到他的家里，将他从病床上拖下来，捆绑到一个批斗会的会场。他们说他是杀害怀特大夫的凶手。批斗会达到高潮的时候，一个年轻人愤怒地抡起手里的铁棍，劈打到了领队的头顶上。领队应声倒地，当场就失去了知觉。他失去了他的"天堂"，而他的"天堂"也永远失去了他。一个月之后，同一群年轻人南下到了我们居住的这座城市。他们三次搜查了我们的家和我父亲的办公室。他们希望找到关于"西方间谍"怀特大夫的更多材料。他们当然什么也没有找到。但是，那一年的秋天，我父亲作为"怀特大夫间谍案"的同案人被判处了十年徒刑。

这十年的囚禁生活是我父亲的"天堂"，因为他从此就完全"觉醒"了。这觉醒使他获得了内心的宁静和自由。从这时候开始，我父亲通过记忆不断走近孤独的怀特大夫。他开始理解了他的许多细微的动作和情绪。他已经不再用他在黄河西岸第一次见到他时的那种天真幼稚的目光去看待他了。通过这种"觉醒"的记忆，怀特大夫在去世四十年之后与我父亲成了最亲密的朋友。这种跨越生死的友谊伴随我父亲走完了他人生之旅的最后那一段路程。

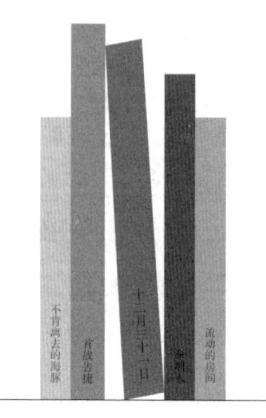

一九九九年十二月三十一日

天亮以前

　　像许多人一样，X也一直盼望着在这"最特别"的一天里能够发生一些"最特别"的事情，但绝对不是像妻子离家出走这样的事情。这有点"太"特别的事情提前三天就已经发生：三天前X下班回来，看到妻子的寻呼机和手机都摆放在餐桌上。手机的下面压着一张字条。他弯下腰去，读完字条上的文字：我实在忍受不了这样的生活了。我要离开一段时间。不用着急。我会注意安全的。X惊呆了。这是怎么回事？他的背包还背在身上。他还是弯着腰。他一遍一遍地读着字条上的文字。他心烦意乱。字条上的每一个字都让他心烦意乱，尤其是"这样的生活"。"这样的生活"是哪样的生活？三天来，X一直在纠缠着这个问题：上班、下班、吃饭、睡觉……所有的生活都是这样的生活呵！他无法理解妻子离家出走的理由。他急于想知道妻子的去向和下落。但是，他又不愿意向亲戚、朋友或者同事们去打听，因为他是丈夫，因为妻子的离家出走是让丈夫感觉极不光彩的"家丑"。他将全部的希望都寄托于耐心的等待。可是三天已经过去了，他还是没有等到妻子的任何消息。

心烦意乱的X在这三天里还是努力坚持自己那特有的生活习惯：临睡前坐在床上读大约二十分钟著名语言学家的传记。这个习惯开始于他获得语言学博士学位的那一天。他最近读的是一本乔姆斯基的传记。那是一本有点奇怪的传记。它的侧重面是乔姆斯基的政治思想，而不是他的语言学成就。X对乔姆斯基过于激进的政治思想一直没有好感，哪怕倒退十年，那种激进与他也还是可以称得上是"性格不合"。这大约二十分钟的阅读通常具有催眠的作用。在将书合上之前，X通常就已经有昏昏欲睡的感觉。不过最近一年以来，X的睡眠出了问题：他虽然入睡很快，却总是睡得很浅，而且很容易被惊醒。这当然要归罪于那特殊的焦虑。最近这一年以来，X总是觉得他妻子在受到威胁，受到一个男人的威胁。他对她的处境充满了焦虑。每次惊醒之后，X都会在黑暗之中不安地打量他熟睡的妻子。他的手臂经常轻轻地贴着她的手臂，但是，他总是觉得她离他非常的远，觉得他碰到的好像不是她的手臂……这种幻觉让他立刻想到了死亡。他想，如果他死在他妻子之后，他一定会感到非常孤独，而如果他死在他妻子之前，他也一定会感到非常孤独。他甚至想，哪怕他们一起死去，他同样会感到非常孤独。这没有出路的逻辑往往会让X忍不住推醒熟睡的妻子，听她用迷迷糊糊的声音问一下时间，或者听她含含混混的抱怨。

经过三天毫无结果的等待，X更加心烦意乱了。他的生活规律也已经被彻底打破。将近十二点了，他还没有像平常那样坐到床上。他正在百无聊赖地翻动着的书也不是语言学家的传记,而是那本小说,那本名为《玫瑰之名》的意大利小说。他斜躺在沙发上,头枕着沙发的扶手。他手里的这皮卡多版英译本保留了原作中所有的拉丁文句子。这给他的阅读的确设置了障碍,不过却并没有损害他对小说的痴爱。生活规律的突然打破对X也可以算是一件很"特别"的事情。他盼望接下来的这一天能够发生更多"特别"的事情。他需要更多"特别"的事情。他甚至觉得自己应该有意去制造一些"特别"的事情。他希望这些"特别"的事情能够分散他对妻子离家出走的注意。

X听到零点的钟声才将手里的书放下。"十二月三十一日"……又一个"十二月三十一日"!而这还是九十年代最后的"十二月三十一日"!!而这还是二十世纪最后的"十二月三十一日"!!!在如此特别的日子里,妻子的离家出走当然就显得更加"特别"了。他刚读到的片断也就因此会让他更加焦虑:在进入修道院的第三天晚上,那个名叫阿德索的见习修士第一次面对异性的身体。他将少女富有生命力的乳房想象成是一对在伊甸园的花丛中觅食的孪生幼鹿。他极度恐惧,却抵挡不住它们的诱惑……X的身心同时激动地颤抖起来。他将那出于美和丑的双层理由袒露出"幼鹿"的少女当成了他自己的妻子。愤怒引导他穿越将近七个世纪……他要抢在见习修士的恩师之前冲进修道院的厨房,将正在厨房冰凉的石板地面上与他的妻子翻云覆雨的见习修士直接提到厨房的台板上,用宰牛的屠刀将他剁成碎块、剁成肉泥。

鲜血溅红了X狂暴的身体。他好像失去了知觉,唯一能够感知的只有他妻子夹杂着怨恨和懊悔的哀号。她苦苦地哀求,哀求他停下自己的暴行……他直到将最后的碎块都剁成了肉泥才停下来。他绝望地扔掉手上的屠刀,转过身来庄严地抱起他的妻子,将她抱回到二十世纪。他的妻子用遗忘宽恕了他的疯狂。她好像从来就非常理解也非常需要他的疯狂。他疯狂地向她索取依赖、平静和满足。他甚至疯狂地要求她的纯洁:不仅现在的纯洁和未来的纯洁,还有过去的纯洁,在他们相识之前的纯洁,在她长大之前的纯洁,甚至在她出生之前的纯洁……在最亲密的时刻,这种疯狂的要求会成为他力量的源泉。而妻子温情或者激情的回应会引爆他不可思议的冲动和耐力。他一次接着一次将妻子推上高潮。他从妻子满足的表情里找到了"亲密"这个词最真切的词义,唯一的词义……但是,她现在在哪里?他六年来从来没有分开过的妻子现在在哪里?这在他头脑中反复重现的问题会让他的想象迅速复活,他又看见了那只龌龊的手,它伸向他的妻子,伸向她的"幼鹿",他的"幼鹿"……三天已经过去了,X很想知道那个问题的答案,又极为恐惧那个问题的答案。

  他的妻子现在在哪里?他们结婚已经六年了,这是他第一次与她分开,也是第一次失去与她的联系。她写在字条上的理由的确让他费解。"这样的生活"?谁又不是在"这样"生活呢?如果这时候他的妻子打来了电话,X会迫不及待地告诉她生活的"奥秘"。人们总以为可以不"这样"生活,可以"那样"生活,或者说像别人"那样"生活,像在别处

"那样"生活。其实,X会迫不及待地告诉她,"那样"的生活之所以诱人就是因为它在"别处",属于"别人"。一旦"别处"变成了"此处","别人"变成了身边的人,"那样"的魅力就荡然无存了。所有的生活其实都是一样的。生活的"奥秘"其实就是生活没有奥秘。还记得乔姆斯基的语言学模型吗?X会迫不及待地告诉她,生活就如同语言,有表层结构和深层结构的区别。"这样"与"那样"不过是生活表面上的区别,就像英语和法语一样,而在深层结构上,"这样"和"那样"的生活受制于同样的规则,同样的局限……他有很多话要迫不及待地告诉她。但是,他不会告诉她想象给自己带来的无法忍受的折磨。在将近七个世纪以前的修道院以及在现在的一个他不知道的地方,想象以同样的方式和同样的疯狂折磨着他。字条上的每一个字都在撩拨他的想象:"一段时间"有多长?"安全"的涵义有多广?她现在的生活离"这样的生活"又多远?……其实,如果这时候他的妻子打来了电话,他可能什么都不会多说,只会简单地恳求她回来。她离家出走的原因已经不重要了,她离家出走之后的遭遇已经不重要了,生活的奥秘也已经不重要了……只要她能够回来。只要她能够回到他的身边来。

  在刷牙的时候,X对着镜子做了一个鬼脸。这其实是他妻子三年前在一本生活杂志上看到的减压秘方:一个美国医生发现做一些夸张的面部动作可以减低内心的压力。她坐在床上将那篇文章大声读给他听。这是他第一次尝试,他发现根本就没有效果。他的头脑还是非常乱。他还在想,生活不会是它"可以是"的样子,或者说不会是它"应该是"的样子,这也许就是生活的奥秘。这种想法又让他想起了他的母亲。有很长一段时间里,他对母亲的死充满了恐惧。他知道,如果是他自己死了,他就彻底失去了对他自身存在的一切感觉。他的焦虑、他的睡眠、他的歌声、他的阅读、他的孤独等等都会被他的死亡带走。可是,母亲的死带不走他对她的感觉,而那种感觉会让他的生活带上死亡的气息……母亲死于他结婚三个星期之后。刚刚处理完她的后事,X就意识到自己从前的那种恐惧纯属多余。母亲的死没有让他的生活带上死亡的气息,相反,还让他迸发出从来没有过的生机。在他看来,这也是生活的奥秘之一。

他迅速刷完牙,接着很马虎地洗了一把脸,然后就钻进了被子里。过了一阵,他意识到自己还忘了小便,毫不犹豫地爬了起来。他已经三个整天没有怎么睡过觉了。他不想自己的睡眠再受任何干扰。而且,他已经决定要在清醒的状态下进入新的世纪,也就是说,这个夜晚就是他在二十世纪里最后一个可以沉睡的夜晚了。

X还是没有能够睡着。他浅浅的睡眠被一阵电话铃声打断。他没有马上接起电话,而是打开台灯,眯着眼睛看了一眼床头柜上的钟。时间是一点四十五分。他想到自己睡了还不到一个小时,对这个电话就更加痛恨。他狠狠地翻过身去,滚到了床铺的另一侧。这时候,他才突然意识到他的妻子不在他的身旁。他迅速转过身来,抓起话筒。他想马上听到的一定是他已经失联三天的妻子的声音,甚至很可能是她求救的哭声。

电话里传来的确是哭声,而且是一个女人的哭声。但是,那并不是他妻子的哭声。X等了一下,那哭声却并没有终止的意思。他有点不耐烦了。"怎么回事?"他用不满的语气问。

"他死了。"哭泣的女人说。

X有点恐慌。"谁?"他问,"谁死了?"

"他。"哭泣的女人说。

"他是谁?"X着急地问。

那个女人哭得说不出话来了。

X改变了方向。"你是谁?"他问。

"我是他妻子。"哭泣的女人说。

X稍稍停顿了一下。他不知道他自己的妻子现在在哪里。他甚至不知道他自己的妻子是否还活着。他在等她的电话。他却等到了一个死人的妻子的电话。"你丈夫是谁?"他轻轻地问。

"他死了。"哭泣的女人说。

"他是谁?"X又有点不耐烦地问。

"他总是说,如果他……"哭泣的女人说,"一定要让你最早知道。"

"所以你会在半夜里给我打来这样的电话。"X不满地说。

"对不起。"哭泣的女人说,"我忘了我们之间有十个小时的时差。"

哭泣的女人提到的"十个小时的时差"让X颤抖了一下。"你这是从哪里打来的电话?"他急切地问。

"温哥华。"哭泣的女人说。

X只有一个朋友在温哥华。那是他曾经最好的朋友。他们从小一起长大。X的母亲常常开他们的玩笑,称他们是"少年时代的同性恋人"。可是,在整个九十年代,他们都没有什么联系。这种疏远肯定与他们之间的那些争论有关。他们都向往西方文明,但是,与他的朋友相反,X并不向往西方的生活,也没有觉得逃离是一种"必须"。他们关于是否必须逃离这个国家的争论在八十年代末期达到了白热化的程度。在X看来,逃离是一种精神的抉择:一个人可以在一个地方生活,而他的精神却逃往了别处。他的朋友则强调精神来自感知,而身体是感知的门户,因此身体也必须逃离。他甚至认为,逃离是一个人成熟的标志。X完全不同意这种说法。无聊的争论经常会将他带进少年时代的回忆。那是一个充满了禁锢的年代,而他们却从中发现了无数的生活乐趣。比如有一天,他们发现学校图书室尽头那间不准读者进去的储藏室里面装的居然全都是大人们说的"毒草"(禁书)。后来,他们又发现那间储藏室的钥匙就放在图书室管理员身后的柜子里。他们完全按捺不住了。一个星期五的下午,趁图书室里没有其他人,他们首先用"调虎离山计"(那时候,他们对三十六计能够倒背如流),由X将钥匙偷到了手;接着他们又用"暗渡陈仓计",由X的朋友完成了对储藏室的第一次"洗劫"。整个过程干净利落,图书管理员完全没有察觉。X的朋友将钥匙放回原处,示意他赶快脱身的时候,X还在兴致勃勃地与她讨论《钢铁是怎样炼成的》里面的冬妮娅。

他说没有冬妮娅，钢铁是根本就炼不成的。而图书管理员完全认同X的这一观点。她感叹说没有想到他这么小小的年龄却什么都懂。X最后是被他的朋友强拉走的。他一开始还抱怨他妨碍了他执行"迷惑"敌人的任务。"你还迷惑敌人呢，"他的朋友说，"你都快被敌人迷惑了。"他们一直跑到了操场旁边的那棵古榕树下。那是他们的"根据地"。X的朋友从汗衫里面掏出他"洗劫"到的那两本书。那本贴身放的《哈克贝利·费恩历险记》最后的几页已经被他的汗水浸湿了，另外那本名为《三篇哲学对话录》的小书的底边上也有浸湿的印迹。X的朋友解释说，储藏室里面的书全部都被包得严严实实，他一包包地都试过了，都打不开。最后，他只能"洗劫"到两本遗漏在外面，没有打进包里的小书。X对这样的战果已经非常满意了。四周是连绵不断的蝉鸣。温热的南风吹拂在他们的身上。两个少年各捧着一本书，背靠着背，读了起来。X手上那本《哈克贝利·费恩历险记》的一些段落令他忍不住大声朗读出来。他的朗读吸引了他的朋友。他会转过身来认真倾听。他说他手上那本书根本看不懂。不过他很喜欢作者的名字。"他叫贝克莱。"他说。X也觉得那个名字非常好听。他读了一下他的朋友指给他看的那两段，也没有看懂。于是，他邀请他的朋友一起来读他手里的书。两个少年肩并着肩，背靠着古榕树。他们的想象第一次伸向了遥远的密西西比……

"他是怎么死的？"X问。

哭泣的女人哭得更加伤心了。"他说他不想活了。"她说。

"为什么？"X问。他马上就觉得这是愚蠢透顶的问题。不管为什么，他已经死了。他曾经最好的朋友。他在朋友的妻子挂断电话之后仍然紧握着话筒。在整个九十年代，他们几乎没有交流。现在他死了。他们再也不可能有什么交流了。十年前，他离开了这个国家，这个他非常憎恨的国家。现在，他又离开了自己。他是不是因为憎恨自己才离开了自己？

只有死亡是一种摆脱。每次走近母亲的病床，X就这样想。他不愿意面对垂死的母亲，但是他的妻子坚持要每天都陪在她的病床边。有一天，他们一直陪到了凌晨一点。那天傍晚，医生完成了又一次抢救，母亲的情况又稳定了下来。在医院的门口，X想叫出租车的时候，他的妻子拉住了他的手。"我们走走吧。"她说。X看着她疲惫的眼睛，说："可是你已经很累了。"X的体贴让他的妻子非常满足。"没关系，"她说，"我很想走走，走走也许就会好起来的。"说着，她挽起了X的手。

一开始，他们谁也没有说话。后来，X说起了他的那个中学同学，那个给他取绰号的同学。那是一个很拗口的绰号，从来就没有在同学们中间流行过。可是，那个同学自己却一直用它来称呼X，直到现在。现在，那个取那么愚蠢的绰号的家伙居然成了全国电脑行业里的一个著名人物。这被X当成是这个国家缺乏诚信的例证。这件事，X的妻子已经听他说起过多次了。她知道他之所以现在说起，是想回避重要的话题。"还是谈谈你的母亲吧。"X的妻子说。她不想回避重要的话题。

"有什么好谈的。"X用沮丧的口气说。自从母亲病危住院以来,他的心情一直不好。他不敢相信母亲马上就会死去。他无法想象在母亲死去之后,自己的生活会变成什么样子。

"一个那么漂亮的人居然变成了现在这种样子……"X的妻子固执地说。

"我根本就不敢看。"

"插了那么多的管子……那怎么还可以说是人的身体。"

"那就像是一盏吊灯。这是卡尔维诺的说法。"

"美只是一晃而过的东西。"

"青春也是。"

"生命也是。一切都是。"

X突然意识到他妻子的离家出走可能有更深远的原因。也许在他刚刚想起的这次谈话之后不久,他的妻子就已经有点厌倦"这样的生活"了。那时候,他们刚刚结婚。在整个婚姻过程中,X一直都非常敏感。过度的敏感很容易刺激他的想象,给他带来意想不到的情敌,比如《玫瑰之名》里的阿德索。X曾经故意向他妻子推荐那部小说,想考验她对阿德索的感觉。但是,她只读了二十页,就读不下去了。也就是说,她其实还没见到那位羞涩的见习修士。但是,每次读到见习修士与"幼鹿"相遇的场面,X的想象就会让他狂暴起来。刚才,他再一次将见习修士剁成了肉泥。可是,那又有什么用呢?他还是没有他妻子的消息。他还是不知道她现在在哪里。这"没有"也很容易刺激他的想象。现在,他的头脑非常亢奋。刚才从温哥华传来的哭声和噩耗仍然在他的耳边回荡。X将台灯的光线调暗了一点。他看到微风将窗帘吹得轻盈地飘动起来。他听到楼下的小路上有人在匆匆地走路并且咳嗽。远的和近的画面互相交错，时间好像停顿了，也许就停顿在天花板上……那颤动着的黑影来自何处？他的朋友就这样死去了。他变成了一个影子，就像他母亲一样，那是只有记忆才能够捕捉到的影子……X想起了他们最后的那一次旅行。那是他们告别八十年代的旅行。在一九八九年十二月三十一日的傍晚，他们走进了深圳。他们刚在小酒店的房间里放下行李，就有两个妓女敲响了他们的房门。X的朋友喜出望外，但是X自己没有任何兴趣。两个妓女不愿意分开，而X又不愿妥协。他的朋友最后只好暗示他用"走为上计"回避片刻，他说他有能力"一箭双雕"。X悻悻地走下楼梯，坐到了小酒店接待柜台旁边的沙发上。他百无聊赖地看着电视里实况转播的一场水平很低的足球比赛，直到看到那两个妓女从电梯里走出来。他这时候才注意到她们穿着完全相同的上衣、短裙和皮鞋，就像是同一个团队的成员。她们的表情都非常严肃。她们完全没有在意已经从沙发上站起来的X。她们中的一个从手提包里抽出一张一百元的纸币递给接待柜台后面的工作人员，并且说"谢谢"。X还是从楼梯上去。在楼道拐弯的地方，他突然又看到了他的朋友从图书室后面的储藏室里溜出来的身影。那天真的身影。那一去不复返的天真的时代。他伤感地想，不同的时代就像是不同的酒店。他们这些匆匆过客，处在不同的时代就像住进了不同的酒店。不管一个时代多么辉煌，多么重要，他们最后总是要退房离去……他走进房间,吃惊地看见他的朋友仍然光着身体躺在床上。他抱起扔在地上的衣服扔到他的身上。

他的朋友还是一动不动地躺在那里。"只有她们能够唤醒我们的身体。"他充满敬意地说。

"……"

"压抑的日子终于结束了,长达七个月的压抑。"

"……"

"一个时代终于结束了。"

"……"

"我终于结束了。"

"……"

他们的友谊也随着那次旅行的结束或者说那个时代的结束而结束了。在他的朋友离开去加拿大的那一天,X甚至没有去给他送行。他的朋友一直没有回来过,将近十年了。他再也不可能回来了。他死了,死于"不想活了"。他的噩耗毁掉了X在一个世纪里最后的睡眠。他开始以为那是他妻子打来的电话,求救的电话。没有想到,它来自一个死人的妻子。他自己的妻子三天前离家出走了。她现在在哪里?她现在在哪里?

上　午

X的身体是被他的圣母唤醒的,距离他朋友的被"唤醒"已经过去四年。那一天是他母亲下葬的日子。下午从墓地回来的时候,他和他的妻子就都已经感觉身心极度疲劳,可是,到了晚上将近十一点，他们却又都没有丝毫的睡意。冲完凉之后，X坐到沙发上，翻起了几天前在图书馆旁边的那家旧书店里买到的那本名为《遗弃》的小说。而他的妻子蜷缩着身体坐在床头，眼睛呆呆地望着被子。X在关于"儿童节"的那一章停下来。那灰暗的文字引起了他强烈的共鸣。他小的时候也经常觉得自己是一个"孤儿"。刚才在墓地里，那种遥远的感觉又再次出现……他读完那一章后，将书扔到沙发的一角。这时候，一种宿命的力量将他的视线引到了他妻子的身上。他们已经结婚三个星期了，他好像还是第一次用充满欲望的目光看着她。他的妻子对这"第一次"显然也很有感觉。她示意他让刚刚停下的音乐重新回荡起来。那是里赫特演奏的巴赫。X重新按下了播放键。然后，他走到床边，面对着他妻子坐下。他的妻子羞涩地笑了一下。他好像还是第一次看到那羞涩的笑。他将手伸进他妻子披散的头发。她用面颊在他的小臂上蹭了两下。那让X感觉极为惬意。他觉得那是他第一次感觉到皮肤的亲密。他庄严地解开他妻子睡衣上的纽扣，然后，用双手将睡衣慢慢地拂开。他的视线惊动了那一对机敏的"幼鹿"。他觉得那是他与它们的"第一次"相遇，他觉得那是他的"第一次"看见。他用他全部的热量看，他用他全部的激情看。他的热量和激情令"幼鹿"的身体膨胀起来……X俯下身去，用颤抖的舌头轻轻弹动他妻子已经坚硬的乳头。他好像登上了一个从来没有人登上过的星球，一个孤独的星球。巨大的成就感取代了他深深的孤独感。

远方传来的噩耗和妻子留下的空白让X对黑夜充满了的

畏惧。他在床上翻来覆去、翻来覆去……他以为自己会一直这样辗转到天明。他再一次的惊醒也是因为一阵电话铃声。时间是七点二十三分。他迷迷糊糊地拿起话筒,里面却没有声音。他有点伤心。他盼望着在这"最特别"的日子发生一些"最特别"的事情,但是绝对不会想到也不会愿意发生这样特别的事情。一个时代就要结束了,这与他有什么关系?一个世纪就要过去了,这与他有什么关系?但是,远方传来的噩耗和妻子留下的空白却不仅与他关系重大,还让一个时代和一个世纪的结束变得如此的沉重,也让一个时代和一个世纪的开始变得如此的迷茫。早在一个星期之前,他就为这最特别的一天做出了一些特别的安排:他要去书店给那个住在北京的德国人买刚出版的《遗弃》新版。他当然还要去看望历史学家,去祝贺他的生日。他还想开始动笔写他构思过多年的那本小说。这样,他将来就可以用得意的口气在小说的封底上写道:"这是一部在上个世纪最后一天开始动笔的作品。"现在,"上个世纪最后一天"远比他一个星期前想象的要"特别"多了:它缭绕着未知的阴霾,又蒙上了死亡的戾气。他有一种奇怪的预感,预感这阴霾和戾气会改变事物的性质:《遗弃》也许会带给他更多的阴影……历史学家也许会让他失去更多的兴趣……而那部还不存在的小说也许永远都不会存在了。

下床的时候,X感到头昏脑胀、浑身无力。他从来没有想到过这"最特别"的一天会这样开始。他不想任何的一天是这样开始。他拉开窗帘。太阳照常升起。冬天温暖的阳光依然能够直射到他的床边……"他们"的床边,与"她"已经失联三天的床边。他稍稍整理了一下被子。光线里顿时尘埃跃动。这是他在童年时代感到非常好奇的景象。他喜欢将那些尘埃想象成是人:他们彼此都那么相似,他们彼此又都那么孤独,他们不知道自己是怎么被折腾起来的,他们也不知道自己在为什么而折腾。最后,他们又都安静下来了,彼此又都还是那么相似,彼此又都还是那么孤独……现在,他对世界已经没有什么好奇心了。这也许是他在最近这十年来最大的变化。现在,所有的重大事件对他都不再重要了。历史对他已经不再重要了。重要的也许是那两个妓女。她们唤醒了他朋友的身体。她们让他获得了解放甚至解脱。乔伊斯小说中的人物说,历史是一场他想从中惊醒的噩梦。这就是,一旦他从中惊醒,历史就会烟消云散。他的妻子好像也是从一场噩梦中惊醒了。那噩梦的名字就叫"这样的生活"。那是没有来历也去向不明的生活。那是所有人都在过的生活。然后,她就离家出走了。她现在在哪里?她现在究竟在哪里?他的头脑中不断翻腾着这个问题。这不是好奇,这是焦虑。

那天从医院回家的路上,他们还谈到了"幻想"。X嘲笑他的妻子对生活抱有太多的"幻想"。

"人都有幻想。"他的妻子说。

"最好说女人。"X说。

"你看不起女人?"

"女人不在乎自己在历史中的位置。"

"你这是在恭维还是在贬低?"

"男人在乎。"X说,"愚蠢的男人。"

也许是"幻想"令他的妻子离家出走的呢?X突然想。吃早餐的时候,他故意坐在妻子平常坐的位子上。他想避开对她的注视,对她的"缺席"的注视。他想起他们生活中的另一个空白。多年以来,他们一直没有要孩子。这其实只是一个即兴的决定,是在母亲去世之后三天做出的决定。那一天,他们去看望一家刚刚失去了孩子的亲戚。面对着他们,孩子的母亲一声不吭。孩子的父亲语无伦次。他们的穿着和目光说明他们已经不可理喻。三天前,他们刚进初中的孩子在上学的路上被一辆飞驰而过的车撞死在电线杆上。从那一家出来之后,X和他的妻子一直都没有说话。

一直到关掉台灯准备睡觉的时候,他们才在黑暗中有短暂的交流。

"我知道你在想什么。"X说。

"我也知道你在想什么。"他的妻子说。

"睡吧,"X说,"我觉得这样很好。"

"我也这样觉得。"他的妻子说。

X还是将手轻轻地放到了他妻子的手上,但是他知道那只是一个没有激情的动作。

早餐后,X补写好这三天漏掉的日记。他还是像平常一样将事情记得非常简单。不过,他对措词非常注意。妻子的离家出走被他记成是"外出"。他提到了留在餐桌上的字条,但是没有记下字条上的内容。而在关于凌晨那个电话的记录里,他完全避开了"死"字,将电话的内容记成是"从温哥华传来的消息"。他为要不要在"消息"之前加上"坏"字斟酌了很久，最后还是决定不加。

将日记本收好，X就出门了。在三天绝望的等待中，无数的"如果"在他的头脑中出现过。现在他又想：如果他们没有顷刻间就被失去孩子的恐惧压倒，如果他们有了自己的孩子，他的妻子也许就不会再有那么多的幻想了，这"最特别"的一天也许就不会如此"特别"了……在三层的楼梯间，他遇见的那位邻居的眼神让他非常紧张。他加快了脚步，想尽快从她身边走过。没有想到，她会叫住他，问他的妻子是不是已经回来。X停下脚步，回过头来看着他的邻居。"回来？"他装出不明白的样子重复邻居的话。他没有将"家丑"泄露给任何人，邻居的问题让他非常紧张。"她不是出差去了吗？！"邻居轻松地说。这样的说法让X更加紧张了。"出差？"他还是重复了邻居的话。不过这一次，他是真的不明白了。邻居这时候才告诉X，那天她看见他的妻子背着一个很大的旅行背包出门了。她以为她是去旅游，但是她告诉她说她是去"出差"。X终于松弛下来。他冲着邻居笑了笑。"她的出差其实就是旅游。"他用玩笑的口气说。邻居好像很明白他的意思。"现在都是这样，"她说，"这叫公费旅游。"X又笑了笑。他觉得他妻子离家出走的时候最后见到的不是他自己而是他们的邻居，这非常荒谬。他告别邻居，快步朝楼下跑去。但是，跑到二层，他突然又停了下来，抬头冲着他的邻居大声问道："她说了去哪里出差吗？"邻居用吃惊的声音问："你不知道？"X尴尬地笑了笑，说："我有时候不喜欢管她的事。"邻居好像很明白他的意思。"现在的年轻人都很独立。"她说，"少管一点也好。"

街上到处都是迎接新世纪的标语。有些标语半年前就已经出现，有些则出现在最近的这三天。X很容易就能够辨认出那些新出现的标语。它们的"出现"正好与他妻子的"出走"形成对比。它们是对他的提醒，更是对他的嘲讽。他不敢在这些新标语前面停留。他不相信新的世纪将给他的个人生活带来灾难。他没有放弃。他还在等待。他相信他苦苦的等待一定会得到回报。他相信在一九九九年十二月三十一日这一天，一件在绝大多数人看来再普通不过的事情会发生在他的生活中：他的妻子走进了家门。她也许会叹一口气或者羞涩地笑一笑，接着告诉他，她这三天去了哪里；她也许什么都不说……这都不重要，重要的是她回家了，重要的是已经中断的生活又可以继续了，可以在新的世纪里继续了。

在字条里，他的妻子只是说她实在忍受不了"这样的生活"，而没有说实在忍受不了他，这在X看来也非常重要。这意味着她一旦回来，就是真的回来了，而不会只是冷漠地站在他的面前，对他说："我们应该离婚了。"想到这里，X马上就原谅了他妻子的离家出走。他甚至想为她辩护：暂时离开一下"这样的生活"也许有利于她认识这样的生活，进而认同这样的生活。他等待着她在失联三天之后重新走进家门。那是他生活中最神圣的时刻，足以与那一对"幼鹿"扑入他眼帘的时刻相媲美！从那一个时刻起，他就已经将她奉为圣母，唯一属于他的圣母。她用至高无上的荣耀和激情唤醒了他的身体。他痛恨自己充满焦虑的想象,他痛恨想象对圣母的玷污,他相信有一天,他一定能够用理智的力量制服想象的魔鬼。

一个盲乞丐拄着拐杖在汽车站等车的人群中来回走动。她第一次走到X跟前的时候,他将捏在手里准备用来坐车的硬币扔进了她端着的小碗里。硬币碰到小碗底部发出的声音给X带来了一点安慰。他以前从来没有理睬过马路上的乞丐。他觉得他们都是不愿意自食其力的懒人,甚至都是诡计多端的骗子。现在,他突然觉得他们很有意思。他们可能是城市里对这"最特别"的一天唯一没有特别的感觉的人。他很想自己也像他们一样,失去对这一天的感觉,失去对"特别"的感觉。这时候,同时有五辆汽车开进了站。它们带来了污浊的废气又引起了人群的骚动。X从来就不愿意与大家一起去哄挤着上车。他耐心地等在人群的后面。他提醒自己不要在外面待太长的时间。他相信他的妻子正在回家的路上。他不想错过了生活中最神圣的时刻。

他最后一个上车。上车之后,他像平常那样迅速挪到了后面的车门附近。他一边挪动一边想,上车时的那种哄挤完全没有必要,因为车厢里并不拥挤。X环顾四周,突然觉得自己与周围这些人有很大的距离,不仅因为他没有参加那种哄挤,还因为他很清楚,整个车厢里不会再有第二个人会与他有同样"特别"的处境。淡淡的陌生感和淡淡的孤独感同时渗进他的意识里。所以,他一点都不奇怪那四个穿着肯德基制服的小姑娘同时向他投来了异常的目光。不对,他很快就意识到那种目光与他的陌生感和孤独感毫无关系。正好相反，她们将他当成是自己的一员，在请求他的帮助。X顺着一个小姑娘的暗示看到了站在汽车中部的那两个年轻人。他们围在一个中年女人的身后，显然是在准备行窃。X马上将脸转向了另一侧。这已经是一个太特别的日子：他的朋友死了，他的妻子走了……他不想再有什么麻烦。冬日阳光中的街景从他眼前晃过……那辆车把上系着几十只五颜六色气球的自行车从他眼前晃过……那个在人行道上摔倒的小女孩从他眼前晃过……这时候，X突然觉得自己窝囊极了。他怎么会变成这种样子？怎么变得连最起码的正义感也没有了？整个九十年代，他满足于安稳、满足于平庸、满足于他的妻子都已经无法容忍的"这样的生活"。让他焦虑的不再是人类的未来、世界的前景和国家的命运，而是他妻子的身体或者说他妻子的纯洁……强烈的负疚感突然令他热血沸腾起来。他朝那两个年轻人走去。就在他刚要出手制止行窃的时候，汽车正好急刹车。X借着强大的惯性，将其中的一个年轻人猛地推倒在地，而另一个年轻人惊慌失措地闪到了一边。那个女人也几乎被X推倒了。她用很难听的词痛骂了X几句。X没有回嘴。这时候，汽车停站了，那两个年轻人迅速下车，逃得无影无踪。X也跟在那四个穿着肯德基制服的小姑娘身后下了车。他有点得意自己刚才突然的"热血沸腾"。

书店里的人特别多。这当然也是一个"特别"的标志。许多人都想到要用书来纪念这个"特别"的日子。X下车的时候也想到了这一点。但是，在他自己目前最感兴趣的哲学、医学和历史三类图书中翻找了一阵之后，他没有发现一本足以当此重任的书，就放弃了这个想法。寻找《遗弃》新版的过程也有点曲折。他首先在中国当代文学的书架上找了个遍，没有找到。于是，他向营业员打听。两个站在一起聊天的营业员说法不一：一个说那本书两个月前就已经卖完了，另一个说她两天前还在哪里见到过一本。最后，她果然为他在外国文学书架的最底层找到了那一本。那德国人是研究中国文学的学者。她有一天无意中读到了一篇关于《遗弃》的评论，才知道这本小说的存在以及新版已经出版的消息。她很想读到它，但是找遍了北京的书店，都没有找到。她想到了与小说作者住在同一座城市的X。她想他也许能在他们当地的书店里为她找到。她没有想到X读过《遗弃》旧版，也知道小说的作者与他住在同一座城市，还与他有共同的专业背景。她更没有想到他对小说和小说的作者都没有好感。她想这可能是出于中国人常说的那种"文人相轻"吧。她的这种想法有一定的道理。X不仅与《遗弃》的作者年龄相仿、经历相似、学历相当，他也有写小说的野心，只是还没有开始写自己想写的作品。X是索尔·贝娄的崇拜者。十年前那个特别的夏天，他排遣郁闷的方式就是沉醉于《赫索格》的阅读。他甚至还忍不住给贝娄本人写过一封信，表达对大师的敬仰之情。两个月后，他收到了一封来自芝加哥大学索尔·贝娄办公室的礼貌的回信。从那一天起，X就发誓要用他的母语写一部像《赫索格》那样伟大的作品。他的主人公也是日常生活里的窝囊废，他躲避世界的方式也是不断地写信，给那些死去的和活着的语言学家写信,比如亲爱的马丁内……亲爱的特鲁别茨柯依……亲爱的雅格布森……当然还有亲爱的洛姆,不,最好还是叫亲爱的乔姆斯基吧,除非主人公果然被虚构成与乔姆斯基有什么私交。

X没有马上去邮局给那个德国人寄书。下午去拜访历史学家的时候,他会要经过邮局,他想那时候再顺便去寄。他现在急着回去。他不想错过他妻子进门的一刹那,他不想错过生命中最神圣的时刻。而且,他还有点好奇(或者说有点嫉妒),想看看这部小说的新版到底有什么新意。当年他在旧书店里遇见这部小说的时候,它还完全不为人知。没有想到最近两年,它突然被一些著名的学者"发现",成了媒体关注的热点。也就是说,在X对历史失去了兴趣和感觉的九十年代,这部小说创造了历史。他不知道将来自己的作品能不能引起关注,能不能创造历史。如果它果然像《赫索格》那样伟大的话,它当然就一定会引起关注和创造历史。X在汽车上坐好之后,马上翻开了小说。首先进入他眼帘的是这样一段:

四月里发生了"出生"这样的事情。这是多么意味深长的事情。当我们的意识还在黑暗中飘移,辨不清自己的方位,见不到心灵的光芒,树枝上却突然冒出了绿色的嫩芽……雨的声音不再夹杂着冰凉的意念……又渐渐可以听到鸟的叫声了,像谎言一样让时间深感欣慰。

X不知道自己上次读到《遗弃》的时候为什么没有留意这一段文字。现在，他被它迷住了。他怀着少有的期待继续读下去：

更重要的是四月里出现了Z……我本来很不习惯注意生日。我觉得任何人都不应该对生日过分关注，因为那不是我们自己的选择。我们的出生是一场游戏的产物，是纯粹偶然的产物。尽管如此，Z的生日给了我强烈的冲击。我立刻念出艾略特的诗句。残忍的月份孕育了人与人的分离……人应当学会接受这种强加的分离像接受这个强加的世界。谁又能说"面对面"不也是一种分离的状况呢？谁又能说人们手拉着手走在一起，肩并着肩睡在一起，不也是一种分离呢？

他的心被揪得更紧了。他想起自己半夜里被噩梦惊醒的时候看着躺在身边的妻子的那种"远"的感觉。他一直以为那只是他的感觉，只是他的阴暗和狭隘。没有想到，它居然是一种通感，而且已经被人写出来。他有点激动又有点失望。

这时候，他突然注意到邻座的那个人朝他这边越凑越近。那是一个衣服上布满了涂料的装修工。他的呼吸带着很浓的烟草味。他好像也迷上了这一段文字。X故意将书往他那边移过去一点。那个装修工顿时感觉有点尴尬，他马上坐直了身体，将头扭到了另外的一侧。X又将书移回到自己的面前，继续读下去：

"你是说我不好吗？"Z当时这样问我。这是一种多么粗糙的误解。我是说你的出生不好，我心想。我们谁的出生又好呢？哪怕我们出生在不那么残忍的月份。出生总是残忍的。

他不可能不想起他的妻子。她的生日碰巧也在四月（这当然又是他与小说作者相似的经历）。在充满焦虑的想象中，他一次次地玷污她，她也一次次地伤害他……这使他在与她面对面、手拉手、肩并肩的时候经常也感觉她非常遥远。这种亲密中的遥远令X绝望、心碎。他常常觉得想象是一种犯罪，而想象犯罪是一种更大的犯罪，而想象圣母的犯罪（那无法更改的堕落）是最大的犯罪……现在，他的妻子已经无法容忍"这样的生活"了，想象已经在逼近现实，分离已经变成了现实……X不想这样想下去，但是他不能不这样想下去：她也许的确需要另外一种生活。她也许的确需要与另外的面孔"面对面"，与另外的手"手拉手"，与另外的肩"肩并肩"……她也许的确需要离家出走，也许的确应该离家出走。但是……X痛苦地将手里的书合上。但是，她为什么真的要离家出走了呢？他很想知道他妻子现在的心情、现在的表情、现在的感情、现在的激情……

中 午

快下车的时候，X就感觉到了饿。他开始想在外面吃点东西再回家，但是，他马上又想到了自己更迫切的需要。他不能错过了最神圣的时刻。他必须马上回去。他快步朝家里走去。他希望自己不要再遇见知道他妻子"出差"去了的邻居。他果然没有遇见任何熟人。上楼的时候,他有强烈的感觉,感觉他妻子很快就会回来。他甚至感觉她可能已经回来。他将钥匙插入防盗门锁孔的动作已经显得非常神圣。打开房门,他首先看到的还是那张字条。三天以来,他一直没有动过它。它让他马上就失去了所有美好的感觉。他顺势在餐椅上坐了下来。他的头脑开始是一片空白。接着,他想起了去书店的车上发生的事情。其实,他并不知道那两个年轻人在他"热血沸腾"之前是否已经得手。也就是说,他不知道他的"热血沸腾"到底有没有意义。或者说,他不知道自己究竟是不是当成了英雄。整个八十年代,他都是一个理想主义者,都充满了对英雄主义的向往。他渴望自己的生活与历史发生关系,他渴望自己的行动成为重大历史事件的一部分……但是,八十年代阴暗的结局让他彻底灰心了,他失去了对历史的好奇和激情。他躲进了平庸的生活之中。他躲进了婚姻之中。他不再为世界、国家和人类处心积虑了。他的焦虑变成极为庸俗的焦虑。他怕失去他的妻子,不管是表面上的失去还是实际上的失去,不管是精神上的失去还是肉体上的失去,不管是现在的失去、将来的失去还是过去的失去……八十年代的最后那一段时间,他与他刚刚死去的朋友发生过多次的争论。那些争论已经预示了他整个九十年代的生活。他变得冷漠了,变得真正的"无所谓了"。他不再向往英雄的生活。他不再渴望与历史发生关系。他甚至对自己在八十年代的最后经历的重大历史事件也已经没有敬意了。他现在觉得那就像是一场闹剧。三个月以前，他曾经与他的妻子谈论过在即将到来的"十二月三十一日"将会发生什么大事。那不仅是一年的最后一天，不仅是一个时代的最后一天，还是一个世纪的最后一天。他记得他说，一定会有人选择在这一天做出惊世骇俗的事情，比如一个国家的元首突然在这一天宣布放弃他的权力或者另一个国家的元首突然在这一天出现在他的军队在别人的国家开辟的前线，与那些转眼就会灰飞烟灭的士兵插科打诨……X突然有点后悔自己当时的谈论。也许是自己的这些谈论提示了他的妻子做出离家出走的选择呢？X不相信自己的平庸是他妻子离家出走的原因。他记得每次谈起那个年代最后的那个夏天，她都显得不以为然。她说世界上根本不存在什么英雄。

但是可能存在瞬间的英雄行为吧！X固执地想。他觉得自己根本不应该回家来。他觉得他的妻子根本就不会回家。那个最神圣的时刻不会在他一生中最特别的"十二月三十一日"出现。他不想再去想她了。他急于想知道自己刚才是不是当成了英雄。他马上又出门了。他想去书店附近的那家肯德基，去找到刚才那四个小姑娘，去问她们是否能够为他的英雄行为做证。那个盲乞丐还在等车的人群中走动。但是，她还没有走到X的身边，车就来了。上车之后，X很机警地打量着四周，好像又希望看到与上午类似的情况。如果看到，他立刻会像英雄一样挺身而出，冲过去一把抓住行窃者……可惜车厢里一路上都秩序井然，一直没有出现造就英雄的时势。

　　走进书城旁边的肯德基,他马上就有点茫然了,因为他已经完全不记得上午同车的那四个小姑娘的面孔。他排到了最中间的队伍里。他同时又四处张望。他知道,唯一的希望是他能"被"认出来:"那不是公共汽车上的那个英雄吗?"他一次次地听见了姑娘们的惊叹声,但是他看不到发出惊叹的姑娘们。一直到他订的食物都齐了,他还是没有被人认出来。他极度失望地端着托盘,坐到了最角落的那个位置上。他背对着整个的餐厅,面对着墙。他突然不想被任何人认出来了。他的头脑像这三天里的大部分时间一样混乱不堪。他想起儿童时代的一种奇特的心理反应:每次遇到不公正的现象,他就暗暗发誓自己将来要长成一个巨人。这样,只要他一出现,邪恶立刻就受到了惩罚,正义顿时就得到了伸张。他无以匹敌的身体因此也就成了正义的化身。而到了少年时代,他就已经意识到身体的高大并不重要,重要的是权力。如果拥有了巨大的权力,他就能够消灭所有的邪恶,让世界充满正义。他多次梦见自己乔装成一个农民坐在公共汽车上。突然不公正的现象发生了。他当然马上前去制止。结果可想而知,作恶者根本就没有将他放在眼里,而受害者也没有将他当成救星。他的语气加重了,他的动作加大了……这时候,作恶者猛击一拳,将他打倒在地。惊恐万状的乘客们都退到了一边。所有的目光都集中到了他的身上。他慢慢爬起来,慢慢地摘去了脸上和身上的伪装。所有人都惊呆了。他们发现站在他们面前的不是农民,而是市长或者甚至是省长。邪恶立刻就受到了惩罚，正义顿时就得到了伸张。这就是权力的力量！可是进入九十年代之后，X对维护正义已经没有任何兴趣了。现在他相信，如果还存在英雄的行为的话，那一定是一种瞬间的行为，一种个人的行为。它不是来自正义的召唤，而是一种突然的冲动，一种对懦弱的逆反，一种对自己的不满，就像他上午所做的那样。他厌恶自己的冷漠和懦弱，突然他就行动了。他的行动给他带来了很久都没有过的兴奋。他的妻子还从来都不知道他有多么勇敢。在那个神圣的时刻，他会迫不及待地告诉她事情的经过。这不是一件小事。这是会增加她的安全感的大事。他希望她有很扎实的安全感。但是，她现在在哪里呢？她现在安全吗？她字条里"注意安全"这几个字也让他难以忍受……那是她提醒他要采取避孕措施的时候所说的话。天啊，她现在在哪里？她现在跟谁在一起？她现在会"注意安全"吗？

他突然非常恐惧被人认出来了。他只想安安静静地度过这比他盼望的要"特别"得多的一天。就在这个时候，他听到有人喊出了他的名字。那是一个女人的声音。它来自他的身后。X的身体猛烈地颤抖了一下。他希望那又是幻听。他没有回头。但是，那个声音又重复了一遍，同时，一只手搭到了他的肩上。他回过头去。他不敢相信这是真的。"怎么会是你？"他不知所措地问。

那个女人在侧面的椅子上坐下。"怎么会是你？"她模仿着X的语气问。

接着，他们相视了很久。那是充满迷惑的相视。那是尴尬的相视。"差不多有八年了吧？！"X说。

"九年四个月零六天。"那个女人非常肯定地说。

这精确的回答让X不寒而栗。

"九年四个月零六天。"那个女人又重复了一遍。她的声音好像饱含着对时间的怨恨。

X听出了那种怨恨。他尴尬地低下了头。

"还记得那个夜晚吗？"那个女人问。

"哪个夜晚？"X故意这么问。他当然知道她指的是哪一个夜晚。

"你吻了我。"那个女人说。

"……"

"我以为那是我们的开始。"那个女人说，"没想到……"

"……"

"没想到那是我们的结束。"

"我一直说不行，从接到你的第一封信开始就说不行。"

"那我们为什么还要走进那样的夜晚啊？"

"那只是……"

"我从来没有在那么晚的时候走进过那么黑的树林，而且是与一个异性。"

"我也从来没有过。"

"……"

"不要提那些事了。"

"你其实已经知道那是我们的结束。"

"我一直说不行。"

"那你为什么还要吻我？"

"因为你说你爱我。你哭着说。"

"可你吻的不是我的眼睛，不是我的额头，不是我的嘴唇……你知道吗？"

"不要再提那些事了。"

"你吻的是……"

X突然又走进了"第一次"拂开他妻子睡衣的那神圣的时刻。他对身边的这个女人提起的话题非常反感。他只想坐在他妻子的身边。他想告诉她上午在公共汽车上发生的事情。他想听到她的夸奖。可是，她现在在哪里呢？她为什么会忍受不了"这样的生活"呢？她会怎样去"注意安全"呢？……他绝望地用双手捂住了脸。他不想听坐在身边的这个女人继续说下去。

那个女人沉默了很久之后接着说："我以为那是开始。"她知道X一直只把她当成是一个普通的朋友，没有想到她会给他写那样热烈的信。她知道她的追求让他非常紧张。是的，他一直说不行。但是，他没有说为什么不行啊。她不知道他是不想伤害她的自尊心。她以为他是不知道为什么不行。她以为那没有理由的"不行"会被她的热烈和执着转变成"行"。所以，她一直没有放弃自己的追求，直到那个晚上。那个晚上之后，她就再也没有见到过在她的生命里留下过最深吻痕的X了……九年四个月零六天。

X松开双手。他看到那个女人正在用纸巾擦着眼睛，将自己托盘里的纸巾也递了过去。

那个女人接过纸巾之后,突然改变了语气。"我为什么还会有怨恨?"她说,"我现在是一个虔诚的基督徒。"

X一直觉得"虔诚的基督徒"是一件质地很差的时装,但是,他没有表露出自己的轻蔑。"我现在什么都不信了。"他说,"越来越庸俗。"

"你很快就结婚了吗?"那个女人问。

"很快"是什么意思?X没有回答。他不愿意将自己的婚姻与身边这个他从一开始就没有感觉的女人联系在一起。

"我也是。"那个女人说,"不过很快又离婚了。一段非常痛苦的记忆。"

X提醒自己不要做任何安抚的表示,也不要表露出任何的好奇。

那个女人好像也没有兴致去谈论"非常痛苦的记忆"。她坐直了身体,显然是准备离开的样子。"真没有想到在这么特别的日子里会发生这么特别的事情。"她说。

"没有什么特别的。"X冷冷地说。但是他突然注意到了那个女人有点伤感的表情,马上又补充说:"我是说这日子。"

那个女人果然站了起来。X也不知所措地站了起来。他们尴尬地相视着。他们好像都有点伤感,也都有点激动。他们同时张开了手臂,拥抱在一起。X这时候才意识到他怀抱中的身体要比他妻子的身体丰满得多。他的身体立刻有了强烈的感觉。他尤其为挤压在他怀抱中的饱满的乳房而激动。那是他在"九年四个月零六天"前的那个夜晚里充满内疚地亲吻过的乳房……她为什么会在他妻子离家出走的时候出现？她为什么会在这特别的日子出现？这"最特别"的日子？……这时候，X突然希望这"最特别"的日子比他能够想象的更加特别。他不仅是不应该拒绝，像"九年四个月零六天"以前那样拒绝，他还应该争取。"你什么时候离开？"他支支吾吾地问。

"我是明天中午的机票。"那个女人说。

X咬了一下自己的嘴唇，然后用很没有底气的声音问："你今天晚上会在哪里？"

"……"

"我是说——你想去家里吗？"

"……"

"我是说——家里没有人。"

那个女人松开了她的手。她用很严肃的目光看着X。"我现在是一个虔诚的基督徒。"她用很严肃的语气说。

那严肃的语气让X觉得无地自容。他完全不敢正视她。"我不是那个意思。"他说，"我的意思是——"

那个女人瞥了一眼桌上两份原封不动的食物。"真没有想到会有这样的见面。"她说着，很平静地走开了。

X没有回头去注视那个女人的背影。他又坐了下来。但是，他已经没有一点胃口了。他嘲笑自己刚才的冲动。他憎恨自己的冲动。他的妻子今天肯定会回家，他固执地告诉自己。也许她是故意要等到晚上，等到二十世纪的最后一刻……这是他们一辈子可能遇到的唯一一个这样的最后一刻。他们一起经历过那么多的琐碎和烦恼，他们一起见证过那么多的出生和死亡……她不会错过这"最特别"的最后一刻,绝对不会。X很早就知道,母亲死后,他的生活中没有出现让他异常恐惧的改变,在很大程度上就是因为他的妻子:她不仅迅速取代了他的母亲,她还迅速超越了他的母亲。在母亲下葬的那个夜晚,她宿命地唤醒了X的身体,让他陷入了更深的依恋……她绝不会容忍另一个女人去玷污那最神圣的时刻。

X将桌面上原封不动的食品全部打包带回了家。在上楼的时候,他感觉到了胸部的一阵扯痛。每一次失眠都会让他的身体出现一些明显的症状。他好像已经习惯,不会过于担心。推开房门,他首先看到的还是那张字条。但是,他已经没有上午回来的时候那样焦躁了。他提着食品一直走到了沙发旁。他坐到了母亲最爱坐的位置上。冬日的阳光正好可以照到他的肩膀。母亲从前总是坐在那里读人物传记。几乎所有人的生活都能引起她的感叹。她一直希望自己能够"再多活六年,至少活到下一个世纪"。但是,剧烈的疼痛令她彻底绝望了。最后的三次抢救,她一点也不合作。她甚至责怪精心照顾她的儿媳妇对她的精心照顾。她说她的死神不是魔鬼,是天使。X不知道如果她现在还活着,会怎么感叹自己"少年时代的同性恋人"的"不想活"。他的死神是魔鬼还是天使呢?她很喜欢他。喜欢的程度有时候都会让X嫉妒。她临终前几天还在责备X与他的疏远。"你们这些男人都是这样的,有了女人就不要自己的朋友了。"她这样说。这完全不是事实,但是X并没有去纠正她。他从那一次旅行回来之后就与他疏远了。他移民去加拿大的时候,他甚至都没有去给他送行。那时候,他还不知道他的女人在什么地方。那就像现在一样。现在,他也不知道他的女人在什么地方……但是他想知道,很想知道。他掏出一枚硬币。这"最特别"的日子已经过去一半了,他觉得这时候他至少应该知道他妻子在这一天回家的可能性。他相信手里的这枚硬币会知道。他想让它告诉他……他不断改变主意,一会儿规定正面代表可能,一会儿规定反面代表可能。但是不管他怎么规定,结果总是"不可能"。X当然无法接受这样的结果。他起来用肥皂将硬币洗了三遍,再用滚开的水将它烫了两遍。他相信这样一来,他应该杀尽了说谎的病毒,硬币应该说实话了。可是,结果仍然还是"不可能"。X做完他自己规定的"最后"那一次测试之后,忍不住又补做了两次"最后"的测试,最后,他气急败坏地将硬币从窗口扔了出去,同时大声嚷嚷说自己绝对不会相信这愚蠢的游戏。可是话音未落,他马上觉得被扔下楼的硬币或许已经痛改前非。他兴冲冲地跑下楼去。这一次,他决定不事先规定硬币的朝向。他规定只要能够找到硬币,将它带回家里,就意味着他妻子今天肯定也会回家。他在楼下的草坪上找了将近四十分钟。他没有找到被自己抛弃的那一枚硬币。

　　X极度沮丧地回到家里。他的感觉特别不好。他有明显的饥饿感,又什么都不想吃。他从纸袋里翻出一块炸鸡,然后往沙发上懒洋洋地一倒。他一边啃着炸鸡,一边回忆起了为什么会有"那个夜晚"。他记得是她提出来要去郊外的。

他已经非常厌倦，但是他决定用它来结束她的纠缠。他不想再吞吞吐吐了。他不能再吞吞吐吐了。他要明确地将自己的感觉或者说自己的毫无感觉告诉她。没有想到，他刚说完，她就失声痛哭起来。他有点不知所措，糊里糊涂地拉起了她的手，糊里糊涂地拉着她往树林的深处走。走过一段坑坑洼洼的小径之后，X看到了一块平整的石头。他让她坐在石头上。她还是在继续痛哭。她说她一辈子再也不会喜欢任何其他的人了，她说她甚至都已经告诉她的父母了……X跪到了地上请求她的原谅。他说这不是她的错，是他自己的错。她紧紧地将他的头抱到自己的胸前。"这为什么是错呢？"她痛哭着问，"这为什么是错呢？"……

在吃第二块炸鸡的时候，X又瞥见上午买到的那本新版的《遗弃》。他迅速吃完，并且洗干净手。他上午在汽车上读完那几段之后，就想过要将书中关于Z的所有段落都找出来……他想知道作者要将主人公的女朋友带往什么地方。他快速地翻动着书页，很快就翻到了主人公与Z最后相处的场面。那不是发生在伸手不见五指的小树林里，而是发生在小酒店昏暗的房间里。在一段伤感的交谈之后，那一对都知道他们纯洁的关系已经走到了终点。这时候：

我将Z放倒到床上。我使劲用力地压迫着她，搓揉着她。我能从她身体的起伏中感到她同样按捺不住的激情。忽然，我双手撑起自己的身体，"我们来吗？"我问。

Z慢慢睁开了眼睛，她的目光传达出一种极其紊乱的情绪。

"你害怕吗?"我说,"我也害怕。可是,我们应该……"

Z伤心地摇着头,"我不知道可不可以。"她说。

"为什么?"我问。

"我——"Z将脸侧向一边,好像是在对着空气说,"我怀孕了。"

我不敢相信自己的耳朵。"什么?!"我说,"你说什么?!"我绝望地瘫倒到床上。

这意想不到的结局让X非常恐惧。他当然不相信这样的事会发生在自己的生活中。他当然相信他的妻子属于他,完完全全地属于他。她是一个独立的女人,有自己的事业和思想……但是在他们最亲密的时刻,他总是要问她,她是不是他的。他想看到她毫不犹豫地点头。他想看到她不假思索的肯定。但是,他无法遏制自己的想象。这意想不到的结局又马上激怒了他疯狂的想象,令他极度恐惧的想象。他知道他的妻子从来都非常理解也非常需要他的疯狂。但是,她现在在哪里呢?她现在还理解和需要吗? X不想再碰这部充满焦虑的小说了。他的身心都感到了很深的疲倦。他将小说扔到地板上,侧过身去,很快就好像睡着了。

他后来是被一阵枪声惊醒的。惊醒之前,他正在一条笔直的马路上疯狂地奔跑。是的,他做了一个奇怪的梦。梦的前一部分不难解释。他梦见自己在公共汽车上抓住了一个小偷,但是却被小偷的同伙用铁榔头敲破了头。这当然就是由他上午的经历变形而来的。接下来,他被送进了一家医院。正当他在接受护理的时候,许多鲜血淋漓的人也被推了进来,他们中的大部分都已经死了。医院里一片混乱。刚才在护理X的医生和护士都冲出去,处理更加危险的病人了。X只好自己包扎好伤口。然后,他跌跌撞撞来到医院的门口。仍然不断有鲜血淋漓的人被推送进来。他问身边的那个护士,究竟出了什么事。那个护士刚想回答他的问题,一阵凉风吹过来,她就变成了飘忽不定的影子。所有被问到问题的人都这样变成了影子。他们好像是惧怕语言或者是惧怕真理。X觉得这非常奇怪。他紧张地冲到街上。他想自己去看看到底发生了什么。跑着跑着,他开始觉得自己的周围不是现实,而是魔幻:街上虽然一片混乱,到处都是惊恐万状的人群,却安静极了,任何声音都听不到。这沉重的安静令X透不过气来。他想听到声音,哪怕是最恐怖的声音。这时候,他看见又有更大的一群人像潮水一样朝他这边涌来。他还没有来得及反应,就被他们卷了进去。他费了很大的劲才挣脱了急速的旋转,将头从人潮中伸了出来。就在他准备猛吸一口气的时候,一阵振聋发聩的枪声从梦的尽头传来……

下　午

惊醒之后,X睁着眼睛继续在沙发上躺了一阵。他不知道他的梦究竟意味着什么。他有点责怪新版的《遗弃》。他在临睡之前读到的那一段文字让他充满了恐惧。刚才两次出门的时候,他的目光都会故意避开迎面走来的情侣。他不知道他的妻子现在在哪里。他不相信她现在正跟另一个人走在一起。但是，他充满了恐惧。这三天以来，本来就极为敏感的X变得更为敏感。生活中任何一个微不足道的细节现在都可能激起他龌龊的想象。在那种想象之中，他既是受害者又是作恶者，他非常恐惧又非常内疚。他不想玷污他的圣母，也不想伤害他自己，但是他又无法遏制他的想象。也许正是想象带来的焦虑使他做了那样一个奇怪的梦。遗憾的是，他看不清那座城市的面貌。他只能从那些变成影子之前的人的穿着去判断那恐怖的场面发生在久远的世纪。他不想去追问那到底是历史还是噩梦，因为历史就是噩梦，令他费解的噩梦。

  X坐起来的时候，阳光已经照不到沙发上来了。他给历史学家打了一个电话，说他马上就去看他。历史学家非常兴奋。他说他一早起来就在等X的电话了。他还说见面的时候会有一个好消息要告诉他。X一点也不关心别人的好消息。他只想听见他妻子的声音，只想看见他妻子的身影……只有他妻子的出现对他才是好消息。最近六年以来的每一个"十二月三十一日"，X都会去看望历史学家。他们是在母亲的葬礼上认识的。那一天来了许多X不怎么认识的人。他们是母亲从前的同事和朋友。他们的表情都很凝重。仪式结束之后，他们又都匆匆离开了。只有历史学家留下来与X交谈了很长的时间。他们谈到了活着的意义和死亡的意义。他们谈到了八十年代和九十年代。最后，历史学家还谈到了他自己的母亲。他说他二十七岁那年因为在课堂上批评伟大领袖心胸狭窄而被打成了"现行反革命",并被判处十二年的徒刑。在他的公审大会上,他的母亲本来是被安排坐在观众席上。但是,当军代表念完对他的判决之后,有人高喊生出了"现行反革命"的母亲就是"历史反革命",结果她也被押到了台上批斗,接着还与"现行反革命"一起参加了公审大会之后的游街。历史学家说,他的母亲第二天就在家里自杀身亡了,而他自己是在刑满释放的前夕才知道这个消息的。

X担心黄昏的时候气温会有点下降,他打开衣柜,想找出最厚的那件夹克衫。这时候,他注意到了他妻子整齐地折叠在那里的衣服,最上面的就是她在"这样的生活"中穿得最多的那件睡衣。X将它捧起来,压在鼻孔下,用力地吸入它的气味。那是亲密的气味。从他的身体被唤醒的那个夜晚开始,他每天都沉醉在那种气味之中。他已经不相信任何其他的奇迹了。亲密就是奇迹。他的妻子就是奇迹。他手里的这件睡衣就是奇迹。他将它抖散,摊放在床上。然后,他趴在它的旁边,痴情地看着它。他好像看到了藏在它下面的睡眼惺忪的"幼鹿"……那是他的"幼鹿"。他不知道在他的想象中为什么总是有一只罪恶的手朝他的"幼鹿"伸过来。他无数次举起斧头砍断了那只手,但是它很快又会重现。有一次,它甚至出现在白天。当时,X正在为一家读书杂志撰写一篇介绍雅各布森隐喻理论的短文。雅各布森将隐喻与失语症结合在一起,真是聪明绝顶!可是写着写着,X突然看见了那只龌龊的手。天啊,它已经快要够到他心爱的"幼鹿"了。X又举起了想象中的斧头,可是就在他准备奋力将它砍断的时候,那只手和他心爱的"幼鹿"一起消失了。怎么回事?它们怎么会一起消失?……X迅速拨通了他妻子的电话。"你还好吗?"他急切地问。他妻子压低了声音告诉他,她正在开会。X好像没有听到她的话。"你是我的吗?"X继续问。他听到他妻子轻轻地笑了笑,接着她又故意用不太耐烦的声音说她正在开会。

X带着对亲密无限的眷恋出了门。时间是两点四十分。他先要去邮局给那个德国人寄书。她说她是从一篇评论知道这本书的。X有点好奇她将来读书时的感觉与她读评论时的感觉会不会有很大的差距。他自己早已经对评论失去信心了。不用说对文学作品的评论,就是对语言学理论的评论也经常让他感觉非常离谱。看看有多少关于生成转换语法的评论吧。将所有这些评论摆在一起,乔姆斯基就成了一个矛盾百出的学者。他从没有读过关于《遗弃》的评论。他相信评论不可能像刚才读到的那些段落一样给他带来强烈的幻灭感:生活中有什么真实可言呢?!而这也许正好就是生活中的真实。也许正是这很深的幻灭感让他做了一个那样奇怪的梦:许多人受伤了……许多人死了……许多人在疯狂地奔跑……那好像是一部魔幻的作品。那些死去的人将被遗忘……那些受伤的人将被抛弃……那些疯狂地奔跑着的人就像是受惊的鸟。那些鸟将飞向哪里?

有不少人在排队等候邮局工作人员为他们买到的纪念信封盖上邮戳。"这是一个世纪的最后一天。"队伍中的一个老人高声说,"这是一辈子只能遇见一次的日子。"站在他身后的一个中学生不以为然地瞥了他一眼。"所有日子都是一辈子只能遇见一次的。"他说。他的话把X逗乐了。他觉得这就是他过一会儿可以与历史学家讨论的话题。他自己也会把一些日子看得特别,而把更多的日子看得普通。其实每一个普通的日子也都是特别的日子,因为它只有一次的,就像每一个生命一样。如果他的妻子也看到了这一点,X想,她也许就不会去抱怨"这样的生活"了。他不知道会不会与历史学家谈起妻子离家出走的事,但是他肯定会谈起凌晨的电话带来的噩耗。与无忧无虑的少年时代相联系的死亡给这"最特别"的日子定下了忧郁的基调。他不想将这基调与他妻子联在一起。但是……X感觉一种特别的忧伤离他不远了。

一种特别的忧伤离他不远了……从邮局到历史学家的家里要经过一条繁忙的街道。走在人群中间,X感觉这"最特别"的日子特别荒诞:在他视野里的人与他都毫无关系,而与他密切相关的人却不仅不在他的视野中,甚至连一点消息都没有。他想知道他妻子现在究竟在哪里。他想知道那"一段时间"的终点会不会就是他一生能够遇见的这最特别的"十二月三十一日"。他的妻子"在"他身边的时候他都经常会有对她的"不在"的焦虑,而她的"不在"当然更加残忍、更加粗暴。是的,他的那位朋友十年前离开之后就再也没有回来过了……她会不会也离开十年呢?她的下一个消息会不会就是她最后的消息呢?她会不会死在一个陌生的地方呢?她会不会也"不想活了"呢? X的身体剧烈地颤抖了一下。也许她现在已经死了。一种特别的忧伤充满了他绝望的心灵。

也许她的尸体现在就被抛弃在马路的边上。也许她的胸部布满了弹痕。啊，那一对倒下的"幼鹿"……也许冰凉的风吹乱了她的头发。也许她已经死了，死在他刚才的梦中……

　　X无法忍受这样的想象。他渴望着自己疲惫的身体再一次被他的圣母唤醒。他将脸埋进她松软的乳沟，吮吸着她生命的气息、欲望的气息。他妻子的手轻柔地抚摸着他结实的后背，好像是要拂去他经历过的所有伤痛，现实中和想象中的所有的伤痛……突然，他充满渴望地抬起了头，用最贪婪的声音请求他的妻子脱去她的内裤。"要。"他说。她伸出手来捧着他的脸，用最撒娇的声音说："你。"X将双手放到他妻子的腰部，用手掌将内裤从妻子的身上拂抹下来。在昏暗的灯光下，那身体就像是一首诗。它的结构、它的韵律、它的意境，它孤傲的"措词"都在向他炫耀神圣、和谐与完美。想到自己是这首圣诗唯一的朗诵者，X的心中就涌荡起了无比的喜悦。他将妻子的双腿轻轻分开。"我想看她。"他激情地说。他的妻子继续捧着他的脸，用同样激情的声音说："她是你的。她喜欢你。"X顿时感到自己已经挣脱了时间的羁绊。他激动地埋下头去，让呼吸贴紧了他妻子最敏感的期待。他看见了一片最原始的海洋。他知道这海洋正等待着他伟大的首航。他听见他妻子撒娇地说："要。"

　　X听见了他妻子的声音。他停下来，回过头去。但是，他看到的只是普通的街景。他没有看见他的妻子。一个中年人正在寻找丢掉的东西，他一边着急地翻找着衣服的口袋，一边仔细地在地面上搜寻。电影院门口贴着美国大片的广告。电影院旁边那家时装店用"真正的最后一天大甩卖"的横幅来招揽顾客。《遗弃》中的那些段落已经让X觉得生活中没有什么真实可言了,怎么又来了"真正的最后一天"?X没有看见他的妻子。他刚才的确是听到了她的声音。她说"要"。她要他伟大的首航。她要他像潜艇一样驶进她生命的中心,去感受深海的魅力、去感受深海的渴望、去感受深海的孤独……可是,她现在在哪里呢?她现在"要"什么呢?他已经感受到他一生中最深的孤独了。他开始对即将来临的夜晚充满了恐惧。他开始相信这真是一个"最特别"的日子:一个年代即将结束了,一个有那么多天灾和人祸的年代,一个有那么多战争和杀戮的年代……一个世纪即将结束了,一个有那么多天灾和人祸的世纪,一个有那么多战争和杀戮的世纪……在这最后的夜晚,在这"一辈子只能遇见一次"的夜晚,X只有一个愿望,就是与他的妻子紧紧地拥抱在一起。对他来说,这就是"真实"这个词最后的意义。这就是"真实"这个词唯一的意义。他们也许会漫无边际地交谈,谈谈八十年代的波澜,谈谈二十世纪的灾难,谈谈莎士比亚的十四行诗或者博尔赫斯的短篇小说,谈谈他母亲做的酒糟和咸菜,谈谈他们都喜欢吃的零食和烧鹅,谈谈大家都在谈论的那部电影,甚至谈谈这刚刚过去的三天,谈谈她去了哪里,谈谈她在哪里用餐,在哪里过夜……天啊,最好是什么都不要谈,最好是让语言简化到只剩下一个动词,他刚刚听到的那个动词……那肯定是他妻子的声音。但是,它来自何处?X没有像他的朋友一样逃离自己的国家,但是整个九十年代其实也是他逃离的时代，他逃出了集体，他逃向了"个人"……更准确地说，他逃向了"那个人"。他现在只有一个愿望，就是与"那个人"一起度过"一九九九年十二月三十一日"。但是，"那个人"现在在哪里呢？

六年来的每一个"十二月三十一日"，X都会去看望历史学家。他们有很多共同感兴趣的话题。而最让X着迷的还是历史学家个人的历史。历史学家经常夸奖X是一个很好的倾听者。他喜欢听历史学家的故事，甚至他一遍一遍重复的故事。历史学家也经常夸奖X是这个世界上唯一懂得他的人。X非常清楚十二年的监禁对一个思想敏锐的人意味着什么。他也非常理解西方电台在历史学家生活中的特殊地位。渴望真实的历史学家每天都要从那里获取"客观"的新闻。他相信在他的有生之年，他会从那里听到他的祖国正在发生又一场翻天覆地的变革的消息。

从他们的第一次交谈开始，X就感觉到自己对历史学家有一种特殊的需要。他希望从他那里获得一点父爱的温暖。他自己的父亲在他很小的时候就离开了他们。他对他没有任何印象。他听他母亲说，那个将他骗走的女人对他一点都不好，所以他很快就病了，很快就死了。他还听他母亲说，临死之前他非常后悔，最后甚至提出了想她将来能与他合葬的荒唐要求。X以为历史学家也会有与他的特殊需要相应的需要。他的妻子在他入狱之后不久就跟他离婚了。而且她一直不允许包括他们的儿子在内的任何家庭成员与他来往，即使在他重获自由之后也不允许。她认为历史学家在课堂上说真话是一种极不负责任的行为。她认为正是这种行为给他们的家庭带来了巨大的灾难。那一天，历史学家与X谈起了《哈姆雷特》。他说有一个能为他复仇的儿子是父亲最大的幸福。说到这里，他突然激动地哭了起来。当时，X马上就意识到了这是他们共同的机会。他走到历史学家的身旁，拉起他纤弱的手。"你就把我当成你的儿子吧。"他说。历史学家激动地注视着X，"儿子……"他激动地说。X以为他最后会猛地将自己抱到怀里。没有想到，历史学家最后却是猛地将脸侧到了一边。"可你不是我的儿子呵。"他绝望地说。X比历史学家更加绝望。他们的关系从此也发生了微妙的变化。当然，在"十二月三十一日"，X从来没有忘记去看望历史学家。这一天是他的生日。

在历史学家的楼下，一个穿得很专业的跑步者从X身边跑过之后马上停了下来，转身面对着X。那居然是他在大学里的一个同事。他兴致勃勃地告诉X，他已经跑完十五公里了，还要再跑六公里。"我每年的最后一天和新年的第一天都要长跑。"他说，"这是我的仪式。"

"仪式？！"X说。

"是啊，"他的同事说，"辞旧迎新的仪式。"

X示意他的同事赶快接着跑。他也想有一个仪式：他想他的妻子回到他的身边。他想与她紧紧地拥抱在一起。可是，她现在在哪里呢？她已经三天没有消息了。她现在究竟在哪里呢？……有两个小男孩跟在他身后跑进了电梯，他们各自的手里都握着一根不细的树枝，他们在继续他们的"决斗"。

那可能就是他们的仪式，X想。这种想法让他忍不住笑出声来。那是对仪式的嘲笑。那是对自己的嘲笑。为什么要这么执着呢？他的妻子走了、他的朋友死了……为什么要让所有这些他自己无法控制的事件来控制自己呢？让它们去吧！让它们去吧！他需要的是马上找到填补空白的办法，找到自己能够决定的仪式。他马上想到了可以邀请历史学家与自己一起度过二十世纪最后的黑暗，迎接新世纪最初的曙光。他想他肯定会愿意的。他想他也许已经有了同样的想法。X轻松地走进了历史学家的客厅。客厅里混乱的状况让他感觉有点奇怪。他还没有来得及开口说话，历史学家就要他猜猜他在电话里提到的是什么好消息。X说他猜不出来。历史学家兴奋不已地抱了他一下。"我儿子要接我跟他一起去住了。"他激动地说。

这是对X刚刚调整好的情绪出其不意的一击。他有点不知所措。

"他马上就会来接我。"历史学家说。

"马上？！"X说。

历史学家腼腆地笑了笑。"其实是八点。"他说。

"这还是有点太突然了。"X说。

"我不这么觉得。"历史学家说，"我早就在盼望着这个时刻了。"

"真没有想到——"X说。

"我想到了。"历史学家说。

"我是说真没有想到也发生在这一天。"X说。

"我会永远记住这特别的日子的。"历史学家说。

"我也会。"X说。

他已经没有任何谈话的兴致了。他对即将降临的夜晚充满了不安。他越来越觉得那注定是一个孤独的夜晚。他越来越觉得他的妻子不会因为它的"特别"而回到他的身边。也许她正是因为它的"特别"才故意不回到他的身边。他耐心地看着历史学家在手忙脚乱地收拾自己的行李。他知道他也早已经没有谈话的兴致了。这对他是"最特别"的日子。这是他"最特别"的生日。

历史学家收拾好行李之后,从里面房间取出一瓶茅台酒。"今天我们不喝茶了。"他高举着酒瓶说,"今天我们喝酒。"

"你知道我是滴酒不沾的人。"X说。

历史学家将两只玻璃杯放到了茶几上。"今天是什么日子?!"他说,"今天是我一辈子遇到的最特别的日子。"他往每只玻璃杯里斟上了一大半杯酒。他说他儿子要八点钟才来接他,他说他们有的是时间。

然后,历史学家提议为这"最特别的日子"碰杯。

X喝下的第一口酒呛得他剧烈地咳了一阵。

历史学家慈祥地看着他。他提醒他要一小口一小口地喝,又鼓励他说喝下了第一口就好了。然后,他深深地叹了一口气,开始像往年一样复述自己的历史:"我这一辈子经历了很多次政权的更替。日本人来的时候……"X不仅能够熟知这一段历史的全部内容,甚至还已经记住其中的超语音标记,比如在哪里停顿、在哪里提问、在哪里叹气等等。但是,在这"最特别"的日子,历史学家并没有完全照搬历史。尤其是在提到那次公审大会的时候,他没有去谈论他的母亲,而是谈起了他的儿子。他说挂着"现行反革命"的牌子站在烈日底下,他觉得非常内疚,觉得对不起自己不到三岁的儿子。在三十多年里,这种负疚感越来越重,因为他又被孩子的母亲剥夺了与儿子见面的机会……历史学家最后感谢上帝让他活过了孩子的母亲,否则他就只能带着这种负疚感下地狱了。"活着就是胜利。"他深有感触地说,"这就是全部历史告诉我们的真理。"

然后,历史学家建议为这胜利干杯。干杯之后,他再将两只玻璃杯装满。这时候,他才关心起X来,他问在这特别的日子里是不是也有什么特别的好消息。X说有特别的消息,但都不是好消息。他谈起了那位朋友的噩耗。他接着也谈到了他们在那一年最后那几个月的争论和消沉。他甚至还谈到了那两个妓女。

这时候,历史学家注意到X又连喝了三大口酒。他夸奖X其实很有酒量,并且马上又给他的杯子倒满。他没有想到X马上又举起了杯子,又要与他干杯。他更没有想到他是要为"所有的妓女干杯"。

"为所有的妓女干杯!"X说。

"为什么?"历史学家诧异地问。

"因为她们唤醒了我们的身体。"X说。

历史学家不仅自己没有干杯,也想制止住X。但是X坚持要干。"干完了,"他结结巴巴地说,"我告诉你一个大秘密。"

历史学家先一口喝干了杯子里的酒，X接着也干了杯。

历史学家抬起昏昏沉沉的头看着同样昏昏沉沉的X。"什么大秘密？"他问。

X凑到他的跟前，用压低的声音结结巴巴地说："我老婆……"

"你老婆怎么了？"历史学家急切地问。

"我老婆……"X结结巴巴地说，"也是一个妓女。"

历史学家一把将他推开。"你醉了。"他说。

"我没醉。"X说。

"醉了的人都说自己没醉。"历史学家说。

"我就是没醉。"X说。

"没醉的时候你不这么说。"历史学家说，"没醉的时候你说她是圣母。"

"那才是醉了。"X说。

天黑以后

X惊醒的时候，天已经完全黑了。他的头还是昏沉沉的。他的身体还是轻飘飘的。他的喉咙里还是有强烈的刺痛感。他坐起来，喝了几口凉开水。他不知道已经几点了。但是，他看见历史学家还躺在睡椅上，正发出均匀的呼噜声。这说明还没有到他儿子来接他的时间。不过在准备出门的时候，X又想，也许历史学家的儿子突然又改变了主意，也许现在早已经过了他约好来接他的时间。不管怎样，他知道他必须离开了。他不想惊动了历史学家，开门和关门的动作都非常的轻。电梯里没有人。他沮丧地靠在梯厢正面的镜子上。突然,他感觉他的妻子好像就躺在他身后的镜子里,梯厢里昏暗的光线好像就来自她芬芳的身体。他不敢回头去看她。他怕她会有陌生的感觉。他怕他自己会有陌生的感觉。他感觉她已经离开他很多年了。他感觉她永远也不会回来了。他走出电梯的时候也不敢回头。

他轻一脚重一脚地走到了汽车站。正好有一辆汽车进站。他不由分说地上了车。"你去哪儿?"售票员问。X用同样的话反问。售票员气愤地将头扭向了一边。X从上衣口袋里掏出一把散钱递到了她的跟前。"你去哪儿?"她不耐烦地问。"你去哪儿我就去哪儿。"X说完,打了一个嗝。他发出的气味令售票员皱起了眉头。她从那一把散钱里挑出两张,然后递过来一张可以到终点站的车票。X将车票和零钱塞进上衣口袋,轻一脚重一脚地走到车厢尾部,在一个双人座位上坐下。他想他的妻子现在也一定像他一样孤身一人呢。而且,她还是在一个陌生的地方……他突然又心疼起她来。也许她也正在想他,正在用这种"想"来克服陌生的环境和特别的日子带给她的深深的孤独感。也许她正想"要"他。从那个神圣的时刻开始,他就骄傲地相信,他妻子的"要"不是一个简简单单的动词,而是一个生命,一个始于他又止于他的生命。他将头靠在冰凉的车窗玻璃上,双腿懒散地伸向前方。窗外的漆黑让他意识到汽车离城区已经很远了。这种远离在他的心中引起一阵淡淡的惬意。他的身体随着汽车的晃动晃动起来。那单调的节奏给他带来了很浓的睡意……

最后是汽车司机将他推醒的。售票员也站在一旁。"这到了哪儿?"X迷迷糊糊地问。

"这是我们的终点。"司机说。

"你们怎么把我拉到了这里?"X还是迷迷糊糊地问。

"你说我们去哪儿你就去哪儿。"售票员说,"这就是我们要到的地方。"

X慢吞吞地站了起来。"那好吧。这也就是我要到的地方了。"他说着,慢吞吞地走到车门口。一股带腥味的凉风朝他吹过来。他这才意识到他居然已经到了海边。他迎着凉风,轻一脚重一脚地朝大海方向走去。他很快就走上了沙滩。他很快就接近了潮水。潮水的涨和落都好像是在呼应他身心的孤独。远远看去,海面一片漆黑,天空一片荒凉。X不想站在孤独的极点了。他沮丧地往回走,在沙滩边上的一条长椅上坐下。他的头还是有点晕,他的身体还是有点飘,他的喉咙还是有点痛。他不太清楚自己仍然醉着还是已经醒了。他感到有点疲倦,干脆躺了下来,脸侧向海面。他突然又想起了那些仓皇出逃的越南难民。他们逃离了自己的家园。他们逃进了无边无际的大海。他们中间的许多人从此再也没有抵达过陆地……整整十年过去了,那些可怕的场面依然占据着X的记忆。也许那些尸体还在海面上继续着它们绝望和孤独的漂移呢? X深深地吸入了一口海风。他很想自己就这样在长凳上睡着,直到新世纪的曙光将他唤醒。可是他睡不着。他昏沉沉的脑海中簇拥着无数挤满越南难民的破烂船只。他们为什么要选择那样绝望的逃离?他突然好像有点理解他的朋友了。他的逃离也可能是同样的宿命。那不是选择。那是没有选择。他有点理解他的朋友了。如果他此刻来到他的身旁，他肯定不会再与他发生争吵。可是，他不会再来到他的身边了。他已经死了。从这里的海面出发，一直朝东，就可以抵达他最后居住过的那座城市。当年有多少的越南难民曾经死在这条漫长的海路上啊！

　　海风的吹拂让X清醒了许多。他被吹回到了特别的现实之中。他又感到了难以忍受的孤独。他又想起了他的妻子。他深深地吸了一口气，好像想从大海的气息里闻到从他妻子身体最深处浸透出来的那只属于他的芬芳。在这特别的夜晚，他多么需要她的陪伴，多么需要她对他的"要"啊……但他相信，这已经是不可能满足的需要了。他相信，在这个"最特别"的夜晚，妻子陪伴在丈夫身边这种最普通的场面不会出现在他的生活中。这不就是"不这样"的生活吗？可是，那个无法忍受"这样的生活"的人却不可能出现在这"不这样"的生活中。这是多么的荒诞啊！这是她的荒诞，也是他的荒诞。他没有想到沙滩上现在还会有那么多的人。他肯定他们都知道自己为什么会来到海边。他们是为了这"最特别"的夜晚而来的。他们是为了记住这"最特别"的夜晚而来的。他不知道。他不知道自己为什么来到了这里，就像他不知道自己为什么会来到这个世界上一样。他迷迷糊糊地坐上了一辆公共汽车。他迷迷糊糊地对售票员说"你们去哪儿我就去哪儿"……他就到了这儿。他就被抛到了这儿，就像他是被抛到这个世界上来的一样。他的前面就是大海，就是无边无际的黑暗和无边无际的颠簸，就像这个世界本身一样……那些绝望的难民……他们为什么要来到这只会给他们黑暗和颠簸的世界？X坐了起来。那我为什么要来到这个世界？他愤怒地责问自己。他不想记住这个"最特别"的夜晚。他不想记住这个"最特别"的日子。他只想它一点都不特别。他只想忘记。他只想忘记。大多数人在沙滩上走一圈就离开了。那大概就是他们的"仪式"。他们应该不会将眼前的大海与他们生活于其中的世界联系起来。但是，那个妓女还没有离开。她一直在长凳后面的小径上来回走动。她现在正在与一个身材矮小肥胖的男人交涉……当然又没有成交，因为那个男人扬着手，骂骂咧咧地走开了。在这"最特别"的夜晚，她一定是开出了惊人的"特价"，X想。他马上又想，也许就因为这是"最特别"的夜晚，她根本就无意"酬宾"，所以才开出了惊人的"特价"呢？他看到她又走过来了。她好像不是在等待，而是在寻找。这与他自己不同，他在等待。他在等待着他的妻子。他在等待着那个神圣的时刻……妓女寻找的对象显然不是X，她每次走到长椅的跟前就会掉头，好像X就是她的需要的端点。"我刚才还在为你们干杯呢！"X仰望着天空，轻轻地说。然后，他闭上眼睛，将手伸向空中，并且缓缓下移。他想象这就是抚摸。他从妓女的颈部开始，经过她粗糙的后背，一直抚摸到她结实的臀部。当他的手指经过她腰部的时候，他感到她的身体淫荡地抖动了一下。那是足以唤醒他的身体的抖动。他忍不住朝妓女那边望去。在这个"最特别"的夜晚，他需要女人的陪伴。但是，他需要的不是随便的一个女人。他需要的是最特别的女人：她是他的母亲、她是他的女儿、她是他的源流和去处……总之，她是他的妻子。可是，她现在在哪里呢？她现在在干什么呢？他好像看见她也在黑夜中走来走去，在等待或者在寻找。他好像看见那些从她身边走过的男人都在想象着她的后背和臀部……这不可能！这不可能！这不可能！一阵强烈的恶心撑开了X的喉管，他大口大口地将淤积在胃部的污秽吐了出来。

那个妓女没有再走过来了。X用衣袖擦去沾在嘴角的污秽以及随呕吐一起涌出来的眼泪和鼻涕。他突然特别想家，特别想回家。他还想到了在所有这些特别的事情发生之前，他安排要在这个"最特别"的日子里做的最后一件事情。他猛地站起来，朝汽车站方向跑去。

正好有一辆空车停在那里。他查了一下，那是开往城区去的车。上车的时候，他注意到有一队中学生模样的年轻人坐在最后一排的座位上。他没有顾忌他们，依然坐在了来的时候坐的那个靠尾部的双人座位上。他的头还是靠着车窗玻璃。他庆幸自己没有走近那个妓女，也庆幸那个妓女没有向他走近。一路上，他都在暗暗地催促司机开得快一点，再快一点。他只想马上坐到床上，开始写他十年来一直想写的那部小说，那部模仿《赫索格》的小说。小说中的那个语言学家不断给他那些死去的和活着的同行们写信，向他们诉说自己婚姻生活的不幸。他觉得他即将要开始的创作是这个"最特别"的日子里能够发生的最特别的事情，比一个元首放弃自己拥有的极权和一个歹徒劫持一架满载乘客的飞机还要特别。

推开家门的时候，X完全没有去注意仍然留在餐桌上的字条。他的意识已经在注视着新的方向。他已经进入了创作的临界状态。他很快洗漱完毕，坐到了床上。他决定将第一封信写给与他妻子同一天生日的法国语言学家马丁内。他这样写道：

亲爱的马丁内，大概有十年了吧，我一直在考虑给你写这封信。当然，我现在写下的这封信与十年前想写的那一封肯定很不一样了。十年前，我还充满了理想，相信自己的生活是历史的一部分。可是进入九十年代，我对历史已经没有兴趣，也失去了感觉。我的生活是普通人的生活、平庸的生活、风平浪静的生活……直到三天前。三天前，我的妻子突然离家出走了。几乎没有理由。在等待她回来的这一段时间里，我每天都心烦意乱。你知道她现在在哪里吗？你当然不知道。我也不知道。我非常爱她。我对她的爱超过了我对语言学的爱。这种爱让我饱受折磨，尤其是饱受想象的折磨。她在我身边的时候，我都经常会有许多龌龊的想象。现在，她与我失去了联系，我的想象当然会更加暴虐。我总是看见有一只手在伸向她。我在任何时候任何地方都能够清楚地看见那只手。为此，我极度痛苦。我很清楚，这种想象不仅是对我自己的折磨，也是对我的妻子的侮辱。我现在会想，她的离家出走也许就是对这种侮辱的报复。但是，这是恶性循环啊。她留下的空白激起了我更多的想象。你知道吗？我已经无数次用想象中的斧头砍断过那只欲望之手,但是它马上又伸了过来,又伸了过来……亲爱的马丁内,我应该怎么办?以前我一直以为男人和女人有可能被某种"规则"结合成牢固的搭配,就如同成语。但是现在,我知道这种牢固的搭配根本就不存在。存在的只是用法,或者说不同的用法!我的妻子现在正在被谁使用着,又被怎样使用着呢?你看,现在连语言学的理论都会让我如此惶惑不安……已经三天了,我的妻子还是没有任何消息。

写着写着,X渐渐感觉有点无聊了。他停下来,将刚写出的这一段重读了一遍。他的感觉不是很对。这不是小说。这完全就是他现在的生活。他又重读了一遍,感觉还是不对。他突然意识到这个"最特别"的日子根本就不适合小说的创作,因为现实完全污染了他的心智,或者说完全操纵了他的心智,他完全失去了虚构的自由。他非常气馁。他没有想到准备了十年的尝试居然会是这样的结果。他非常气馁。"三天前,我的妻子突然离家出走了。"这样的句子一旦出现,他的"小说"就完全变味了。他已经不相信他的妻子会在这个他们共同生活过六年的世纪里回到他的身边,但是他还在想象、还在等待、还在将她写进"小说"。他走不出这现实的阴影。至少在这"最特别"的日子里走不出。十年之中,他有过很多次想动笔的冲动,都被对自己写作才能的怀疑阻止了。刚写出的这一段给他带来的不好感觉又重新激起了他的这种怀疑。他更加嫉妒与他住在同一座城市的《遗弃》

作者了。他们都是语言学的博士,可是他还成了令人刮目相看的作家,而他的才能只够让他自己成为一个平庸的教师。X突然心头一紧……他的妻子不会是因为他的平庸而离家出走的吧?"这样的生活"不会是与他"这样的"人在一起的生活吧?世界像他这样平庸的丈夫应该多得不计其数啊,他们的妻子为什么并没有离家出走?写作的才能是由一种天生的气质决定的,X知道。他"不想活了"的朋友就具备那种气质:他敢于堕落、敢于逃离、敢于死亡……他们那位死于一九八九年十二月三十一日的诗人朋友也同样具备那种气质。X现在还能够背诵他的许多诗句,比如"当夜色茫茫我们圆睁双眼\听微弱的脉博跟如痴如醉的时空\悉心交谈",比如"去吧远方也有很多影子那不是历史书中缓缓驶出的船队"。这是多么魔幻的句子啊!而他自己能够写出什么?"三天前,我的妻子突然离家出走了。"这是他自己能够写出的句子。这是可以用来在派出所报案的句子。这是抄袭现实的句子。他妻子离家出走的现实本身已经让他痛苦不堪了,为什么还要用写作来让自己受第二遍苦?X一直都认为自己不具备那种气质。尝试写作的失败更加重了他对自己的失望。他突然相信他永远也不可能写出那部他一直想写的小说了,就像他妻子可能永远也不会回来了一样。对小说的等待与对妻子的等待一样,也不会有任何结果。X突然觉得这等待正在让他蒙受从来没有蒙受过的羞辱。他绝不能再这样等待下去了。

他将笔记本和笔扔到他妻子睡的一边的被子上,然后,背对着它们躺下了。楼上和隔壁邻居家电视的声音都很大。他们都在看中央一台的迎新节目。X已经有很长一段时间不怎么看电视了。他的妻子对电视也没有什么兴趣。如果她现在在他身边的话，他们会用什么方式来跨越两个世纪之间的黑暗呢？他想他们的身心都会激情地连在一起。他想看见她羞涩的贪婪。他想听她说："要"。她说过他是在她的深海里横冲直撞的潜艇。而他更愿意受她的指挥。他想听她说："深一点，再深一点。"他知道她发出的所有命令都来自她的渴望，来自她的内心。服从给他带来了更大的快感，让他具备了更大的力量。她会指挥他全速前进或者急速后退。她会指挥他肆意下沉或者缓慢上浮。她会指挥他不断变换方向：左满舵，右满舵。她会指挥他去开拓更宽的海域，去撞击更深的神经，去发射更多的炮弹……她"要"，她"要"，她要他成为海洋之王，成为她的主宰，称霸她整个的世界。X全神贯注，他不敢也不愿错过他妻子任何的表情。她看上去越来越痛苦了，这是她的快感在不断扩散的标志。X用他的面颊有力地摩擦着他妻子的面颊。他好像是在打磨唯一属于他的记忆。同时，他不停地对她耳语。他说他爱她。他说他离不开她。他请求她不要离开他，永远都不要离开他……他的声音如同越来越重的鞭挞，她用她越来越痛苦的表情做出回应。突然，她咬紧了自己的嘴唇，好像是受到了极大的伤害。X开足了马力。他要用更加猛烈的冲撞来完成他的使命。突然，他感到他妻子有力的手指掐紧了他的腰部。他知道这是艇长发出的最后的命令……有一次，就在X刚刚完成发射任务之后，他的妻子失声痛哭起来。X担心是自己的冲撞伤到了她的身体。她哭着说没有。他又担心是自己的耳语伤到了她的心。她还是哭着说没有。"为什么呢？那你为什么哭呢？"X着急地问。他的妻子捧着他的脸，将嘴唇贴到他的耳边说："我离不开你。知道吗？我永远都离不开你。"她哭得更加伤心了。X激动地抱紧了她。他不知道自己的脸上流淌着的是谁的眼泪。

  X发现自己的脸上已经布满了泪水。他用被子的边缘在脸上狠狠地擦了一下。这是多么特别的一天啊！他离家出走的妻子没有像他期待的那样在这一天回来。他从凌晨接到的电话里得知了他少年时代最好的朋友已经不在人世的消息。而中午的时候，他居然遇见了已经"九年四个月零六天"没有见过面的追求者，他从一开始就没有任何感觉的追求者。他好像突然有了一点点感觉，而她却已经没有感觉或者不愿意再有感觉……这都是让他情绪低落的"特别"。而他为这特别的一天做的所有安排也出其不意地败坏了他的情绪：他为那个德国人找到了新版的《遗弃》，但是主人公初恋的荒诞结局强化了妻子离家出走带给他的焦虑；他本来想与历史学家一起度过世纪与世纪之间的黑暗，没有想到，一直没有机会与儿子见面的历史学家却突然完成了"父子"之间的和解。这意味着他与历史学家之间的关系很快就会划上句号；最后是他的写作，他等待了十年的写作，他一直忐忑不安、不敢开始的写作。它让他彻底失去了对自己写作才能的信心……这是多么特别的一天啊！X完全没有想到，过去、现在和未来会在这一天如此疯狂地纠缠在一起又同时都离他远去，如此疯狂地同时离他远去……

X又用被子的边缘在脸上擦了一下。这一次，他擦得很轻。他累了。他不想自己的情绪再那样激动。他已经很累很累了。他不想再去想这一天的特别。他不想再去想这一天里发生和继续发生的任何事情。他也不想再去想象和等待了。也许在世纪之交的那一刹那，他会听到将钥匙插进大门锁眼的声音……但是，他已经身心疲惫，已经没有力气和兴致走进任何的"仪式"。他慢慢地坐了起来，慢慢地走到门口。他将防盗门和里面的门都反锁起来。这是他已经连续三个晚上没有做过的动作。这也是他妻子在家的时候，他每天都必做的动作。那也是他每天上床前做的最后的动作。不将两张门都反锁起来，他会有很深的焦虑，他会更容易看见那只伸向他妻子的龌龊的手……他看了一下餐桌边墙上的挂钟。时间是十一点三十五分。他慢慢地回到床上。他侧过身去将电话机的铃声关掉。这是他妻子在他身边的时候，他上床之后的第一个动作，他从来不会忘记的动作。他不能容忍他们的世界被任何的电话打断。这也是与他在妻子离家出走之后做得最多的那个动作相反的动作：在这三天的时间里，他总是在神经质似的检查电话，唯恐话筒没有放好或者铃声的开关被他无意中关掉。他感觉很累很累了。他已经没有兴趣和兴致在清醒的状态中离开这"最特别"的一天了。他已经不想将"一九九九年十二月三十一日"当成是"最特别"的一天了。他只想尽快睡着。他首先平躺了一下。他马上又意识到这种姿势不利于他入睡。他侧到左边。那是面对着他妻子的方向。他没有任何的激动。他被一种均匀的节奏带到了一个深谷的边缘。他毫不犹豫地纵身跳了下去。他不断地下沉下沉下沉……直到完全感觉不到自己了,直到时间停顿。

长篇小说

遗 弃（节选）

两年以后，韦之收到了图林的这封信：

……作为这一代人中的一个例外（也许是一群例外中一个更特别的例外），我必须"消失"。"消失"并没有消除我所有的烦恼，但是却让我远离了"珊瑚碎片"，远离了对死亡的恐惧。你也许会说我是一个失败者。我不这样看。"消失"是一种特殊的生活形态：它带给我内心的纯净与平和。正是这罕见的纯净与平和让我终于能够做出如下的决定（这可能是我一生中最后的一个重要决定）：亲爱的朋友，请立即销毁我留给你的那份"关于生活的证词"……

读完信，韦之的目光移向了一直摆放在书架顶上的那只红色小皮箱。两年前，在他"遗弃"世界的前夕，图林来向自己最好的朋友告别。他带来了那只小皮箱，托韦之为他保存一段时间。"这里面装着《一个业余哲学家关于生活的证词》。"图林充满迷惘地说，"这是我现在唯一不知道如何处理的东西。"

韦之踩到书桌上，将顶部已经积满灰尘的小皮箱取下来。

他用一块湿抹布将小皮箱的表面擦干净。这时候，他才注意到小皮箱上的密码锁。他相信他追求完美的朋友不会忘记这个细节。他在信封和信纸上查找了一下，很快就发现了图林郑重地标出的写信时间与邮戳显示的寄信时间完全一致。他知道那就是打开小皮箱的密码。

韦之将小皮箱打开，《一个业余哲学家关于生活的证词》出现在他的眼前。他翻动了一下那份手抄的"证词"。"证词"标志章节的方式立即引起了他的注意。它的第一篇标号为"1.1"，最后一篇标号为"12.31"。因此，它应该是整整一年的日记或者至少是一部"日记体"的文稿。

尽管文稿上没有标出具体的年份，韦之猜测它应该是图林成为"自愿失业者"那一年生活的记录。那一年，他这位"例外"的朋友突然陷入了存在的困境：他"遗弃"了自己的工作，他发现了世界的"混乱"，他挣扎在崩溃的边缘……"消失"成了他唯一的出路。

一阵微风夹杂着春雨的气息从窗口吹了进来。韦之坐到沙发上，冲动地抚摸着这份"关于生活的证词"。他想，这也许是自己被称为"业余哲学家"的朋友在这个世界里留下的唯一的痕迹了。这痕迹肯定是八十年代中期中国人日常和精神生活的一份罕见的档案。历史学家的嗅觉让韦之不可能尊重朋友的意愿：他没有"立即"将"证词"销毁。相反，他怀着巨大的好奇翻开了它，他怀着巨大的好奇倾听隐藏在时间和内心深处的声音……

1.1

　　父亲很早就在敲门。打开房门的时候,我注意到他的情绪非常糟糕。可是我什么都没有说。我什么都不想说。我又缩进了被子里。我将头蒙在被子里。

　　父亲在我的床边坐下。"你不想安慰我一下吗?!"他说着,在我的被子上轻轻拍了几下。

　　我很不喜欢他的这种身体语言,但是我并没有表示自己的反感。我什么都不想说。

　　"昨天又输了,"父亲深深地叹了一口气说,"输惨了。"
　　我什么都不想说。
　　"不知道今年又要倒什么霉了。"父亲接着说。

　　他说"又"是因为他去年已经倒过霉了。他去年接受了整整十个月的调查,最后在十一月底被开除了公职。他的"历史问题"出在十多年前的那场被称为"反击右倾翻案风"的政治运动中。他个人的历史中到底发生过什么,我不知道,也没有兴趣。但是我知道"组织"做出的决定对父亲这种一生都依赖"组织"和信任"组织"的人意味着什么。他从此变成了一个被遗弃的"孤儿"。他从此一蹶不振。他开始出入地下的赌场,靠赌博来打发时间。

　　当然,这不关我的事。我什么都不想说。我蔑视父亲。这是一种天然的蔑视。也就是说,我蔑视的不仅仅是我的父亲,而是所有的父亲:亲生的,继养的,修辞学意义上的……我蔑视象征着权威的"父亲"这种身份,这个词。

　　"不知道这些天的手气为什么会这么差?!"父亲说着,

又在我的被子上拍了一下。

他的动作突然让我失去了控制。"不要说了！"我突然隔着被子对他大叫着说，"不要把你的晦气传给了我。"

一阵沉默之后，我听见了父亲的脚步声以及他开门和关门的声音。我掀开被子，想透透气，却发现父亲并没有离开我的房间。他站在门边，好像知道我会将被子掀开。"我怎么会把晦气传给你呢？！"他不安地说。

我没有说什么。我什么都不想说。我甚至根本就不想再见到他。我决定整天都不出门，甚至整天都不下床。将近中午的时候，来自身体内部的一阵阵燥热让我怀疑自己生病了，但是很快我又闻到了从厨房里飘来的油烟味。这给了我一点安慰。我知道，如果真的病得很重，我不会对气味有那样清晰的感觉。不过我还是不太放心。我起来吃了一片退烧药，接着又躺回到了床上。

1.2

上午来了好几批客人。他们都主动跟我说了很多话。我直到最后才清楚了他们的动机。他们都是母亲请来劝说我的。他们劝说我去看望正在住院的外公，去向他说"新年好"。

这些年来，母亲与我的关系也变得越来越疏远了。她总是要通过朋友或者亲戚来向我转达自己的意愿。其实我更讨厌这些亲戚或者朋友，因为他们居然会接受母亲的驱使，就像牲口一样。也许他们会说这样做完全是出于对我的关心。可是我憎恶这种受人指使的关心。我憎恶。

我向最后那两位客人解释了自己昨天为什么没有随家人一起去医院。"我发烧了，"我冷冷地说，"一整天都没有下床。"

我的解释标明了我的退让。我看到外婆欣慰地笑了一下。她刚才一直装出满不在乎的样子在看电视。

"那就今天去吧。"那两位客人说，"今天还可以说'新年好'啊。"

我去了。这是我第一次去医院看望已经在医院住了很长一段时间的外公。不大的病房里摆着五张病床，显得非常拥挤。只有一盏瓦数很低的灯悬挂在很高的天花板上。每张病床上都好像覆盖着一层阴影。

外公面无表情。许多年以来，他一直就好像是这种样子。看得出来，他根本就不想说话。我的目光在床头柜上的闹钟和外公干瘪的下巴之间来回移动。我在想象这样躺在病床上让病魔一点点将生命吞噬的感觉。

我不会有这样的时候，我肯定。我肯定我会死于旅途。那种无人问津的死亡很了不起。哪怕我有这样的时候，我也不会希望有人坐在我的床边。我相信，外公其实也根本就没有希望我来看他，他甚至可能还讨厌我来看他。病人需要探望大概只是健康人的幻觉，就像死人需要葬礼一样。

我最后又瞥了一眼床头柜上的钟。二十分钟过去了。我站起来。外公仍然面无表情。我走出了病房。

回到家里，母亲问我是不是对外公说了"新年好"。我点了点头。

1.3

办公室里的同事们在新的一年重逢并没有特别的激动。大家早就习惯了这一年一度的"新年"。像平常一样,大家谈起了这两天的电视节目。"差劲极了。"坐我对面的同事说。"不只是差劲,"年纪最大的那位同事说,"还很恶心。"处长也加入了进来,他说:"我真后悔买了电视机。"

我没有参与他们的抱怨,不仅因为我几乎不看电视,而且因为我已经不觉得自己是他们中的一员。我已经受够了。我已经决定"遗弃"。我指的不是又一次调动工作。我指的是彻底的离开。春节之后,也许甚至在春节之前,我将永远走出这间办公室。我决定成为一名"自愿失业者"。第一次从凯恩斯的著作里遇见这个"名"的时候,我就知道它将是我未来的身份,未来的"实"。

我想彻底摆脱公务的纠缠,体制的约束。我想摆脱身边的一切,熟悉的一切。

一位同事取来了这两天的报纸,厚厚的一叠。其他同事们一哄而上,各抢了几张。他们一边翻读着,一边抱怨没有什么东西可读。

坐我对面的同事将翻完的报纸扔到我的办公桌上,我没有任何兴趣,直接又将它们扔到处长的办公桌上。我已经受够了。我已经决定"遗弃"。

1.4

我估计今天会有Z的信。结果却没有。这很扫兴。我们离得太远了。我们之间的距离不仅让我感觉不到任何的美感，还让我感觉不到她的存在（或者我自己的存在？）。在这种情况下，信也许是一种提醒，一个路标。可是，我们的信却越来越少了。

我自己现在也很少写信。有一段时间，我同时跟五个女孩通信，而且我的每封信都写得非常认真。我不知道那些女孩还记不记得我，或者还想不想我（她们在信的结尾经常说她们想我）。我肯定她们跟任何人在一起都比跟我在一起要幸福。我是无法给人幸福的人。我有自知之明。因此，在挑选"女朋友"的时候，我首先想到的就是她应该具备承受灾难的能力。这很苛刻，是的。这很霸道，是的。可是，难道Z具备这种能力吗？我不知道。我不知道自己为什么最后挑选了她。

我们对"性"没有任何知识。我们只是对"信"有兴趣。写信和读信曾经是我们关系中最重要的内容。我们在信中表达自己的想念。我们说的"想"指的是我们想见上一面，想吃上一顿，想说一会话，想看一场电影……或者顶多想手拉着手，一起散散步等等。我们没有其他的杂念。"性"离我们很远……对我来说，"性"甚至非常恐怖，它与我对"父亲"的恐惧和憎恶连在一起，它好像是那个词的同谋。

我今天真的很想收到和读到Z的信。

1.5

快下班的时候，韦之打来电话，问我有没有兴趣去见他刚结识的一位女画家。

"我不大舒服。"我推脱说。

"又有很久没收到信了吧?"韦之说。他总是能够洞察我的"存在之境"。

我不想让他感觉得意。"不是因为这个。"我说。

"但是你很久没有收到信了。"韦之坚持说。

我用沉默回答了他。

"怎么回事?"韦之问。

"我也不知道,也许到剧终的时候了。"

"你还想继续吗?"

"不。"

"我同意。"

"这与你有什么关系?!"

"你肯定自己不会后悔吗?"

"没有什么好后悔的。我和她都是很好的演员。我们都知道应该在哪里结束。"

"你们办公室没有其他人吗?"韦之问。

我告诉韦之我的同事们都提前走了。接着,我继续感叹自己与Z的关系。"人如果总能跟自己喜欢的人在一起——"我说。

"但是不结婚,像我这样。"韦之打断了我的话。他显然想将我带出过于严肃的情绪。

"生活将会多么逻辑。"我严肃地把话说完。

"生活从来就没有逻辑。"韦之说,"所以最好还是像我这样。"

电话不知道为什么突然断了。我以为韦之还会打过来，但是他没有。

1.6

人们对我刨根问底的时候，我总是感到尴尬。我觉得，语言只是一种有限的工具。每次将大脑里出现的简明想法诉诸语言，就会变成一连串充满歧义的句子。我的语言从来都是混乱的。这也许正是一个缺乏训练的"业余哲学家"的局限？！但是，混乱的语言中往往又萌动着最生动的思想。混乱可能又是一个"业余哲学家"的优势。语言又会怎样影响行动？犹豫和局促使行动变得混乱。我应该对自己的行动负责吗？如果说自由是前提，没有自由就可以不对行动负责，我对一切就都没有责任。不需要负责的行动又有什么意义？照透生命的灵光是不能用语言转述的，因此也就不会陷入混乱。但是，它一闪而过，比语言和行动都要短暂，比一切都短暂。它是真实的存在，还仅仅是虚幻的感觉？也许生命本身就是混乱的。混乱的语言只不过是混乱的生命的镜像……

上面是我在去电信局的路上的一些想法。在过去的几个月里，我总是选择在六号晚上给Z打去长途电话。电话里的声音只是符号，就像电报文稿一样。人们怎么能够从这种符号里破译出"感情"？这是我一直回答不了的问题。用语言表达出来的感情与真实的感情相距多远？技术是否能够缩短我们心理上的距离？这是我一直回答不了的问题。

每次通话之后我都陷入了更深的迷茫。迷茫是生命的本质。只有死亡能够终止迷茫。人是迷茫的动物。语言和行动都在加深我们的迷茫。我一直这么想着。结果，我并没有走到电信局。当我站在十字路口感觉迷茫的时候，身后的那家电影院里正好有一场电影马上就要开映了。从片名就知道那部影片一定非常差劲，这正好符合我迷茫的心情。我买了一张票。我走进了电影院。我不知道在电话那一端等待我的Z会怎样破译我的沉默。

1.7

中午在食堂排队买饭的时候，打字员站在我前面。她的发型和体型都与Z的非常相像。我很早以前就注意过这一点。不过，她身上的香水气味让我感觉奇怪，不知道是因为香水太好还是因为香水太差。"晚上去跳舞吗？"她挑逗地邀请我。

我摇了摇头说没有时间。事实上，我想起了Z。我想象她此刻也许正向她的一个同事发出了类似的邀请。这种想象让我恐惧。她离我那么远。我们相距那么远。

吃过午饭，办公室里开出了一桌扑克牌和一桌围棋。我对让同事们兴致勃勃的娱乐没有任何兴趣。我躺在沙发上，想睡一下。一位同事在我的脸上盖了一张报纸。

可是，我不可能睡着，因为玩牌的同事们在争吵不休。我记得在大学宿舍里，每次开牌的时候，我都躺在自己的铺位上,通过耳机收听美国之音的新闻节目。我那时候总想着世界很大以及世界的变化很大。可是,我现在对新闻也已经越来越没有兴趣了。我现在觉得世界很小,很无聊。

同事们的争吵几乎要演变成武斗了。坐我对面的同事突然站起来,气急败坏地骂了我们最老的同事一句,用的是最脏的字。

如果还收不到Z的信,我也想大骂一句。可是我骂谁呢?是谁剥夺了我们"在一起"生活的机会呢?是谁这样"安排"了我们呢?

同事们的争吵仅仅局限在午休时间里。下午开始上班之后,坐我对面的同事和我们最老的同事马上就和好了。他们一起诅咒物价的飞涨,一起抱怨女人(他们各自的老婆)的难缠……和平将维持到第二天的中午,他们在牌桌上再次进入战争状况的时候。这是没有休止的重复,就像我们每天处理的那些公务。

1.8

世界上的一切都是重复的。人生是重复的,绝大多数人过的都是别人的生活。甚至时间也只能通过"重复"而被感知和认知。重复赋予时间美感和价值。日历将我们的生活重复地切断,这样,去年的今天,前年的今天,历史上的今天等等突然变成了能够重返世界的阴魂,都与"今天"发生了联系;这样,人们总是在过同样的节日,并且要过一辈子的"生日"。我憎恶这种对时间的曲解,世俗的曲解。我一直深信，时间是最神圣的流动，向前的流动，永不干涸的流动，永不回头的流动。但是，我又不得不接受这种曲解，因为历史是重复的，因为一切都是重复的。我不知道究竟是这一切的重复导致了时间的重复，还是时间的重复导致了这一切的重复。

波动是重复的另一种形态：经济的波动（当然我们的物价好像只是不断地高涨），政治的波动等等。今天是"左"的对，明天是"右"的对。今天是"公有化"对，明天是"私有制"对。国内的政治和经济到全球的政治和经济无不处在这种波动之中。可是，哪一天我才是对的？

我不相信会有这样的一天。绝大多数的"我"都没有"对"的这一天。绝大多数的人都可有可无。他们出生，他们活着，他们死去……他们是毫无意义的重复。

有没有走出重复的可能？有没有可能在死去之前"消失"？

我有一种要爆炸的感觉。这些天来，我的思想为什么总是这样乱糟糟地重复？

1.9

今天中午在马路上遇见韦之的时候，他两只手上都提着东西。他将左手提的那只口袋塞到我的手上。"到我那里去吧！"他说，"我们有一个重要的聚会。"

我那时候不知道自己为什么会行走在马路上。我没有自己的目的地。好吧，就让我跟着自己这位生活放荡的朋友走吧。

在韦之那里聚会的是他的那些艺术家朋友。他们都穿着色彩鲜艳、造型怪异的衣服。他们中的男性都留着长发,他们中有两位女性留着平头。坐在角落里的那一位我从前没有见过。她就是韦之前几天电话里提到过的那一位吧。她的穿着和发型都不激进,但是她显得有点憔悴。

艺术家们正在谈论他们去年底参加的那次画展。

"这个国家没有希望了。"

"记得那个美国人说的吗?他说我们的作品在纽约都会引起轰动。"

"可是那帮老东西不会承认我们。"

"我完全泄气了。"

"我也是。这一个月我连笔都没有摸过。"

"那你摸什么去了?"

一阵不整齐的笑。

"当时我们真应该惹点事出来。"

"把展厅给砸掉。"

"或者把那帮老东西给揍扁了。"

"又要等一年了。"

"明年也不会有好结果。"

"问题根本不是我们不努力。"

"也不是我们没有水平。"

"可是这个国家不会承认我们。"

"就因为我们年轻。"

"年轻就是过错。"

"年轻人没有道德,不结婚就同居。"

又一阵不整齐的笑。

"承认"是关键字。被社会承认其实就是被少数几个有权力却没有个性的个人承认。体制首先将那几个人奴化,然后再赋予他们"承认"的特权,让他们判断正误,评价是非,让他们成为冷漠的"父亲"。这没有人性的体制有苛刻的原则和光荣的传统。那些敢于冒犯它的原则和传统的人永远也不可能得到它的承认。

我就是这样的冒犯者,因为我思考的是"人",普遍的人。这个普遍的人困惑地活着,拒绝接受体制强加给他的所有假象。他知道死亡是绝对的真理,他知道体制的"昨天"(传统)和"明天"很值得怀疑。没有人性的体制怎么可能接受我的思考?没有人性的体制又怎么能经受得起我的思考?

我不是体制的奴隶。

1.10

上午在菜场外面的路口出了一起车祸。现场挤满了围观的群众。伤者(也许是死者)已经被抬走了,地面上只留着一摊污血和警察用粉笔做的标记。我停放好自行车,也变成了一个围观者。

我并不想了解事故的经过。我知道,事故合格的见证人只可能是那位已经被抬走的伤者或者死者。我也不想听人们的议论。我越来越恐惧周围的人说话的声音。我深信,口语是这个世界混乱的根源。也许对英语我会宽容一些,因为我刚好能够听懂。而对法语、西班牙语、意大利语、日语或者越南语，也许就更能容忍，因为它们对我就好像是噪音，我根本就听不懂。书面语言也同样很成问题，但是它给了我充足的时间，让我可以从容地剔除其中那些明显可能引起混乱的因素。如果说书面语言是缓慢移动的白云，口语则是暴风骤雨。我脆弱的心灵越来越经受不起那种剧烈的风吹雨打。我宁愿永远躲在书面语言的角落，用文字而不是声音来表达自己的感受。

围观者是一种有趣的身份：我在人群中挤来挤去，从不同的角度审视被压扁的自行车、四散的污血、费解的粉笔标记（从那标记可以断定受害者被抬走之前在地上蜷缩成了一团）。更重要的是，围观者可以看到其他的围观者。围观者与围观者之间的关系充满了哲学的意味：对于同一现场，所有围观者看到的是同样的内容吗？对于同一事件，所有围观者会有同样的感受吗？是不是所有的围观者都会像我一样去想象刚才被抬走的是自己？是不是所有的围观者都会像我一样敬畏死亡的生动和荒谬？

我们这个世界充满了意外的事故，但是它并不完全由意外的事故构成。完全由意外的事故构成的世界只存在于我的想象之中（或许将来还会在我的写作之中显现出来）。我有时候相信哲学就是处理意外事故的学问，当然它不会像警察、官僚或者围观者那样去处理。

1.11

阿奇住进了精神病院

白的事故。红的事故。黑的事故。所有的事故。一切都是事故。

"起来吧,阿奇。起来吧。"

表为什么又停了?事故。我明亮的小眼睛也是事故。

"说定了星期五带你去公园的。你不要胡思乱想,阿奇。"

"说定了"是事故。"星期五"是事故。"你"是事故……河水干涸,太阳的仇恨。雪。我没有靴子。我上当了,因为太阳。天哪,不是雪。白羽毛。温暖的白羽毛埋着我。我出了汗。事故。

"阿奇,大家都很喜欢你,阿奇。"

天鹅是怎么死的?是你们。你们是事故。你们举起了屠刀。刑场。社会是刑场。生活是刑场。

"阿奇,说说话吧,大家都来看你了。"

"阿奇,你想吃点什么吗?"

我也想成为刽子手。我首先要将这严严实实的屋子杀了。豹子。

"指导员说他明天来看你。"

指导员是事故。明天是事故。流血染红了白羽毛。星星躲进了乌云里,天要变了。

"阿奇,明天,你听到了吗?"

滚开,考试。我不想再有考试。你们突然出现。你们像一群被驱赶着的羊。牧羊人死了。只有一条孤零零的鞭子还在俯视着世界。你们突然就涌来了。

"阿奇,尽量想那些愉快的事。想想从前大家在一起的时候是多么开心,阿奇。"

回忆是欺骗,就像太阳。我不再上当。我也被驱赶着走,甚至连鞭子都没有看见。我的背包里只有一双臭胶鞋和一本教科书。起风了。血腥味的风。刽子手也死了。只有鞭子和教科书不会死。

"阿奇,不要想家。这就是家,我们所有人的家。"

那个盲人应该早就死了。是他说的。他说命运是一场事故。所以我说一切都是。事故是唯一的存在。价值还有什么价值?我永远都会记得你,发现了真理的盲人。

"阿奇。阿奇。阿奇。"

"阿奇。阿奇。"

"阿奇。"

"你们都走吧。"阿奇说,"我累了。"

"躺着也会累吗?"

"声音让我累了。"阿奇说。

"我们不说话了,好吗?"

"你们走吧。"阿奇说,"明天谁也不要来了。"

1.12

刚到办公室,处长就问我是不是已经寄走了要求我在去年底寄出的那一批通知。"早寄走了。"我回答说。

那是关于原计划今年五月召开的全省经济信息交流会的通知。那次通知的内容是：由于种种原因，会议将延期举行。具体日期另行通知。

我记得在起草这份通知之前一个月我们就已经收到了省政府关于取消会议的决定。"为什么不明确地告诉基层单位省政府的决定内容呢？"我问。

"那有点太突然了，"处长微笑着说，"还是写成'延期举行'比较好。"

"已经拖了这么久了，"我说，"下面那些县市的人可能早就知道了。"

"还是写成'延期举行'比较好。"处长说，"不要影响了大家的积极性。"

"谁也没有对这种空洞的会议积极过。"我说。在汇总那些上报的虚假信息的时候，我已经知道下面的各级政府机构对这种会议有多么"积极"。

"你这样说就不对了。"处长拍了拍我的肩膀，说，"我看你就很积极嘛。"

那一批信还塞在我的抽屉里，我没有也不打算将它们寄走，因为过一段时间，还会有另外的"另行通知"。而哪怕是那另外的"另行通知"也同样可以不寄，因为事情的结果最后大家都会清楚，而且都已经清楚。

这就是我的工作。我为这个体制工作。我在工作中遭受蒙骗，我又用工作去蒙骗别人。受骗是我的"义务"，骗人是我的"责任"。我的拖延甚至"无为"并不会损害我工作的这双层意义。

1.13

进入冬天以来,天气一直非常暖和。今天母亲和外婆坐在一起,又谈起了她们对气候的担心。

"整个地球的气温都在上升。"母亲说,"报纸上天天都在说。"

"是啊,说是北极的冰都融化了。"外婆说,"北极熊都快绝种了。"她也有许多从报纸上看来的信息。

"我们过去还称苏联是'北极熊'呢。"母亲说。

"也许将来苏联都会从地球上消失呢!"外婆说。

"那怎么可能?!"母亲说。

"如果北极的冰全化了……"外婆说。

母亲想了想,说:"还真有这种可能。"

外婆咳嗽了两声,接着说:"气温这么升上去,地球会不会变成另一个太阳呢?"

"谁知道呢?!"母亲说。

"那会有多热啊。"外婆说。

"那时候我们早就死掉不知多久了。"母亲说。

"我可不想死掉很久之后又被多烧一次。"外婆说。

她们的谈话让我烦躁。"人不可能两次被烧成骨灰。"我在自己的屋里大声嚷道,就好像是在重复赫拉克利特说过的话。

外婆和母亲没有继续说下去了。

我不喜欢日常生活，可是我喜欢记录日常生活。有时候，生活中的细节会被我挪用到自己的写作中去。我应该怎样定义我的写作？它们简约而深奥，读起来让人觉得奇怪又费解，比如前天写的《阿奇住进了精神病院》。我并不是故意将它写得奇怪又费解。它完全是"自然地"呈现在我的大脑之中的。说我的写作是"小说"，一定会引起专家们的不满。我是"业余哲学家"。我的写作对我自己是清晰又完整的。它对应着我心中的灵光或者心中的秘密。它抗拒传统和正统的分类。

1.14

今天办公室的人刚到齐，处长就宣布说："我们要认真总结一下新年以来的工作了。"大家将椅子搬到了办公室的中间，围坐在一起。处长掏出自己的纸烟盒，给每位抽烟的同事派发香烟。这是办公室开会的时候永不更变的第一道程序。处长将香烟抛得很高，这使办公室的气氛立刻显得非常活跃。在会议进行的过程中，每位抽烟的同事会轮流主持这种派发香烟的仪式，办公室里始终烟雾缭绕。我不抽烟。我憎恶抽烟。烟雾比会议的议题更令我难以忍受。

像平常一样，我尽量坐得离抽烟的同事们远一点。我翻开一张报纸，读起了第三版左下角处那篇介绍世界粮食计划署的文章。对于经常面临严重饥荒的第三世界国家，这个机构好像是一个救星。

我们是第三世界里的佼佼者。我们将温饱当成基本的人权。我们基本的人权基本上得到了保障。所以，我们可以整天坐在办公室里聊天、喝茶、看报，还不断举行轮流派发香烟的仪式。

从前开会的时候，通常只有处长一个人说话。最近的情况发生了一些变化。最近，同事们的话多了起来。不断高涨的物价让大家的话多了起来。今天刚抽完第一轮烟，坐在我对面的同事就突然情绪激动地说："现在靠我这么一点工资，连养儿子都养不起。"说着，他将右脚从皮鞋里抽出来，脱掉袜子，很费劲地用右手食指在脚趾缝里捣动了几下，然后用右手拇指将食指上的碎屑弹掉。

大家都看着他的动作，并没有觉得难以接受。

"那你是怎么养的呢？！"处长漫不经心地说。

"广泛发动群众，"坐我对面的同事说，"让亲戚朋友一起来养。"

同事们接着就物价的问题展开了热烈的讨论。

处长在积极参与讨论的同时又不断提醒大家今天会议的议题是"总结新年以来的工作"。他的提醒远不如他的参与那么有效。他的提醒只能带来短暂的安静，而他的参与总是将对物价的讨论推向高潮。

一开始就跑题的会议一直开到了十二点半钟。机关的食堂已经没有什么好吃的菜了。处长临时决定带全办公室的同事去机关大门对面那家新开的餐馆吃"工作餐"。吃完丰盛的"工作餐"之后，同事们都夸奖处长，说他使我们的"基本人权"得到了保障。

1.15

晚上我又去了韦之那里。他说我的表情告诉他,我等待的信还没有到。

"她可能不会来信了。"

"你伤心吗?"

"我没有办法。"

"没有不散的宴席。"

"这冷酷的陈词滥调。"

"你们最后也许还会见一面。"

"为了正式的分手,我会去见她一面。"

"你觉得这种关系是一场悲剧吗?"

"不知道。"

"生活就像是表演。"

"可是,谁是剧本的作者?"

"没有人知道。"

"也许大多数表演都是即兴的,都没有剧本。"

"你想象过你们最后的见面吗?"

"经常会去想象。"

"也许会出现戏剧性的高潮。"

"什么意思?"

"你懂的。"

"也许什么都不会发生,就像过去所有的见面一样。"

韦之说着,突然低下了头。他好像是想起了他自己生活中的某一次分手。在我的印象中,他在不停地与他的女朋友分手。他的生活好像就是由分手构成的。他会对其中的一次分手有特别的感触吗？

我们的谈话就这样中断了。这时候，我注意到了韦之身后的墙上新挂出来的那块很大的蜡染布。韦之告诉我，那是他不久前去山区旅游的时候买回来的。他说那是一次很浪漫的经历。

1.16

都说哲学是对智慧的爱。而智慧和爱都要求绝对的自由。"专业"是对自由的否定，因为专业将人变成规范的奴隶，教科书的奴隶。因此，真正的哲学只能出自拥有绝对自由的业余哲学家。哲学教授是靠哲学领取工资的人，他也许离智慧不会太远，但是他离对智慧的爱很远，离自由很远。当然，维特根斯坦也当过教授。不过他从一开始就是一个例外。我也是我们这一代人中的一个例外。

所有人都在跟时间对话。而业余哲学家更是想进入时间，甚至成为时间。这是人最疯狂的野心。像所有人一样，业余哲学家也是短暂的幻影，是写在时间的水面上的符号。而与时间的对话却是生生不息的流动。一代接着一代，人类用死亡来雕琢历史。与时间的对话甚至超越历史，它是真、善、美的载体。业余哲学家的严肃是对世界的微笑。那种最疯狂的野心显露出时间的神秘。

但是，体制妨碍对话，混乱也妨碍对话。体制窒息了怀疑和自由，而混乱则将对话搅扰成噪音。谁能够超越体制，能够不去寻找另一种体制的庇护,而是在对话中逼近生命诗意的终极?

业余哲学家是这样的人。他是时间的倾听者。时间是他的倾听者。他的沉思呈现时间的语法、时间的欲望甚至时间的沉默。而时间的记忆里铭刻着他所有的骚动。

"所以,"韦之有一天对我说,"你就是业余哲学家。"

1.17

今天终于收到了Z的信。但是,我已经被等待的焦虑耗尽了,我竟没有丝毫的激动。

我不安地抚摸着精致的信封。信的厚度超过了我的期待,我有点犹豫。我不想读很厚的信。我恐惧很重的情感和很重的语言。我将信放进了抽屉里。这是我一直在等待的信,但是,在收到它的时候,我却不想读它了。我的理由很荒诞:我不想读厚度超过了我的期待的信。

事实上,假如Z的这封信写得不是这样"厚",我同样会感到不安。我会用相反的理由将它扔进抽屉,推迟我的阅读。也就是说,不论在什么情况下,我都不会马上读这封等待已久的信。

我们这种靠邮票来传递的"表演"马上就要结束了。借用维特根斯坦后期的哲学概念,这种"表演"应该称为是"语言游戏"。这是最大众的游戏。

下午刚上班不久,机关办公室主任又在过道里嚷嚷着要大家"马上"去楼下的大厅里领取东西。同事们马上放下手里的报纸，兴高采烈地冲到大厅里去排队。这次分发的是两公斤一袋的洗衣粉，每人六袋。我领取的六袋中有两袋破了，洗衣粉漏撒在办公室的地面上。处长回来的时候，提着他那六袋洗衣粉站在办公室的门口，很不满意地看着办公室的地面。这时候，他左手里的一袋也破了。"处长，你怎么也漏了。"我们最老的同事说。

大家哄堂大笑起来。

"下午我们不干别的了，搞卫生吧。"处长说，"看看乱成什么样子了。"

"处长，可不能乱搞啊。"另一位同事说。

又是一阵哄笑。

我想，假如不搞卫生的话，下午我们其实也没有别的什么可干。

1.18

有很长一段时间了，我没有从塞得满满的书架里抽出任何一本书来读。我的手还是经常接触到那些书，但那只是清理：拂去它们身上的灰尘或者调整它们彼此间的位置。我已经有很长一段时间没有翻开过任何一本书了。阅读突然变成了一件有点困难的事情。我的注意力突然变得有点难以集中。这是短期还是长期的症状？！我极度地恐慌。我盼望着它的逆转。

这也许是我为什么要坚持写作的原因吧。在写作之中，我的注意力会高度集中。我能够被写作的冲动胁迫着走向一个自己想走近的目的地。当然,我偶尔也会迷失方向,误入歧途,在文本中留下肤浅的漏洞和差错。但是,在修改的时候我很容易发现这些迷失。

我不愿意让任何人知道我心理的这种状态(或者说这种病态)。我的紊乱与矛盾已经不是秘密,如果再加上注意力无法集中,就不会再有人将我当成正常的人了。

其实,在别人的眼里,我从来就不正常,我并不在乎别人对我的看法。关键是现在的这种状况让我自己极度地恐慌。我不知道它的下一步是什么样子,我不知道它的最后一步是什么样子。

我知道我已经开始退化了。紧张而又沉重的思考已经将我耗尽。我的身体和精神都已经偏离"正常"的位置。这有可能是不可逆转的偏离。

但是,我还能写作,还在写作,还要写作。写作可以使我的身体和精神都得到短暂的满足。它是我不可或缺的生理需求。写作也能够带给我"升华"的体验,让我发现时间,进入时间,成为时间。

1.19

那天在韦之那里遇见的女画家名叫易路。韦之的艺术家朋友们将这名字颠倒过来,叫她作"露易丝"。这听起来像是一个浪漫的名字。

她的憔悴掩盖了她真实的年龄。她还不到二十一岁。不过,她已经是一个两岁孩子的母亲。韦之几天前告诉我,那个孩子的父亲是她从前的美术启蒙老师。

今天中午,我在百货大楼门口遇见了韦之和露易丝。我相信我的朋友一定是爱上了这位年轻的母亲和画家。我的朋友很容易被坎坷的经历引诱。用他自己的话说,他的那种"博爱"叫做"怜爱"。他"怜爱"经历坎坷的女人。这一点与我正好相反。我喜欢单纯,像白纸一样的单纯。

韦之热情地跟我打招呼,"业余哲学家又发现了什么新的范畴?"他玩笑着问。

"无聊。"我不假思索地说。我的意思是他的玩笑很"无聊"。

韦之误读了我。他点了点头,用赞赏的口气说:"'无聊'的确是一个值得思考的范畴。"

露易丝看了他一眼。她显然意识到了韦之对我的误读。

"你们接着聊吧。"我说着,朝百货大楼里面走去。

"我们也觉得很'无聊'。"韦之在我身后喊了一句。

我走进了百货大楼。这是怎么回事?!在见到韦之和露易丝之前,我并没有走进百货大楼的打算。那么,我刚才有什么打算?我为什么会出现在百货大楼的门口?我为什么会在街上行走?我想去哪里?我一边质疑自己的行为,一边继续往里面走。然后,我上到了二层,上到了三层,最后又上到了顶层。我什么也不想买,什么也不想看,我只是不停地走着,无聊地走着。

我走出百货大楼的时候,韦之和露易丝已经没有站在那里闲聊或者"无聊"了。我想起了刚才的误读。我觉得它其实很有意思。韦之说得对:"无聊"的确是一个值得思考的范畴。

1.20

昨天深夜又做了那同样的梦。我又梦见了那一片寂静的森林。在那里,每走几步就伫立着一个女性的裸体。那些裸体都很僵硬,而且都没有头。我看见第一个裸体就已经感到惊慌失措了,但是我的脚步却并没有停下来。我不顾一切地去走,只想尽快摆脱那恐怖的纠缠。可是,那些裸体也在不断伸延,好像已经伸延到了森林的深处。我这才意识到逃避不是正确的选择。于是,我停下来,走近身边的裸体。我猥亵地笑了一下,然后将脸贴到裸体冰凉的乳沟里。我突然想到了那裸体从前的生活。我好像感到了它在那种生活中的体温。我嫉妒地哭了。我伸出手来抱住了它。我的指尖在它的脊椎上滑动。突然,我感到了一阵"自然"的畅快,一股暖流从我的裤裆里渗透出来……我睁开眼睛,伸手摸了一下自己黏糊糊的底裤。

最近一个月以来,我频繁地做那同样的梦。梦醒之后,我觉得精疲力竭,心灰意冷。

晚上韦之过来的时候,我向他谈起了自己的梦。他除了开同样的玩笑之外,不能给我任何的帮助。他说在他自己的梦里,他看到的裸体都是有头的,而且都是能够发出叫喊声的。他还说他的畅快都是"人为"的。

我不是一个享乐主义者。我与伊壁鸠鲁和道家都相距甚远。我对性一直充满了恐惧。我总是将性与生育连在一起。我不愿意做父亲。我恐惧做父亲。我不想给自己提供蔑视自己的理由和机会。

1.21

对我来说,胡思乱想是在办公室里消磨时间的最好方式。当然如果电话铃响了,胡思乱想就有可能被打断。我的同事们都喜欢和善于在电话里闲聊。我不喜欢也不善于。所以有时候,韦之的电话会让我觉得有点尴尬。不过,我一直有一个古怪的想法,想有一天能够接到一个陌生人为私事打来的电话。我也许会在电话里与那个陌生人闲聊。我已经厌倦了熟悉的面孔和声音。我尤其厌倦了与血缘有关的面孔和声音。我已经受够了。我不愿意自己的胡思乱想被熟悉的面孔和声音打断。

胡思乱想跟回忆不同。回忆是生活刹那间在别处的再现,而胡思乱想则是一系列无法兑现的计划,或者是大脑自身的磨炼。别人可能认为这种磨炼对大脑有害。我不这样看。我认为不断地产生新想法,又不断地抛弃新想法,是生命力的标志。但是,胡思乱想经常也让我有自己终将一事无成的焦虑。我是一个什么样的人?我犹豫。我不切实际。我优柔寡断又霸道专横。我在极度的孤独中胡思乱想。我将因为胡思乱想而一事无成。

但是,人为什么一定要做成什么事?形形色色的成就也许正好就是构成混乱世界的要素。五花八门的成功也许正好就是混乱的根源。混乱的世界中挤满了欲壑难填的个人,匆匆忙忙的个人,成功或者奢望成功的个人。

我突然注意到对面的墙上有一条非常醒目的铅笔印迹,而且很长。是谁在那里留下的?它在那里已经多久了?为什么以前没有注意过?

1.22

刚吃过晚饭,突然就感到了一阵无法抑制的冲动。我飞快地骑上了车。我很快就冲进了办公室。我迅速打开自己的抽屉。我一口气读完了Z的信。

这其实是一封很平常的信。它的厚度与情绪没有任何关系。Z既没有激情地表达她对我的思念,也没有理智地清算我们的关系。它的厚度来自它的琐碎。这是一封与前几封信一样的信,一样没有什么意思的信。我现在写给Z的信肯定也让她有同样的感觉。我在写信的时候自己都会觉得非常乏味。是应该结束的时候了!我们的关系中也许真的存在着感情,像我们曾经相信的那样。但是,感情是无法与时间、耐心和平庸的生活抗争的。

我将信折好,重新放回信封里。我茫然地望着墙上的那一道铅笔印迹。我又开始胡思乱想。我想到六十年之后,在Z的弥留之际,我茫然地走进了她的病房。她没有睁开眼睛,因此那不能算是我们的重逢。她哪怕睁开了眼睛也不会有任何改变:我们已经不可能重逢,因为她的家人告诉我,她已经不再认识任何人了。我还没有来得及在她的病床边坐下,我还没有来得及感叹，一阵急促的敲门声就打断了我的胡思乱想……这么晚了，怎么会有人来敲我办公室的门呢？会是机关里的打字员吗？同事们都说她很喜欢我，说她朝思暮想着我。这很荒诞，因为她不在我面前的时候，我不会对她有任何感觉，而她出现在我面前的时候，我对她只有很坏的感觉。我有点紧张。这么晚了……如果打字员这么晚出现在我的面前，我会有什么样的感觉？

我将门打开。出现在我眼前的是一个陌生人，一个看上去六十来岁的陌生女人。"我的鸡丢了，"她胆怯地问，"它会在这里吗？"她伸长脖子使劲往办公室里面张望。

我也转过脸去，扫视了一下没有任何生机的办公室。"应该没有。"我说。

"我可以进来找找吗？"女人仍然是胆怯地问道。

我将她让进办公室。她十分专注的寻找让我觉得她并不是为了找到什么，而是为了"找"的本身才来的。所有的角落找过了之后，女人绝望地叹了一口气。"唉，真的没有。"她说，"我已经找了两天。"

我仍然站在门口，想在她离开之后立刻关上办公室的门。我完全没有想到她竟会在沙发上坐下来。"我可能永远都找不到它了。"她说。她的语气说明她还有许多话想说。

我觉得有点尴尬。我什么都不想说。但是，我不知道怎么会突然问道："那是一只什么鸡呢，你这么想找到它？"

我的问题打开了一道语言的闸门。女人果然有许多话要说。"它是我妈养的鸡。我妈前天中午刚刚过世。那天下午，我们忙得团团转。到吃晚饭的时候，我们才发现那只鸡不见了。"女人用很快的语速说话，她接着说："怪事还多着呢。我妈临死前告诉我，我爷爷其实是我爹的表舅，又是我妈的爹。我真的爷爷被土匪抓走后就再也没有音信了。后来我奶奶就跟她的表弟结了婚。难怪我没有外公外婆。我爷爷原来就是我外公。"

"那你外婆是谁呢？"我冷冷地问，"你外婆就是你奶奶吗？"

女人迷惘地看着我。"我妈没有说完就断气了。"她充满遗憾地说。

我知道生活中有无数的秘密都是因为死亡而成了永远的秘密。

"这两天我一直在想这个问题。"女人继续说，"我不知道我母亲是我外公带过来的还是与我奶奶生的。"说着，她站了起来。

我将办公室的门完全打开。

"我想了两天也没有想出谁是我的外婆。"女人说，"就像我没有找到那只鸡一样。"然后，她摇着头，叹着气走了。

这是我听到过的最离奇的家庭关系。我突然觉得每个家庭里都会有离奇的秘密。如果我和Z成了家，那个家里又会有什么离奇的秘密呢？

我又在办公桌边坐下，又开始胡思乱想。那只鸡到底是什么？一个象征？一道神迹？我突然相信它的确就藏在我们的办公室里。我马上像那个女人一样将办公室里所有的角落又都彻底地找了一遍。当然,我什么也没有找到。

在回家的路上,我突然想,那只鸡会不会就是墙上突然冒出来的那一道铅笔印迹呢?

1.23

不知道是因为街道太窄,还是因为车太多……城市的拥挤加重了我对世界的绝望。空间没有时间那样强大的承受力。人类的膨胀是对人类自身的否定。交通事故越来越多了……喜欢读报的外婆变得越来越焦虑。每次我要出门的时候,她都跟我走到门口。"要多加小心啊,"她说,"现在外面这样乱。"

"小心又有什么用呢?!"我故意说,"该出事的时候,我就会出事的。"

更严重是汽车排出的废气以及城市周围那些工厂烟囱里吐出的浓烟。城市的天色常年都显得沉重压抑,城市里的空气永远都龌龊不堪。而流经城市的江面上总是盖着一层黄色的泡沫,那是从上游的造纸厂和纺织厂排放出来的污垢。这两家赫赫有名的大厂在危及城市居民生命的同时,却又支撑着整个城市的经济。这是一座充满悖论的城市。

商店里也总是拥挤不堪。每天都像是节假日。每天都有那么多的顾客和过客。所有柜台前面都有一堵超厚的人墙。这些人来自何处?我来自何处?商品好像是越来越丰富了,而商品的价格也在不断地上涨。所有人都对自己没有弹性的工资水平怨声载道。

更严重的是,人们对一切都没有信心了。欺骗成了新的社会规范，新的生活技能。体制只能用欺骗来维持住它脆弱的稳定。而人与人之间，欺骗也蔚然成风。

所有这些都是潜在的危机。这混乱的世界也许很快就会崩溃……但是，代之而起的会是什么呢？那肯定是一个更加混乱的世界。

1.24

韦之总是替我投稿，所以我经常收到退稿信。我为这件事抱怨过他。我甚至威胁说不会再将自己的写作交给他评判了。我的写作非常奇怪。它既不是哲学也不是文学。它根本不可能被那些习惯了教科书上关于文学体裁准确定义的编辑们看上。我的写作就像是业余哲学家本人一样，与这个世界格格不入。可以说出现在我的写作中的人物都是业余哲学家。他们自由地在时空里进出，他们虔诚地接受文字的代理。业余哲学家与哲学教授不同，也不同于哲学教授的研究对象。业余哲学家在混乱的世界中没有位置。

我记得自己在少年时代对投稿一度也曾经有过狂热的兴趣。在投稿的同时，我通常还会给编辑们写一封非常谦恭的信件，表达我对发表的渴望。我的零花钱几乎全用在买信纸、信封和邮票上了。我一遍一遍地誊写自己的稿件和给编辑们的信。我反复检查信封是否封死，邮票是否粘牢。有几次我接到过编辑们用手写来的退稿信。我会为那种拒绝激动得充满了信心。那真是存在主义说的"无用的激情"啊。我现在觉得它那么遥远。

韦之对我的抱怨和威胁从来都毫不在乎。他认为我的写作有非凡的价值。他说他一定要让我的作品发表出来，为这个时代接受。我不可能制止他。

今天下午，又有一封退稿信来到了我的跟前。我准备明天再将信封拆开。我马上要做的事是去粮店为处长买五斤面条。这是他老婆刚才来电话交代的任务。他说她为这点小事已经提醒过他三天了，如果今天还是忘了，她就不会让他再进家门。而处长马上要去听中央一号文件的传达，他将买面条的任务交给了我。

1.25

今天上班的第一件事就是拆开昨天收到的退稿信。这次又碰上了一位耐心的编辑，她给我写来了将近一页的意见。可是我没有任何耐心读那些意见，我将它撕成了碎片。然后，我开始读自己的写作。

送　葬

老头儿在拐弯的地方遇上了送葬的车队，那只扶着拐杖的手微微颤抖。

车队在医院大门前停了下来。从车队中部的客车里冲下来的那个人小跑到车队最前面的卡车旁，对车上的人吆喝了几句，于是就响起了哀乐。

医院里的医生和护士簇拥着出来。走在最前面的那位医生手里举着一根竹竿，竿头上挑着一串已经点燃的鞭炮。伴随着爆炸声而起的烟雾，在潮湿的空气中慢悠悠地扩散，显得非常伤感。

这肯定是一个老病人了，老头儿激动地想，他跟医生和护士都结下了感情。

爆炸声刚一停，车队就开动了。一些孩子冲到马路中央，争抢地面上没有爆炸的鞭炮。

"去看看讣告就知道了。"老头儿自言自语。他从搬进新居之后，每天上午都会在这条乱糟糟的马路上散步。经过广告栏的时候，他总是能够看到新贴出来的讣告。他通常并不会停下脚步，因为讣告让他难受，因为他的大多数熟人都已经离开了人世。

不过，这是他第一次在这条马路上遇见送葬的车队。他想知道车队为什么要在医院的门口停留。他想知道为什么医生和护士都会出来为死者送行。他想知道死者的生平，想知道他会不会是一个"有福气"的人。老头儿这样想着，朝广告栏走去。

就在他刚能够看清"讣告"两个大字的时候，那只扶着拐杖的手又剧烈地抖动起来。他稍稍犹豫了一下，改变了方向，走进了广告栏对面的那家饮食店。

服务员们都坐在柜台后面的长凳上，正逗着刚走开的那位同事的小女儿。她们根本没有注意已经在门边的餐桌旁坐下的老头儿。

这正合老头儿的心愿。他只想在饮食店里坐一坐，并不想点要任何食品。他轻松地环视了一下四周。挂在被油烟熏黑的墙面上的那一排镜框引起了他的注意。除了中间那张营业执照和那张通过卫生检查的"合格证"之外,其余镜框里装的都是奖状。我也得过很多很多的奖状,老头儿激动地想。

从柜台后面传来了喧闹的声音。

"你有几个爸爸?"

"一个。"

"怎么才一个呢?"

"就一个。"

"你有两个,知道吗?"

老头儿朝柜台后面瞥了一眼。他看到那个小女孩咬着大拇指,眼睛盯着很高的屋顶。她没有再开口说话了。

"不信吗?"

"等一下去问你妈妈吧,问她你是不是有两个爸爸。"

"她一定不高兴你那样问她。"

"说不定还会骂你打你。"

"这就说明你问得对。"

"你真有两个爸爸。"

"千万不要说是我们告诉你的。"

"千万记住了。"

老头儿记得自己在很小的时候也经常听不懂大人们的话。比如那一次,他跟着他的父亲和伯父去赶庙会。在回家的路上,他们要经过一座巨大的坟山。他不知道两个大人为什么一点也不害怕。他们走着走着,突然讨论起了自杀的事。他们用的很多词他都听不懂。

柜台后面不断爆发的笑声令老头儿有些烦躁了。他站起身。

他还是觉得应该去看看那张新贴出来的讣告。可是，刚走到饮食店的门口，老头儿就愣了一下。他发现那张讣告已经被人撕去了一块。他急冲冲地横过马路，走近广告栏。没错，讣告已经被人撕去了一块。老头儿愤怒地想，就这么一转眼的工夫，这是谁干的？

老头儿后悔自己刚才不应该到饮食店去坐了那一下。他觉得撕讣告的人是在利用他突然的恐惧故意与他作对。就像那小子一样！老头儿愤怒地想。会不会就是他呢？他接着又想。他现在认为自己一生中经历的一切灾难都可以归咎于他。他是他唯一的孙子。他对他的一切都看不惯。搬家的时候，他竟将他一辈子辛辛苦苦积攒起来的全部奖状一把火烧掉了。"这些废纸，"他一边烧还一边气急败坏地说，"太占地方了。"

"这哪占地方啊，"老头儿绝望地说，"这哪是废纸啊。"

那小子狠狠地瞪了他一眼。

"这是我的命啊。"老头儿绝望地说着，想从火堆里抢出一张奖状。

那小子将他粗暴地推倒到沙发上。"我今天就要彻底革了你的命。"他气急败坏地说。

搬进新居之后，老头儿就觉得自己像已经死了一样，因为他房间的墙壁上是空荡荡的，因为他的"命"已经被烧成了灰烬。

老头儿越来越肯定讣告就是那小子撕掉的。他的腮帮子也像他扶着拐杖的手一样剧烈地抽搐起来。他低声念着残留在广告栏里的那一半讣告上的文字。他惊呆了……"终年四十三岁。"他重复了一遍最后的那一句话。下面的讣文就被撕掉了。他肯定是那小子干的。

刚才还以为是一个"有福气"的人呢……老头儿一边想着一边朝地狱一样的新居走去。他很想回忆一下四十三岁那一年自己的生活中发生过什么重要的事情。可是，除了那一年得的那三张奖状之外，他什么也记不起来了。"我说过那就是我的命啊，他还是将它们全都烧了。"老头儿绝望地自言自语。

站在新居的楼下，老头儿又想起了从庙会回来的那个夜晚。他突然觉得他听懂了他的父亲和伯父在坟山上的对话。他们在谈论哪一种自杀的方式痛苦最少。他不记得他们各自的结论。他只记得他们有不同的结论。但是，他们都没有勇气去证实自己的结论。很多年以后，他们都死于痛苦不堪的癌症。

老头儿没有一点勇气再走进地狱般的新居了。他转过身，重新走到了马路上。他隐隐约约地觉得自己是想去追上那送葬的车队。他奇怪地想，只活四十三岁也许就是一种"福气"……

我对这篇作品有许多的疑问。我甚至没有把握这是不是我的写作。如果是，它写作于什么时候？

不过，我熟悉那位对自己的一生充满疑惑的老头儿。我熟悉他对年纪的敏感。我也喜欢作品中关于奖状的那一段对话。"奖状就是我的命啊。"我母亲就曾经说过这样的话。她也把荣誉看得比什么都重要。她不知道她挂在墙上的那些奖状正好是体制奴役她的标志。

1.26

深夜里,一阵奇妙的呼唤将我惊醒。我不知道那呼唤来自何处。我爬起来,走到窗前,发现外面正在下很大的雪。我披上大衣,搬起书桌旁的藤椅坐到了阳台上。淡淡的寒意在我的心中荡漾起恬静的喜悦。

飘落的雪的反光令四周的房子看上去就像是静穆的影子。我知道,所有事物的形态都受光线的操纵。在特定的光线下,一切都可能变成影子。生活是影子,一切人的生活。人是影子,所有的人:我的同事们,我的家人们,家人们引来的客人们,当然还有我自己。我懦弱的性格让我与影子关系密切:我在所有的行动之前都犹豫不决。我无时无刻不在犹豫。我就是犹豫。这绝对的犹豫让我比任何人都更像是漂泊不定的影子,无家可归的影子。

雪下得很从容。这可能是今年唯一的一场雪了。我想起那天母亲和外婆关于全球气温升高的议论。很多年以后,雪可能也会在这个混乱的世界上绝迹了,就像北极熊一样。

混乱地飘落的雪如果能够累积起来,明天清早的世界将是白皑皑的一片。那纯净单一的景象将令此刻正在熟睡着的人们万分惊喜。

而我因为深夜的惊醒不会再有清晨的惊喜了。我后悔刚刚听到了那一阵奇妙的呼唤。它来自何处?我来自何处?

1.27

这两天的日记其实可以合在一起。这是经常发生的情况。

很多事情恰好发生在深夜，我不知道应该将它们当成是昨天的发生还是今天的发生。而且在事情和我的记录之间，通常还会隔着一个荒诞的梦。它一定会使我的记录部分地"失真"。这是我的日记天生的缺陷。这种缺陷让我怀疑所谓的"真实性"。"发生过"可能毫无意义，就像历史只是"我想从中苏醒的噩梦"一样（这是《尤利西斯》中最打动我的一句话）。有意义的是"发生着"。"发生着"让"我"成为意义的决定者或者至少是参与者。当然，如果发生的事情恰好就是那个梦或者恰好就是我无法定义的作品，"发生过"与"发生着"就非常接近了。也就是说，我的梦和我的写作是我的日记中最接近真实的部分。当混乱的世界有规律而无节制地涌向我的时候，梦和写作就成为了一道屏障。这当然是一道十分脆弱的屏障，但是，它能够给我短暂的呵护。这对我生命的延续是多么地重要啊。

清早醒来之后，我马上有点惊慌。柔和的阳光在窗户玻璃上缓慢地摆动，令我误以为季节已经到了春夏之交。我往窗外探望，根本看不到雪的痕迹。这是怎么回事？我想起了那场交通事故的现场。在受害者被抬走之后，现场至少还留下了血迹。那残留的血迹为想象打开了一道窄门。但是，昨天深夜的雪为什么却没有留下任何的痕迹？

上班的路上，我也没有看到任何的"雪"迹。我迷惑不解地走进办公室。我告诉同事们昨天深夜的壮观场面。

"你疯了！"

"气温这么高，怎么可能下雪？！"

"那是你做的梦吧。"

"以后再也不会下雪了。"

"甚至都不会再有冬天了。"

同事们没完没了地议论起来。没有人相信我在深夜里目睹的美景。

为什么"发生过"与"发生着"会相距这么远或者说相距这么近?这就好像是"真实"与"虚假"之间的距离。为什么那奇迹般的雪没有留下任何的痕迹?

我不知道究竟是黑夜真实,还是白昼真实。我不知道究竟是我对还是"他们"对。

1.28

不管怎样,我会总是想起深夜下雪的事情。我原来以为,昨天一上班,同事们就会吵着嚷着到办公楼边的空地上去打雪仗。那应该比坐在办公室里喝茶、聊天和读报要有趣得多。我完全没有想到昨天的气温会那样高。我深夜里看到的雪竟没有留下任何的痕迹。

不过,哪怕昨天地面上积起了很厚的雪,同事们也很可能不会去打雪仗。他们习惯了办公室的悠闲。他们害怕出汗。出汗好像是对他们个人利益的侵犯。他们有"个人利益"吗?他们连"个人"都不是,哪来的个人利益?!非"个人"的特征在他们出生的那一天就已经被决定了。体制是他们的母亲,它分给他们的乳汁不会让他们吃饱,也不会让他们饿死。这种特殊的营养模式让他们对特殊的母亲产生了特殊的依赖，也让他们对特殊的集体产生了特殊的依赖。

尽管他们不是"个人"，他们却还是没有忘记去贪图个人的蝇头小利。这种建立在嫉妒基础上的个人利益也是一种"比较利益"。但是，与李嘉图发现的那种比较利益不同，这种比较利益发生于国内，发生于办公室之内。同事们都唯恐自己吃亏。在不可能"多得"的庞大计划经济体制里，避免"多劳"成了他们的共同选择。出汗就是多劳的标志，出汗就是吃亏的见证。即使外面有很厚的积雪，同事们也不会去打雪仗。

我不喜欢打雪仗是因为我不喜欢集体的活动。集体让我感到冷漠，让我感到孤独。从前的冬天，我总是趴在窗口，看邻居的孩子们在雪地里游戏。我不想加入他们。我不愿加入他们。我害怕成为他们中的一员。

1.29

今天又接到了Z的一封信。她说，她不久要去南方出差。她乘坐的火车将经过离我们城市只有九十公里的那个大站。因为同行的人很多，Z不能中途下车，但是她觉得我们可以在那里的站台上见一面。她乘坐的火车将在那里停站十二分钟。

为了这次见面，我只能再请一次病假。

上午快下班的时候，我开始大声抱怨这几天的身体不大舒服。我说自己好像有点低烧，而且还伴有作呕的感觉。

处长正在翻动刚收到的文件。"有病了就要去看医生。"

他说。他并没有抬头看我。

我装着很不情愿的样子离开了办公室。

我直接去找韦之极为热情的姑妈。她是我们城市里最大的中医院的内科主任。韦之告诉过我,她是世界上最疼爱他的人。而我因为是韦之最好的朋友也得到了她无条件的关爱。我的所有病假条都出自她的手。

我们的处长不知道是装糊涂还是真糊涂,他从来没有怀疑过我的病假条的"真实性"。

"这次你想得什么病呢?"著名的内科主任慈祥地问道。

"我已经告诉处长我有点低烧,还伴有作呕的感觉。"我说。

"那你正好是得了现在的流行病呢!"著名的内科主任笑着"诊断"说。

有时候,虚假与真实能够保持高度的一致。

1.30

我把病假条递给处长的时候,他面无表情。"生病就应该好好休息。"他冷冷地说着,将假条摆在一边。

我稍稍清理了一下办公桌后,准备离开。

"医生建议你休几天的假?"处长突然不太高兴地问。

"假条已经给你了。"我说。

处长这才拿起我的病假条看了一眼。

我一动不动地站在自己的办公桌旁。我知道处长还有话要说。

"你最近怎么老是生病啊?"处长冷冷地问。

"我也不知道。"我说着,故意咳嗽了两下。

"这样不会耽误工作吧?"处长接着问。

"不会的。"我说。我心想,我们整天都没有事做,有什么好耽误的?!

处长顺手拿起办公桌上的一张报纸。"好好去休息吧。"他眼睛盯着报纸说。

就在处长话音刚落的一刹那,我突然改变了主意。

我突然决定不去了。我突然觉得到九十公里以外的一个车站去跟一个我已经没有什么话说的人说十二分钟的话是一件荒唐透顶的事情。这突然的改变让我周围的世界急速地旋转起来。我果然有了一阵作呕的感觉。

我经常会陷入这样一种恐怖的"晕眩",特别是面临着道德的选择的时候。我不知道这是为什么。我不知道"选择"为什么会在我的身上有这样奇特的生理反应。假如我能够像韦之那样"堕落地"(这是他自己的措词)生活,或者与他正好相反,过完全道德的生活,我的内心会不会出现持久的平静?

我从晕眩状态恢复过来之后,处长正在认真地读报纸上的一条体育新闻。他不可能知道刚才的一刹那我周围的世界是多么地荒诞。

1.31

不上班的日子就要听外婆的唠叨。外婆有唠叨不完的现在，也有唠叨不完的过去。她甚至有唠叨不完的未来：地球会不会变成另外一个太阳呢？

我惊叹她关于过去的记忆。我惊叹她的过去。她的许多故事都发生在那座巨大的庄园里。她在那里出生，在那里成长。她出嫁之后，也经常回到那里……直到革命的到来。那是她的世界。那是她用记忆捍卫的世界。那是永远也不会遗弃她的世界。

我也经常梦见那座巨大的庄园，尤其是庄园门外的那口方方正正的水塘。许多不可思议的故事都与那口水塘联系在一起。有一天，一具尸体浮出了水面……那好像成了那座庄园的历史由盛而衰的转折点。

与外婆相比，母亲是不自由的，因为她受制于冷漠的体制。她的记忆是被篡改的记忆。她需要记忆从教科书里得知的光荣革命传统，而不能记忆与生活息息相关的家族历史。体制强加给她的信仰和教条剥夺了她已经通过遗传获得的叙述能力。她从来没有给我讲过一个有趣的故事。我来自何处？

上午醒来之后，我还在床上躺了很久。我奇怪外婆没有不停地敲我的房门。

我在将近中午的时候才走出房间。我注意到饭桌上有一张字条，是外婆留下的。她说她到医院陪外公去了。

这么说，今天就听不到外婆的唠叨了。

一个影子的告别(节选)

第一章

领事馆签证处下午一点半钟准时开门。X表情迷茫地走进去,在等候室的角落里坐下。他盯着通往面谈室的过道,感觉有点紧张,好像是怕自己拒签又好像是怕自己获签。他环顾了一下四周之后,从背包里取出昨天傍晚在街口那家报刊亭买的那本《大众电影》杂志。当时又只有虾米一个人在报刊亭里。他忙得不可开交的样子让X想起自己替他们帮忙的那一个月的经历。每到傍晚,买报的人总是络绎不绝,而河马总是借故走开了,留下他独自应付。那一天,Y也挤进了买报者的人群里。她挖苦地称他为"老板",接着,又用挖苦的口气说:"老板娘怎么丢下你不管了呢?!"

《大众电影》每期重点介绍一位当红的影星。这一期介绍的正好是曾经让X想入非非的那一位。X并不是因为这一期的杂志上有关于她的介绍才买了这本杂志。昨天他走近报刊亭是想去向河马告别,告诉她,自己很快就会要离开,而且不会愿意再回来。不知道为什么,X一直觉得自己与过去的告别应该从河马开始。也许就是因为他们那一个月的相处让他重新恢复了对生活的感觉？但是河马不在，这让 X 有点失望。他真的不想再拖了，他想尽快开始已经在想象中预演过多次的告别。如果不是因为购买的人太多，他会让虾米注意到自己，然后告诉他自己马上就会离开的事。他顺手拿起了这本《大众电影》，将钱递进了报刊亭。他没有等找钱就转身走了。他没有让虾米看到自己。

…………

《大众电影》杂志上的专题报道的结尾处提到了女影星刚刚了结的离婚案。整个报道的措辞明显倾向于前途无量的女影星。报道认为，走出了这场沸沸扬扬的纠纷之后，女影星将"全身心地"投身于艺术，将会给广大的影迷们带来更多的"惊喜"。

在签证处快下班的时候 X 才被叫进面谈室。他的材料没有什么问题，但是他没有想到签证的官员突然提出要他出示 Y 的护照副本。他明天必须带着这份补充材料来才能拿到签证。这是他没有想到的结果：既没有获签又没有拒签。这也正是他希望的结果。

他从签证处走出来之后，马上去电讯大楼给 Y 打了国际长途，通知她马上将护照副本传真过来。他顺便又问她需要给为他提供担保的特纳夫妇带点什么礼物。"就给他们带几件京剧脸谱的针织品吧。"Y 迷迷糊糊地说。她并没有责备 X 一大早就将她吵醒了。

在路过报刊亭的时候，X 注意到还是只有虾米一个人坐在那里。而且那正好是高潮之间的空当,报刊亭前没有一个顾客。X走过去与虾米轻松地交谈了几句。可是在准备转身的时候,他突然激动起来。"你很快就要看不到我了。"他说。他知道他想象过无数次的告别就这样开始了。他万万没有想到它会从虾米开始,从一个孩子开始。

虾米用费解的目光看了X一眼。"你要搬走了吗?"他问。

"是的。我要搬到很远的地方去了。"

"是另一座城市吗?"

"是另一个国家。"

"你不会再回来吗?"

"我不知道。"

"等你回来的时候,我可能也搬走了。"

虾米的话又让X陷入了对明天和未知的不安之中。他正不知道应该怎样继续他们的谈话,买报刊的人又多了起来。他趁机对虾米做了离开的手势,然后沿着凌乱不堪的人行道朝他们住的公寓大楼走去。在接近公寓大楼的时候,他看见河马正跟她的朋友们站在路旁聊天。河马一边嗑着瓜子,一边不停地点着头,似乎对谈话的内容很入迷。X非常讨厌河马的那些爱饶舌的朋友们,他想从他们的身后绕过去。没想到,河马却兴高采烈地叫了他一声。X不想当着那么多人的面向河马告别。他故意用责备的口气说:"虾米已经忙不过来了,你也不去帮他一下。"河马仍然是兴高采烈地回了他一句:"我不也正忙着吗?!"

在眼镜死后的那一个月里,X和虾米几乎每天都待在一起，他们成了很好的朋友。虾米的中国象棋下得很好，X根本就不是他的对手。X记得在他们的第一次对弈之后，虾米的棋艺就已经让他觉得难以置信。"你才六岁呢，知道吗？"他瞪着眼睛说。

"六岁又怎么样？！"

"是你爸爸教你的吗？我听说他的棋也下得不错。"

"他才不会教我呢！"

"你不喜欢他？"

"他不喜欢我。"

"你知道他干了什么吗？"

"我知道。谁都知道。"

"你去看过他吗？"

"没有。"

"可是你妈妈去看过他。"

"她不肯带我去。"

"她怕你伤心。"

"她自己每次看完回来都会伤心。"

"她还会伤心？！"

虾米用吃惊的目光看了X一眼。"她会的。"他说。

…………

X刚走进房门，母亲就从厨房里冲出来，急切地问他的签证是否已经到手。X没有提到还要补充材料以及他刚才已经给Y去过电话的事。他只有冷冷地回答说签证要"明天"

才能拿到。母亲很不满意地摇起了头。"这些美国人是怎么回事,"她说,"办起事来怎么这么拖拉?!"说完,她提醒X马上去换煤气。"看样子这顿饭都做不熟了。"她指着厨房说。

X不想再从河马和她的那些朋友身边经过。"过一会吧。"他说。

母亲不满地瞪了他一眼。"你还没去美国怎么就变得跟美国人一样了?!"她说,"办起事来这么拖拖拉拉。"

X听出了这抱怨中的得意。他没有理会她。他决定等河马他们散开之后再去煤气站换煤气罐。眼镜死后,X又重新搬回家里来住。他非常反感母亲将家里最繁重的家务留给W的习惯。他发誓要承担尽可能多的家务。但是,母亲对他最大的抱怨仍然是"不做家务"。从X决定离开的那一天起,母亲更是经常提到他是家里的"主要劳动力",并且感叹将来做饭做到一半突然断了"气",自己不知道怎么办。X听得出她的这些抱怨和感叹中的得意。她很高兴他离开中国的决定。她将他能够获得美国的学生签证当成是一种"成功"和"出息"。她多次对客人们说:"孩子们有出息,我自己多做点家务没有关系。"

"这跟出息有什么关系呢?"X几次当着客人们的面顶撞她。

"大家都想出去,又没有几个人能出得去,"母亲得意地回答说,"这当然是出息。"

…………

吃晚饭的时候，X问母亲晚上有没有时间，他说他想与她谈谈。"你想谈什么呢？"母亲问。"其实也没有什么。"X说，"我只是觉得我们应该好好谈谈。"他表情严肃地看了母亲一眼，补充说："我很快就要离开了。"

X严肃的表情让母亲有点不安。她不喜欢他们之间平等又严肃的谈话。不过，她说她有时间。

其实X的确不知道在正式向母亲告别的时候，应该与她谈些什么。他一边吃饭一边琢磨。他不知道是否需要请求她的原谅或者是否需要表达对她的原谅。因为他参与的"活动"以及她已经想到的结果，他们的关系已经发生了彻底的改变。但是，X不想触及他们之间的冲突。他希望向母亲的告别能够尽量轻松一点。还是转移目标，谈谈她与父亲的关系吧，他这样想。X曾经给母亲写过一封很长的信，谈论父亲。那是一封没有寄出的信。写好之后，他将那封信夹在那本《联共（布）党简史教程》里。那是他在母亲书架上发现的唯一一本繁体字版的书。他在读初中一年级的时候没有征得母亲的同意，就将那本书移放到了自己的书架上。奇怪的是，在最近一次整理书架的过程中，他突然注意到那本书已经不在自己的书架上了。它当然也不可能在母亲的书架上，因为她有一天已经将所有革命年代的书都当成废纸卖掉了。在那封信里，X将自己知道的关于父亲的"所有"情况都写了出来，尽管他不知道这样做是对还是不对。但是，他没有寄出那封信。现在他知道，他也永远丢失了那封信。母亲对父亲一点也不好，同时她又经常指责X和Y对父亲的反感。X与父亲每一次正面冲突之后，她总是站在父亲一边。"你怎么可以那样对他？！"她会高声指责说。X觉得母亲根本就不想理解他，就像她不想理解他投身的"活动"一样。……是的，X有时候能够接受母亲对他的不理解。但是，他反感她对父亲的挑剔，以及她在父亲面前表现的强硬和没有"人情味"。这是她的错。这种错也许就是他们这个曾经被视为"模范"的家庭突然瓦解的一个原因。X并不觉得家庭的瓦解是什么坏事，他也想到过母亲如果很有"人情味"的话，家庭的瓦解也许仍然无法避免……这也就是说，母亲与父亲的关系其实也没什么好谈的。仅仅在十多年以前，这个家庭还是一个团结的"集体"。每到年底，每一个家庭成员都会带回来一张（或者几张）内容相似的奖状，一家人都会陶醉在"模范"的喜悦中，都会有集体的荣誉感。可是，那革命年代的境界突然就被打破了。这个家庭里每一个人突然都变成了互不相关的个体：父亲的目光盯住了经济蓬勃发展的南方；Y开始痴迷于生活丰富的西方；母亲仍没有"人情味"，却成了"革命"的反对者；而W深深地陷入了日常生活的泥沼之中；只有X还在受"使命感"的驱使，还保持着改造世界的激情……直到X决定离开的时候，这个家庭的成员才又一次有了"共识"。大家都支持他离开。大家都觉得只有离开，X才可能重新做人。大家都觉得X的离开是他们这个家的荣誉。X终于下定决心要归功于Y不厌其烦的鼓动。她很快就为X准备好了必需的各种手续。"使命感是一种幻觉，你不应该再受它的蒙骗。"她多次在从圣弗朗西斯科寄来的信里写道，"你必须离开。你的未来在这个阳光明媚的地方。"

晚饭还没有吃完，W就出现了。他的到来打断了X的思路。"拿到了没有？"他刚进门就迫不及待地问。

母亲不耐烦地瞪了他一眼。"急什么！"她说，"肯定能拿到的。"

W的懦弱好像是与生俱来的。他比X和Y大了许多。他在三个孩子中做的家务最多，得到的温暖最少。他总是在受父母的奚落，就好像他不是他们的孩子。X不知道为什么会这样。他记得野牛舅舅曾经多次提到W小的时候"吃过不少的苦"，但是他却从来没有说明过他到底吃过什么苦。W在门边的那张椅子上坐下，他说他已经在家里吃过晚饭了。他的声音和目光里透出的懦弱从来就让X感觉压抑。他在同情他的同时，有时候也会对他极为不满。X知道W还在受一种特殊的苦。他结婚已经五年了，一直都很想要孩子，但是一直都还没有孩子。亲戚朋友甚至邻居们都知道，问题出在他妻子的身上。这当然是母亲说出去的。X记得Y有一次与母亲大吵起来，她让她不要逢人就责备自己的儿媳妇。"那怎么行？！"母亲固执地说，"别人还以为是你哥哥的问题呢。"父亲曾经力劝W辞去公职，跟他一起去蓬勃发展的特区打理自己的公司。从来不敢违抗父母想法的W却不断推脱。他说他做不了那种"不靠谱"的事情。父亲又一次对他失望了。他每次从南方回来，总不会忘记用那种傲慢的口气挖苦W的懦弱。

吃完之后，母亲让W帮忙收拾厨房。X听见她在厨房里问到W，这些天他的妻子是不是又跟他吵过架。W说没有。母亲又用很严厉的口气提醒他下次吵架的时候，绝不能让着她。"女人就是这样的，"她说，"你越是让着她，她就越不在乎你。"

…………

收拾好厨房之后，母亲催W赶快离开，她说她与X还有要紧的事情要谈。X极为不满母亲对W的态度，他告诉W他们其实没有什么要紧的事，他没有必要急着走。母亲瞪了X一眼。"你这是怎么回事？！"她说，"什么话都是你自己说的。"

这时候，W已经站到了门边，他说他真是应该要回家了。

"我去送你。"X说着，跟他一起出了门。

兄弟俩开始默不作声地在马路上走着。不断有汽车从他们身旁驶过，马路上不断扬起浓密的灰尘。

"我还没有告诉你……"W突然很伤感地说，"我其实谁也没有告诉。"

"什么？"

"我其实已经没有家了。"

"什么意思？"

"我们昨天已经办好手续了。"

"怎么这么快？"

"已经拖了很久了。"

"没有别的办法吗？"

"她想要孩子。"

"不是说问题在她那里吗?"

"是我的问题。"W依然很伤感地说。

"……"X不安地看着W。

"最后是她提出来的。"

"为什么不想想别的办法?"

"什么办法都想过了。"W很伤感地说,"没有办法。"

刚才下楼的时候,X想着可以利用送W的机会正式向他告别。这突然的消息让他什么话都说不出来了。W曾经也有过激情的岁月。但是,每次有人提起那段经历,他总是显得非常紧张。"不要再提起那些事情了。"他哀求说。"为什么不?"Y激动地说,"看着你现在这种窝窝囊囊的样子我真是受不了。"W懦弱地看着从来都桀骜不驯的妹妹,说:"我觉得现在这样很好。"他说。

X从来没有像Y那样去教训过W,也更不会像父亲那样去讥笑他,或者像母亲那样去折磨他。他一直觉得W很陌生,从来没有特别在乎过他。但是,他离婚的消息让他难受。而且,W让他第一个知道这个消息,这种信任或者依赖让X觉得更加难受。他觉得自己不配W的这种信任和依赖。"你将来会怎么过呢?"他关切地问。

"我不知道。"W说,"我只希望她能过得很好。"

"你希望她很快有自己的孩子?"

"当然。"

X看着W坐的公共汽车开走之后才往回走。他终于有了主意,准备回家之后与母亲认真谈一下W。他不会告诉她W已经离婚的事。但是,他想提醒她今后不要再给W施加什么压力,要对他有一点"人情味"。在拐过最后一个路口的时候,X注意到在公寓大楼对面的路边摆摊修理自行车的疤子正在准备收摊。他永远也不会忘记他带着巨大的羞辱回到家乡的那一天是疤子来接了他。他刚走出车站就看见疤子。他突然感到了他从登上警车的那一刹那起就极为渴望的安慰。"我听说你今天会回来。"疤子表情腼腆地说,"我知道你家里人不会来接你。"他将X手里的行李接过来,领着X穿过人群,走到了公共汽车总站。

X走到疤子的跟前,看着他用油腻腻的布包裹起他的工具。

"大家都知道你快要走了。"疤子说。

X将手伸过去,"谢谢你为我做的所有事情。"他表情严肃地说。

疤子笑着将X的手推开,"我们是什么关系啊,"他说,"还用得着这种俗套?!"

X想起那天在汽车上坐好之后,疤子用拳头在他的肩膀上击打了几下。"这有什么?!"他说,"这没有什么。"他鼓励他尽快振作起来。

疤子将包好的工具放进他那只破烂的帆布背包里。"还会回来吗?"他认真地问。

"大家都这样问我。"

"不要回来了。"

"为什么？"

"这里就不是你待的地方。"

那天X在家门口与疤子分手之后，走进的就是另外一个世界，一个冰冷的世界。家门已经虚掩着，母亲和Y显然正在等待着他的出现。但是她们都坐着没动，都面无表情。X直接走进了自己的小房间里。他茫然地躺倒到自己的床上。冷漠的气氛让他预感到前途的不妙。母亲没有说任何话。Y突然冲到他的房间门口骂了一句："你真傻！"

X整个晚上都没有睡着。天刚蒙蒙亮,他就起来,出了门。他来到公园后面那片新建的住宅区，按照笔记本上的路线找到了油价的新住处。油价刚刚准备去湖边锻炼。她很吃惊X的出现。"你怎么会找到这里来？"她说，"我只有在周末才会到这边来住。"

"你更应该感兴趣我为什么现在会回来。"X说。

油价让X在客厅的沙发上坐下。"我一直很关心你的情况。"她说。

"没有想到会是这样的结果吧？！"他说。

"其实可以想到。"油价说，"不过，我觉得这是很难得的经历，很值得。"

这种说法让X大吃一惊。这是与叶子完全不同的反应。为什么两个女孩会对这件事有如此对立的反应？油价的反应扫除了X刚才一路上的顾虑。"知道我为什么来找你吗？"他说，"我想起了我们上次见面时你说过的一句话。"

油价用迷惑不解的目光看着他。"春节的时候？"她问。

"是啊。"X说，"那天我抱怨家里太嘈杂。"

"我有点印象。"

"你说公司刚给你分了一套房子，下次回来可以借给我住。"

"我说过那样的话吗？"

"你还将房子的位置画在了我的笔记本上。"

油价瞥了一眼X递过来的笔记本。她似乎还是有些顾虑。

"我不会惹麻烦的。"X说。但是，他马上就意识到了这是一句很荒唐的话。

"你还不惹麻烦？！"油价笑着说，"你惹的麻烦够大的了。"

"我不会在这里做饭，也不会带人来这里住。我自己出门的时候会非常小心，不会让人注意。"X说，"我可以保证这一切。"

他一本正经的样子将油价逗笑了。

"我保证不会惹任何小麻烦。"X接着说。他故意把"小"字说得很重。

油价很轻松地看着X。"但是如果我周末要过来住怎么办？"她顽皮地说。

油价的话让X的脸热了一下。他知道油价已经同意将房子借给他了。他又感到了昨天见到疤子的时候他感到的那种安慰。"周末我可以回避。"他轻松地说。

"回避什么？"油价笑着问。

X的脸又热了一下。他喜欢油价的这种挑衅。

油价查看了一下日历之后,告诉X,再过一星期他就可以搬过来。但是,她说她不想让Y知道他住在这里,这是她的顾虑。X说他也不想,这也是他的顾虑。

X一直将疤子送到了他住的那一排平房的前面。"你觉得自己过得好吗?"他突然很冲动地问。

"这是什么意思?"

"我有时候怀疑自己对生活的要求太高了。"

"在这种地方,有什么好不好的。"

"你常想从前的事吗?"

"从前的事有什么好想的。"

"那时候的年轻人玩些什么?"

"我们整天打架。从这里打到那里。"

"那可是革命的年代……"

"在我们那一群人里,也有一个像你这样的读书人,还戴着眼镜,每次打架他比谁都高兴。"

"我从来没有跟人打过架,但是我总是很佩服那些不怕打架的人。"

"那个戴眼镜的家伙有一天悄悄告诉我,革命其实就是无法无天。"

"他后来怎么样了?"

"他后来考上大学了。他是我们那一群无赖里面唯一考上了大学的人。"

"你还见到过他吗?"

"见到过一次。他完全变了,变成了一个特守规矩的。人是会变的。"

………

X回到家里的时候,母亲正在聚精会神地看电视。他在她身边站了一阵,她连看都没有看他一眼。X知道他已经错过了谈话的时间了。他回到了自己的房间里。

他房间的陈设从来就是这么简单:一张床、一张桌子和一个竹制的书架。他的大部分书籍都装在纸箱里,放到储藏室的阁楼上去了,书架上只有很少的几本工具书。在参加青年沙龙的那一段日子里,X多次想过要回家来将装进纸箱的那些书好好整理一下。可是每次回家,Y总是缠着他说个不停。"你不能再这样下去了。"Y不厌其烦地说,"你一定要振作起来。出国是你唯一的出路。"从特区回来的父亲也总是这么说。他指着他从特区带回的那些包装新奇的商品,说:"特区的生活就已经这么丰富了,想想国外。"母亲对那摊满一地的商品表现出了极大的兴趣。

在青年沙龙里,X的特殊经历当然引起了大家的兴趣。主持人第一次在沙龙里介绍他的时候,称他是"与历史发生过关系"的人。"那可是最危险的关系。"X用调侃的口气说,"一不小心就会出事。"他的话把大家都逗笑了。然后,他开始回答大家关于那一段历史中的一些细节问题。在回答的过程中,他发现自己既没有从前那么冲动又没有从前那么敏感了。他知道这要归功于他的堕落,归功于覆盖在他大脑中的那一层又一层关于堕落的记忆。"在你看来,这会不会是我们这一代人与历史发生的最后一次关系呢?"主持人用他的问题来结束他们的讨论。X望着墙上悬挂的那幅《亚威农少女》粗糙的仿制品,不知道应该如何回答。沙龙里突然变得鸦雀无声。大家都在等待着X对历史的预言。"对我自己,"X说,"那当然是的。"

主持人是油价介绍给X认识的。就在X搬过来的那一天,她将主持人的住址和电话给了他。"你可以去找我的这位小学同学,"她说,"你们也许会谈得来。"她的表情和语气说明她并不喜欢自己的这位小学同学。

"你不喜欢他吗?"X问。

"我觉得他很无聊。"油价说。

"什么意思?"

"他总是来纠缠我。"

"你的追求者。"

"但是我对他没有任何感觉。"

油价的话让X有点得意,因为他知道她对他自己有很好的感觉。两年前,Y就告诉过他,在她的朋友之中,最喜欢谈论他的就是油价。"要我替你去教训教训他吗?"他故意装出很英雄的样子说。

"去狠狠地教训他。"油价将嘴贴到X的耳朵边顽皮地说。

X第二天就去找到了主持人,他们谈得很好。

在交谈刚开始的时候,主持人就对X发出了热情的邀请。

"我们的青年沙龙每星期活动一次。"他说,"我很希望你有兴趣来参加。"

X没有很大的兴趣,但是他答应了去参加。

母亲大声打了一个哈欠。她正在看的电视节目似乎非常乏味。

X在床边坐下。他突然想起那个星期六的早上他刚躺下没多久就听到了油价的敲门声。"我不知道会不会打扰你。"油价说。她说她刚送母亲去了疗养院,因为公共汽车正好从这里路过,她特意上来看看。

"我很早就醒来了。"X说。他当然没有说他刚刚从阁楼上回来。

油价将手里的塑料袋放到餐桌上,那是她为他买的早餐。"你去教训了那个人吗?"她漫不经心地问。

"我们谈了很久。"X说,"谈得很好。"

"我知道会这样。"

"我觉得你可能不是太了解他。"

"这说明你还不了解他。"

"他很随和。"

"在我面前可不是那样。在我面前他很霸道。"

"他喜欢你,是吗?"

"可是他看不惯我的一切,对我的过去和现在都看不惯,甚至对我的未来都要评头论足。他很霸道。"

油价说完,走进了卧室,并且轻轻地关上卧室的门。

X斜躺在沙发上。通宵的激情让他感觉非常疲劳。他盯着卧室的门。一阵淡淡的负疚感向他袭来。他不知道那是对谁的"负疚",对油价,对他自己,还是对他刚刚离开的女人。油价从卧室里出来的时候已经换了一套运动服。X眼睛一亮,他意识到自己这是第一次用男人而不是朋友的眼光在打量着油价。他感到了一阵很深的兴奋。

油价在X身旁坐下。"我突然想起了这套运动服。"她说。

"穿着它,你好像变了一个人。"X说。

"你对我还缺乏认识。"

"你一定还有不少的追求者。"

"这正是我想问你的,在学校里,你一定……"

"我又不是学校篮球队的主力。"

"可是你……"

"跟我在一起没有安全感。"

"只有不自由的人才会稀罕安全感。"

油价的话让X大吃一惊。他觉得她好像是在故意挑战她根本就不知道的叶子。他又觉得他好像到了要向她忏悔的时候。他在阁楼上度过的夜晚从他的脑海中一闪而过。"从前我对女人有一阵反感,因为我家里有两个讨厌的女人。"他说。

"现在不同了?"油价问。

"如果不是因为那场活动……"

"那是很难走出的阴影。"油价说。

"真的,如果不是因为……"

"不要内疚,知道吗,不要内疚。"油价说。

X听到母亲关掉了电视。他有点担心她会过来提起谈话的事。

母亲没有走过来。她在厨房里忙了一下,就回自己的房间里去了。

X去客厅里倒了一点水喝。他故意没有开灯。他知道那种从阁楼上获得的对黑暗的记忆将永远伴随着他,哪怕他生活在阳光明媚的地方。他记得那一阵凉风将那个女孩本来就不整洁的头发吹得更乱了。"我们总不能在外面走一个晚上吧。"她抱怨说。

"我没有地方可以带你去。"X表情尴尬地说,"我现在还跟我母亲住在一起。"

"那会弄出外孙来的。"女孩调侃说。

X的情绪突然松弛下来。"你很会开玩笑。"他夸奖说。

"这是遗传。"女孩说,"我父亲一开口就是笑话。他是火车司机,去过很多的地方,见过很多的事情。"

"现在的问题是我们到哪里去?"X问,他也不想再浪费任何时间。

"那只好跟我走了。"女孩说,"我还以为今天可以睡在一张舒服的床上。"

她将X带上了那间已经停业的小餐馆的阁楼。阁楼的入口处那盏昏暗的灯让X觉得很虚假。蜘蛛已经在电线与木板之间拉起了网。阁楼的外墙因为长年的熏染结出了一层油垢。而内部的墙面和天花板上都糊满了发黄的报纸。垫被是铺在地板上的。垫被很厚,盖被也很厚。它们散发出很重的霉味。盖被上扔着两本翻烂了的《大众电影》杂志。

"想不到我们的城市里还会有这样的地方。"X用惊叹的口气说。

"这底下本来是表姐开的店。"女孩说,"被对面那一家挤垮了。"

"经营不当?"X问。

"大家都说是风水不好。"女孩说。

"所以你成了无业游民,"X说,"跟我一样。"

"是啊。我整天在街上闲逛。要不怎么会碰上你呢!"女孩说着,脱去让X觉得俗不可耐的外衣。阁楼里顿时弥漫起一股很重的汗臭味。

"以后打算怎么办呢?"X问。

"想那么多干什么?"女孩说,"肯定不会回去。我们那里的生活很无聊。"

"那你准备一直就住在这里?"X问。

"只要表姐没有将店面租出去,我就可以一直住在这里。"女孩说。

"那你靠什么生活呢?"X又问。

女孩伸手过来解开了X的上衣。"你怎么这么白痴啊。"女孩说,"我是女人啊。女人可以靠自己活着。"

"可是你不能永远这样'靠自己'活着吧。"X继续说。

"你哪来的这么多问题啊。"女孩说,"你没有看到我在冷得发抖吗?"

完全出乎他意料的生存环境和生存状况让X还有更多的问题。但是，那个女孩已经将他的外衣拔去了，将他的皮带解开了……"还不赶快来抱着我。"她用颤抖的声音说。

书桌上的茶杯总是让X想起他中学时代的校长。在他考上大学的时候，校长送给他的礼物就是一只形状相同、釉彩不同的茶杯。X一直将那只茶杯带在身边，直到最后将它忘在了那一段历史阴暗的结尾。校长是一个很健谈的人。他不仅在每次全校大会上都要作冗长的报告，在私下里也总是喜欢侃侃而谈。他曾经是一位历史教师，他的报告和谈话中出没着大量的"史实"。但是，他的"史实"经常与事实不符。比如他说牛顿是牛津大学的毕业生，比如他说是苏格拉底发现了浮力定律。细想起来，这些都不是无关紧要的小错：牛顿如果不就学于剑桥，那只传说中的苹果也许就不会落在他的头上；而光着身子从公共澡堂跑出来的男人如果是苏格拉底而不是阿基米德，科学史就会要提前差不多两百年或者哲学史就会要推后差不多两百年……但是，很少有人去纠正校长的这些错误，因为这些错误是校长的特征或者身份，让他显得平易近人。而X喜欢校长并不是因为他犯过的历史错误，而是因为他直到现在还充满着革命的豪情。他常常翻出他自己身穿军装，手捧"红宝书"的照片给X看。"那时候的人'不爱红装爱武装'，"他说，"你看，多威风啊！"

X没有想到他自己那天晚上会那样威风。在高潮过去之后，女孩蜷缩着身体侧向了一边。X以为自己动作太大，用力过猛。他撑起身体,问女孩她是不是有不舒服的感觉。女孩过了很长一段时间才回答。"太舒服了。"她说,"还去想以后的事干什么?!"

她的回答让X如释重负。他从后面抱紧了她。

"告诉我,你自己是什么感觉?"女孩很动情地问。

X稍稍想了一下,说:"我觉得就像是经历了一场革命。"

女孩转过身来,在X的额头上亲吻了一下。"毛主席教导我们还要继续革命。"她顽皮地说。

X非常喜欢她的幽默。他也在她的额头上亲吻了一下。"毛主席还教导我们要实事求是。"他说。他已经没有继续革命的力气了。他很快就睡着了。

…………

X能够从自己房间的窗口看到广场西北角新修起的那座商业大楼顶部的霓虹灯广告。他知道,商业正在激烈地改变着人们的心智。那些曾经充满革命理想的生命现在都充满对商品的渴望。母亲就是一个典型的例子。她突然就从一个没有"人情味"的革命者变成了一个仍没有"人情味"的消费者。她不仅告别了革命,还向革命的所有痕迹告别。那一天,她将革命导师的著作都送到废品站去了。她说她需要腾出更多的空间来摆放父亲从特区带回来的那些新奇的商品。

"我很快就要离开了。"X对着窗外的城市说。他感觉他这是在向这座城市告别。这座城市见证了他的出生和成长,又见证了他的堕落和消沉。这是他极为熟悉的城市,也是他极为陌生的城市。"你会记得我吗？"他充满感情地问。

青年沙龙的聚会地在书店楼上的小房间里。聚会的时候，小房间里经常烟雾缭绕，这令X感觉不是太好。有几个参与者特别喜欢谈论巴黎的五月风暴。"革命是年轻知识分子永恒的追求。"他们说。还有几个参与者对出版有特别的兴趣。"性才是推动历史发展的动力，而不是阶级斗争。"他们热烈地谈起了刚刚出版的那本弗洛伊德的《梦的解析》。书店老板是一个谦和又好学的人，他总是很认真地将大家提到的新书书名记录在笔记本上。而诗人只对诗歌感兴趣。他认为诗歌的本质是"豪爽"。"因此，"他说，"惠特曼的诗才是真正的诗。"而主持人认为诗人自己的诗缺乏的恰好就是豪爽。还有几个参与者是从来就不说话的。他们好像对所有话题都感兴趣，又好像对所有话题都没有兴趣。

…………

X在"继续革命"之后又睡着了。他在深睡中被那个女孩摇醒。他朦朦胧胧地睁开眼睛。他有一刹那不知道自己是睡在哪里。"该起来了。"女孩的耳语让他稍稍清醒了一点。

"天还没有亮吧？"X问。

"这里没有窗户。"女孩说，"天快亮了。我知道。"

"为什么我现在就要起床？"X又问。

"你还是有这么多的问题。"女孩说，"两次革命都没有能够改变你。"

女孩的幽默让X完全清醒了。"为什么这么早就叫醒我？"他不解地问。

"对面那家店很早就开门了，"女孩说，"我不想被他们看到。"

"我也不想。"X说着，马上坐了起来。

女孩将他的内裤递给他。

"我要付你多少钱？"X问。

女孩用手指在X的鼻尖上点了一下。"你还继续问问题。"她说，"你没有看出来我喜欢你吗？"

"可这是你的生活……"

"下次请我吃饭吧。"

"我不会忘记你。"

"我也不会。你太不一样了。我喜欢你。"

"我也喜欢你。"

"这个夜晚太不一样了。"

女孩的话让X不知道再说什么。这时候，他突然注意到她身后的墙上用图钉钉着一张很旧的黑白照片。"那是你吗？"他问。

"好像是四岁的时候吧。"女孩说。

停留在照片上的童贞让X又感觉到一阵内疚。"可以给我吗？"他指着照片问。

女孩吃惊地看着X。"要它干吗？！"她说。

"给我吧。"X说，"这是一个难忘的夜晚。"

女孩将照片取下来，递给了X。"你看那后面就是我们家，紧靠着铁路。"她说。

"你说你父亲是火车司机?"

"是啊,所以我从小就很羡慕他。"

"你也想当火车司机?"

"我想去很远的地方,像他一样。"

女孩与X一起走下了狭窄的楼梯,走到门口。她从门缝里看到对面的那家店还没有开门,轻松地在X的脸上亲了一下。"你昨天晚上说了很多梦话。"她随意地说。

X不知道她为什么没有在刚推醒他的时候告诉他这件事。"我说什么了?"他有点紧张地问。

"你好像在跟人吵架。"女孩说。

"跟谁吵架?"X问。他一点都不记得自己做了什么梦。

"我怎么知道?!"女孩说,"你大声吼叫着说你不愿意过那样的生活。"

"哪样的生活?"X问。

"我怎么知道?!"女孩说。

X尴尬地笑了笑,也在女孩的脸上亲了一下。

那张照片就夹在影集的中间。X拉开书桌抽屉,将压在最底下的影集翻出来。他端详了一阵照片,然后将它贴近鼻孔,好像是想再闻到那个夜晚的气味。他的表情说明他没有闻到。"我马上就要走了,"他对着照片说,"我会带走你的幽默。"

…………

在从阁楼回来的路上，呼吸着清新的空气，X突然对自己有一阵强烈的反感。回到住处之后，X马上冲进卫生间，洗了他有生以来最长时间的澡。在接下来的两小时之内，他又连续洗了三次澡。尽管如此，他还是感觉自己的身上，或者说自己的身体里面有一股腌臜的气味。他突然感觉油价会来敲门。他突然有点想她来。他想闻到女人的香味。他没有从叶子那里闻到过女人的香味。与她在一起，他总是感觉紧张和压抑。他们从认识到失去联系的全部过程都充满了这种紧张和压抑。坐在青年沙龙里，X经常会想起他和叶子之间的荒唐关系。不管是与阁楼上的女孩还是与油价相比，叶子都仅仅是一尊蜡像。是的，她比她们都要漂亮。但那是没有生命力的漂亮，不能带来"革命"激情的漂亮。X现在肯定只有能够给自己带来激情的女人才是真正的女人。把所有的蜡像熔化掉吧！他听见了自己内心深处的咆哮。接着，他的思想又被沙龙里的热烈讨论打断了。"五月风暴动摇了西方文明中最美丽的宫殿，可是，西方文明是不可能动摇的。"主持人充满激情地说。X已经很不习惯这种远处或者说"别处"的激情了。他渴望现在的生活，渴望生活的现在。他渴望女人的香味。油价果然出现在他的眼前，她的身体和声音都散发出奇妙的香味。

向那张照片告别就是向那个女孩告别。X后来还在马路上遇见过她几次，但是他再也没有在她面前表现出对"革命"的饥渴，她也再没有向他发出过"继续革命"的邀请。他们见面时只有寒暄没有交谈。有一天，X突然意识到自己已经很久没有遇见过那个女孩了。他有点担心。那时候，他已经在帮助眼镜打理印刷厂，饱满的业务让他忙得连星期天都要加班。一天中午，他去一家公司结账。从那家公司财务处的窗口正好可以看到他永远也不会忘记的阁楼。结完账之后，他特意绕到了那家小餐馆所在的街上。他发现，小餐馆已经重新装修，重新开业了。X在门边的餐桌旁坐下，点了一份扬州炒饭。年轻的老板显得有点过分热情。他将炒饭端上来的时候与X交谈起来。他说他高中毕业之后考不上大学，就学了烹饪，刚刚得到初级的厨师证就开了这家餐馆。

"这里以前也是餐馆。"X说。

"是啊，"年轻的老板说，"但是没做多久就倒闭了。"

"都说是风水不好。"X说。

"我不信这个。"年轻的老板说。

X看了一眼外墙已经粉刷一新的阁楼。"你见到过以前在这里管事的那个女孩吗？"他故意用漫不经心的口气问。

"我还留着她为我帮过一阵忙呢！"年轻的老板说，"她又能干又能吃苦。"

"为什么没有留住她呢？"X又问。

"我怎么能留得住她！"年轻的老板说，"她跟一个做头发生意的东北人走了。"

这消息让X感觉有点迷惘。她一直想去"很远的地方"，他想，这下好了，她总算是如愿以偿了。

"如果不是她父亲突然去世，她大概还不会走。"年轻的老板接着说。

"她父亲?"X问。

"是啊,"年轻的老板说,"死得好像有点奇怪。"

X又听到了那遥远的火车汽笛声。

"她伤心极了。"年轻的老板说,"就跟着那个东北人走了。"

绝大多数萍水相逢的女人都不会在X情感的深处留下痕迹。她们进入他的生活。他进入她们的身体。这两种"进入"都没有心理学的意义。他不会想去向她们告别。她们的离开不会引起他的不安、内疚或者伤感。但是,这个让他感受到革命的女孩永远也不会离开他的记忆。甚至她父亲"有点奇怪"的去世都在他的心中激起了波澜。他能想象出那个将幽默"遗传"给她的火车司机的样子。她的幽默是那个夜晚的精华,它让X的情绪松弛下来,它让X的身体强大无比……现在,她去了"很远的地方"。这是她自己选择的"以后"。她生活得开心吗?他很想知道。她有了一张舒适的床吗?他很想知道。她还会想起那个"太不一样"的夜晚吗?他也很想知道。

X用右手的食指拂动了一下窗帘。有那么多人在他的生活中留下了深深的痕迹。他知道他将要面对许多次告别。那些人是他生活中的路标。是那些路标将他引领到了今天,引领到了此刻。他要向他们告别。这种告别不是形式或者仪式,而是内容,是生活中不可或缺的内容。X知道,每一次告别都将使他更远离阴云密布的过去，更接近阳光明媚的未来。他知道，没有这些"告别"他就不可能"离开"。他最近经常想象他和Y在圣弗朗西斯科的机场相见的场面。她在那里生活了还不到一年，却好像自己从来就生活在那里一样。"人们都说美国人没有人情味，可是特纳夫妇非常好客。"她从美国寄来的第一封信里就充满了这种乐观的气息。她不厌其烦地催促X尽快下定决心。她的催促让X确信Y是最爱他的女人。"我一直认为你会有非常精彩的人生，但是在中国你不会有。"她不厌其烦地催，不厌其烦地写。她有一次甚至写道："哪怕你想过堕落的生活，也应该到这个自由的国家来过。"

Y离开之前，X其实已经彻底失望了。眼镜的死让他彻底失望了。他又搬回到了自己的家里。他想远离让他精疲力竭的生活和让他精疲力竭的社会。可是，他并没有离开的强烈愿望。他太累了。他又一次对一切都失去了兴趣。他又回到了自己的家里，又整天面对着母亲的唠叨和抱怨。没有任何人知道他为什么会突然改变了想法。那天清早，他在电信局开门前就赶到了那里。他在国际长途里告诉Y，他已经决定了，他已经接受她的想法。Y万分欣喜。她说她很快就会为他准备好各种文件。她信心十足地告诉X，他们在感恩节之前就能在圣弗朗西斯科的机场相聚。

X是因为前一天晚上的噩梦突然改变主意的。他梦见了壮丽无比的金门大桥。他看见一排穿着黑色长裙的女人站在桥边。那都是他"耕耘过"的女人。他首先认出了那个将他带上阁楼的女孩,接着是油价,接着是……突然,她们就像多米诺骨牌一样一个接着一个从桥上跳了下去。X被那恐怖的场面惊醒了。他吓出了一身冷汗。他将这噩梦当成是对他最强烈的哀求。他突然改变了主意。他相信只有他自己出现在圣弗朗西斯科,才能够避免梦中的悲剧,才能够将那副多米诺骨牌收上来。

母亲并不关心X为什么会突然改变自己对离开的态度。但是,他的突变让她非常高兴。"真是多亏了你妹妹。"她激动地说。

应该是多亏了那个噩梦,X心想。

"这么多年了,她一直对你充满了信心。"母亲说。

"她不像你,"X说,"你只在我有'出息'的时候才……"

X的话让母亲涨红了脸。"你还好意思这么说,"她说,"你不知道你让一家人多么丢脸。"

搬回家来住的时候,X曾经发誓不再跟母亲为任何事发生争吵。他命令自己冷静下来。他自己也不知道为什么Y会对他有那么大的信心。他有时候觉得,他们之间的紧密关系来自他们在"文化大革命"中的共同经历。父亲、母亲和W都是那场大革命的积极参与者。他们每天晚餐后都会出门,去参加各自的小分队组织的活动。他们将X和Y反锁在家里。X和Y总是用"医生和病人"的游戏来打发寂寞和恐怖的时间。他们不断更换角色,他们用尽了他们知道的所有病情之后,又开始发明一些稀奇古怪的病情。最后,他们还是厌倦了。他们开始翻箱倒柜。有一天,他们翻开了家里最大的那口箱子。他们一层一层地掀开箱子里的衣服。他们完全没有想到最后出现在他们眼前的竟是一把冲锋枪和两枚手榴弹。他们面面相觑,好像闯了大祸。

…………

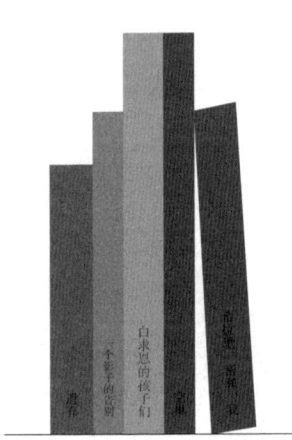

白求恩的孩子们（节选）

我是一个研究中国历史的学者。我居住在蒙特利尔。我的主要兴趣在二十世纪三十年代。最近两年，我关于沦陷区教育状况的研究得到了历史学界的好评。而我在国内两家报刊上关于三十年代的专栏更是吸引了不少读者的注意。尤其是那篇关于白求恩档案的文章，它一发表就激起了知识界的极大兴趣，引发了对那位正在被中国的集体记忆遗忘的传奇人物的重新思考。不久前，一家北京的出版社向我约稿，约我根据在蒙特利尔见到的白求恩档案撰写一本"真实"的白求恩的传记。传记计划于2009年11月12日出版。那天正好是那位出生于安大略省的加拿大医生在中国河北省西北部的一座偏僻村庄辞世70周年的纪念日。

我接受了他们的约稿。但是，我不同意他们对所谓"真实"的强调。我认为,任何一部传记都是有偏见的,偏见（甚至谎言）在很大程度上也是"真实"的一种形式。我在那篇关于白求恩档案的文章中就已经指出，白求恩档案可以分为保存在加拿大和保存在中国的两个部分。保存在中国的部分发源于"白求恩的孩子们"都能背诵的那篇著名的纪念文章。它是建立在想象和权力之上的档案。毫无疑问，它比保存在加拿大的"真实"的档案对中国读者来说更加真实，也更有意义。它是中国历史的一部分，中国文化的一部分，中国人精神的一部分。我认为，我将撰写的传记应该去发现这两部分档案之间的内在联系，而不是夸大它们表面上的矛盾。历史的"真实"其实就隐藏在那种神秘的联系之中。

我的编辑并不理解我的这种历史哲学，但是，他们尊重我的意见。他们预言，我的"偏见"和我将充分利用的白求恩档案会让我将撰写的传记获得巨大的成功。

最初两个月的准备卓有成效。到十一月中旬，我已经完成了三分之一的研究工作。这段时间的最后发生了一件不可思议的事情，但是它并没有影响到我的进度。我如此满意，如此陶醉，甚至都没有意识到冬天的到来。然而，冬天的确已经到来了。我的邻居那天凌晨的叫喊声告诉了我季节的更变。她是一个美艳无比的黎巴嫩女子。她的男朋友三年前被派到香港去工作。她总是在夏天去那里看他，而他总是在初冬的时候回来休假。他们喜欢在凌晨做爱。那是我脆弱的睡眠即将进入深睡阶段的敏感时刻。她畅快的叫喊声会持续很长的时间。那叫喊声令我的身体亢奋，同时也令我的精神沮丧。因为它会激起我忧郁的乡愁以及我对自己荒诞的生活道路的感叹。结果总是那样简单：第二天一整天，我都会神情恍惚，完全没有精神专注于研究和写作。我尝试过调整自己的生物钟，让难得的熟睡避开邻居惊心动魄（也许应该是惊天动地？）的享乐，但是一直没有成功。我的邻居连续作战的非凡能力最后终于将我拖垮。我典型的忧郁症症状又出现了。我开始失去了对传记的激情。我开始不思饮食。我开始幻听。一天深夜,我刚躺下不久,一阵剧烈的疼痛猛击我头部的右后侧,接着又是一阵刺痛,接着又是一阵更猛烈的刺痛。我的脖子很快就僵直了,连最基本的摆动都无法完成。我艰难地爬起来,费劲地穿好衣服,吃力地朝两公里外的犹太总医院走去。

坐在急救部的候诊室里,我仍然能够听到邻居放荡的叫喊声。这让我在头部阵痛的间隙感觉到一种非常奇特的酸楚。我的身体忽冷忽热。我好像在远离现在,远离生活,远离自己。

一个衣着褴褛的老妇人走进了候诊室。她拖着一个塞满空瓶子和旧报纸的小推车。她分散了我对邻居的叫喊声的注意。我觉得她有点面熟,但是,却想不起来在那里见过。她骂骂咧咧地朝负责接待的窗口走去,旁若无人。她说的既不是英语又不是法语。她走近窗口之后,对里面的人骂骂咧咧地说了一大通。里面的人连头都没有抬。老妇人的表情没有什么变化。她拖着塞满破烂的小推车,骂骂咧咧地走开了。

"她每天都来这里闲逛,这个疯女人。"我听见接待窗口里的人对一个候诊的病人大声解释说。又一阵剧烈的疼痛猛击我头部的右后侧。我费力地扭动脖子,朝候诊室的入口望去,那个老妇人的背影正好从那里消失。

我从前在哪里见到过她?我惊恐地闭上眼睛,提出了这样的问题。我不是在问自己。我在问又突然出现在我眼前的那个幽灵。在最近这两个月之中,他不断地出现在我的眼前。他用迷惘的目光盯着我,让我在相信和怀疑之间犹豫不决。

我总是惊恐地闭上了自己的眼睛。

这时候,一种强烈的冲动压倒了我头部的疼痛。我想与他交谈,想告诉他我们经历的一切,与他有关的一切。从第一次听到他的名字至今已经将近40年了,这还是第一次出现这种想与他交谈的冲动。是的,此刻他就在我的眼前。尽管闭上了眼睛,我还是能够看清他脸上的表情。那与他粘贴在我小学教室墙上的画像中的表情非常相似。"你能不能告诉我,我从前在哪里见到过她?"我低声问道。

这是我第一次用第二人称来称呼白求恩大夫。在过去将近40年的时间里,我与他有那么密切的关系,却对他从来没有过亲近的感觉。第二人称带给了我亲近的感觉。我很激动,很振奋。奇迹立刻出现了:我大脑的疼痛戛然而止,而往日的记忆汹涌而来。我突然有那么多的话想说,想对他说,想对"你"说。"传记"或者其他形式的写作突然变得那样间接,那样"不"真实。我必须直接对"你"说话,直接对"你"写作。只有这种"直接"才能够呈现我们之间复杂而真实的关系。

我充满感激地走出了候诊室。我的步伐轻快,感觉清晰。与走进候诊室的样子相比,我完全像换了一个人。我想马上回到自己的房间里,我想马上开始直接对"你"说话。当然,我没有忘记拐进那家超级市场,我期待着得到奇迹般的热身。但是,我没有重逢奇迹。这出乎我的意料,我有点失望。没有再现的奇迹与我想直接对"你"对话的冲动有没有关系?

在公寓大楼的入口处,我被鲍勃拦住了。他是我在大楼里关系最近的邻居之一。我们已经有很长一段时间没有见过面了。我停下来，与他握手。他像往常一样，有很多话要说。他首先开始抱怨他刚从电视里看到的美国校园发生的枪击案。"这个世界完全疯了。"他说着，停顿了一下，显然是在等待着我的回应。

我盯着他。但是我知道，我实际上是正盯着"你"。我现在没有与任何其他人交谈的兴致。我只想尽快回到自己的房间里，尽快打开电脑，尽快建立一个新文件，尽快将往日的记忆在电脑的硬盘上固定下来。

今天是2007年11月18日，"亲爱的白求恩大夫……"

一个异乡人

亲爱的白求恩大夫，我刚刚从医院回来。在回家的路上，我拐进了位于"雪之角"大道和玛丽女王大道交界处的那家超级市场。

什么是"超级市场"？你也许会有这样的疑问。"超级市场"可能是你从来没有听说过的名词。我今后的写作里会不断出现这种你从来没有听说过的名词。它们也许会成为我们交流的障碍。当然，我会尽可能避开这些障碍，但是我肯定，它们不可能完全避开。我刚才一直在想，每次遇到这样的名词，是不是都应该停下来，给出简单的注释。现在，我觉得那样做很不合适：它不仅会打断我自己的思路，还会让我们的交流变得磕磕绊绊。事实上，很多你从来没有听说过的名词并不会妨碍你的理解，因为一方面，它们可能会有词根上的提示,比如"超级市场"首先是一个"市场",你应该很容易想到这一点;而另一方面,这些词所在的语境也会对理解有很大的帮助。不过,为了方便你的理解,我会在适当的时候将你没有听说过的词都挑出来,为你编一本专用的字典。这样,在阅读的过程中一旦遇到什么困难,你只要查找一下字典里的解释就会豁然开朗了。

将近七十年过去了,这样长的时间足以令语言发生很大的变化,它对一座城市的影响就更是显而易见了。是的,我现在居住在蒙特利尔,但是,这座城市肯定已经不再是你七十年前曾经居住过的那座同名城市了。它的建筑,它的街道,它的居民的肤色和语言,它的记忆,它的欲望……所有这一切都肯定与你七十年前离开的时候很不一样了。

这两座同名城市还因为你的离开和我的出现而更加不同。将近七十年前,你离开了它。那时候,你已经是这座城市里的一个传奇人物,尽管你还并没有全国性的声誉,更不要说国际性的影响。因为离开,因为不再回来,你变成了自己祖国的传奇,也变成了我的祖国的传奇。我在这座城市的出现正是这种传奇的结果和见证。蒙特利尔是一座移民城市,我是生活在这里的无数异乡人中的一个。从你的传奇的角度来考虑,我更是非常特殊的一个。我的出现根源于你,根源于你七十年前在中国的出现,根源于你在中国的异乡人经历。我有时候觉得自己只是你的一个影像,孤独地晃动在时间的河面上的影像。如果这座城市不是你的城市,我肯定不会在这里出现。我记得你在登上前往中国的客轮之后写给你的"小种马"的临别赠言。我可以模仿你的句型来强调我们之间的关系:"你知道,亲爱的白求恩大夫,我为什么'必须'来到这座城市。"我是你在中国留下的那无数的孩子中的一个。你是那无数的孩子一直在寻找的"父亲"。

　　我不知道自己是不是唯一一个因为你而生活在这座城市里的人。我们的特殊联系会让我经常去想象你在这座城市里的生活场景,比如你怎样站在街头演讲?你怎样在画布上作画?……甚至你怎样与情人做爱?我还曾经想象你躺在舒适的沙发上阅读斯诺的《西行漫记》时的神态。我知道那本书又一次激发了你对异乡的想象和你对异乡的冲动。你开始想象那些被困在中国西北部的革命家们,你渴望走到他们中间,成为他们中间的一员。我想象你怎样想象自己作为异乡人在中国的生活……你对中国的想象与你见到的中国相冲突吗?你在我的这些想象中复活。这对我非常重要,因为我是因为你而来到这座城市的。有一天我坐在圣凯瑟琳娜街上那家书店的咖啡厅里,突然想象你正在整理行装时的表情。你一定没有想到自己不会再回到这座城市里来了:你的表情中没有任何的忧虑。接着,我想象你将那台著名的打字机装进了一个简陋的大木箱里。

　　亲爱的白求恩大夫,我将来一定会告诉你,我为什么突然拐进那家超级市场。从表面上看,它只是一次普通的购买。我匆匆走到奶制品的货架前,弯下腰,取出一瓶两升脂肪含量为3.25%的鲜奶。我检查了一下封口上的日期标记,然后走进了付款的通道。是的,我将来一定会向你坦白这看上去很平常的购买为什么对我那样重要……但是，我并没有在那里得到我期待的奇迹。我非常失望。我的失望与购买本身没有任何关系。我的失望是因为……我将来一定会告诉你。我相信我的期待会得到你的理解和同情。这期待再一次证实了你与我以及我们与这座城市之间的特殊关系。

现在，我终于开始给你写信了。我好像是一座需要爆发的火山。我有那么多事情要告诉你。我要将它们从我的大脑转移到我的电脑。糟糕！又是一个你从来没有听说过的名词。我不知道你是否能够从汉语的这种隐喻性的说法猜出它指称的物品的功用。它直接的翻译是"计算机"，这也许同样让你费解。不过，它倒是提醒我，你其实可以将它勉强理解（或者说误解）成"打字机"。打字机是你的遗物中最让我感动的物品。作为一个异乡人，你在中国的生活离不开打字机。你通过打字机与离你远去的世界交谈。这种交谈是你这个异乡人克服孤独的重要方式。打字机懂得你的语言，打字机懂得你的思想。只有打字机懂得你的语言和思想。你就将我用来与你交谈的这种新机器当成是"打字机"吧。

一个半小时以前，我在书桌旁坐下来，接通了这台"打字机"，开始给你写信。为什么要"接通"打字机？你也许又有这样的疑问。这个直白的动词一定会让你意识到我的这台"打字机"与你在抗日前线使用的那一台传统的打字机有很大的差别。在中国那不到两年的时间也许是你一生中最孤独的时间。你用那台打字机给你在加拿大的同志和朋友写了很多信，但是你却只收到过很少的回信。你也用它给你最伟大的中国朋友写过很多信。这是我从他为你写的那篇著名的纪念文章中知道的。他在那篇文章还告诉我们，他只给你回过"一封信"，还不知道你是否收到。你是否收到过他的那唯一的回信？

是的，我的"打字机"需要"接通"电源才能够开始工作。我正在给你写信。我应该比你更加绝望，因为我不可能收到你的回信。我想写下我们经历过的所有那些与你有关的事情。我知道，如果不是因为你，如果你没有在一九三八年一月五日在温哥华登上那艘著名的客轮，如果你没有在同年的三月底走进那个著名的窑洞，如果你没有在同年的五月份被送上前线，如果你没有在第二年的十一月遭遇那一场意外的事故（在手术过程中割破自己的手指），如果你没有因为病毒感染而孤独地离开人世，如果你的死没有惊动你的伟大朋友，如果你的伟大朋友没有在一个月之后发表那篇仅有八百字的纪念文章……我们所经历的所有那些事情就都不会发生。我的生活就会是另外的样子。我们的生活就会是另外的样子。

我的这种需要通电才能够开始工作的"打字机"也许会让你好奇。在你生命中最孤独的那一段时间里，"电"已经远离了你的生活。那是你自己的选择：你在发达和落后之间选择了落后，而你同时一定确信你选择的其实是社会的正义和进步。我知道，你在中国的所有手术都是在煤油灯光下完成的。那时候，你的眼睛已经开始老化了。你在煤油灯光下看到了越来越多的阴影。

更会让你好奇的是，我的"打字机"还具备一定的智力，这是汉语称它为"电脑"的原因。因为这种智力，我的"打字机"意识到此刻我正在写信。一个周到的问题从它的屏幕（是的，这台"打字机"还有"屏幕"，就像你也从来没有听说过的"电视"一样）弹了出来："你需要帮助吗？"

"是的，我正在写信。"我对我的"打字机"说，"但是，我的收信人是白求恩：一个杰出的外科医生，一个坚定的革命者，一个失败的艺术家，一个不断追求女人却无法得到真爱的不断受伤的男人，一个与自己的战友没有共同语言的战士，一个不停地写信却无法收到回信的独白者，一个渴望回到自己的故土和母语，却'必须'死于启程前夕的异乡人。"激动让我停顿了一下。"他已经死去将近七十年了。他只是偶然出现在我眼前的幽灵。"我接着说。面对这样的幽灵，我的"电脑"能给我什么样的帮助呢？！

亲爱的白求恩大夫，我不可能完全按照时间的顺序来再现过去。我想告诉你的所有那些事情现在只不过是我记忆中的碎片，其中一些甚至是时间标志都已经模糊的碎片，就像那些年代久远的墓碑。我只能将它们以这种碎片的形式呈现出来。而你是杰出的外科医生，我想你应该知道怎样去缝合这些碎片，怎样将它们缝合成我的生活，我们的生活。而我自己却没有这种缝合的才能。因此我没有能够完成你的传记。我无法将你留下的那些零散的档案缝合成你的"真实"的生活。

亲爱的白求恩大夫，我们最后都成了异乡人。我知道我将来会以异乡人的身份死于你的祖国，就像你以异乡人的身份死于我的祖国。你的死已经"重于泰山",而我的死必将"轻如鸿毛"(注意这又是从你的伟大朋友那里学来的表达)。但是,不管我们的死亡如何的不相匹配,死亡是我们共同的故乡,是我们相逢的地方。

一只狗

亲爱的白求恩大夫,昨天我在公寓大楼的入口处见到了鲍勃。他是我最熟悉的邻居,也是话最多的邻居。每次见面,他都要跟我聊很长的时间。我们已经有很长一段时间没有见面了。如果不是急着想给你写信,我会主动询问一下他的近况。但是昨天晚上,我不想被他纠缠。我只想与他礼貌地握握手,随便地交谈几句,然后马上脱身,回到自己的房间里去,去接通自己的"打字机"。

鲍勃没有松开他的手。他提起了刚从电视里看到的枪杀案。他抱怨说"这个世界疯了"。我什么话也没有说。他有将寒暄变成长谈的特长。我不想与他交谈。我只想编一个什么借口让他松开手。没有想到,鲍勃竟有更激烈的举动。他突然一把抱住我,伤心地哭了起来。我有点不知所措,但是我告诫自己,不要主动问他到底发生了什么事情。

"我的女儿死了。"鲍勃抽泣着说。

这消息让我更加不知所措,因为我知道鲍勃的女儿对他有多么重要。自从他妻子自杀之后,他女儿就是他唯一的伴侣。他多次对我说,没有她,他根本就不可能活下来和活下去。他说她是他唯一的精神支柱。"怎么回事?"我不太情愿地问。

我的关心让鲍勃哭得更加伤心。

我费力地将鲍勃的头从我的肩上移开，但是他还是紧紧握着我的右手不放。那是五月底发生的事情，他告诉我，他女儿一连四天拒绝进食。最后，他不得不带她去做检查。她马上被确诊出患上了肾癌，而且已经是最后一期。她在确诊之后不到一星期就离开了他。

鲍勃称这是他生活中最大的"悲剧"。也就是说，这是比他妻子的自杀更大的悲剧。在埋葬了他女儿之后，鲍勃做了一次环球旅行。他先去了南美洲，然后去了大洋洲、非洲和欧洲，最后经亚洲回到北美，三天前才回到蒙特利尔。他在亚洲主要去了他以前没有去过的越南、柬埔寨和日本。不过，他在上海也停留了两天。这是他第三次访问中国。上海的繁荣让鲍勃不以为然。

"你会考虑再有一个女儿吗？"我不假思索地问。但是，我马上就后悔了，因为我根本不想再延长我们的谈话。

我的问题令鲍勃更加激动。"我从来没有这样想过。这完全是不可能的事情。"他说着，用空闲的那只手的手掌擦去脸上的眼泪。"我太爱她了。"他接着说，"那种爱是不可替代的。"

亲爱的白求恩大夫，我能够感觉到你的目光在催促我。我不想再被鲍勃纠缠下去。我挣脱开他的手，拍了拍他的肩膀，安慰了他几句，然后朝电梯走去。鲍勃在遇见我之前显然是要走出大楼的，这时候，他却改变方向，跟在我的身后来到了电梯跟前。然后，他跟我一起走进了电梯。"你会去看北京的奥运会吗?"他顽皮地问。这是四年前我们第一次交谈以来,每次见面他都要问我的问题。这是他的"设问",不需要我的回答。事实上,不管我回答说是去还是不去,鲍勃接下来的那句话总是一样的。"这次奥运会将会给中国带来许多的麻烦。"他总是煞有介事地说。

鲍勃的眼睛盯着我,完全没有去看电梯里的按键板。我主动为他按了他所住楼层的键。但是,电梯门在那一层打开后,鲍勃根本就没有移动脚步。我示意他,他的楼层到了。他笑了笑,说他只是想陪我到我住的那一层,然后再下去,继续他的散步。他不是第一次这样做了。我经常好奇地想,他这样"陪我"到底是"利己"还是"利人"?亲爱的白求恩大夫,我想到了你的"毫不利己专门利人"。

电梯门在我的楼层打开的时候,我对鲍勃的纠缠已经厌倦到了极点。"中国会有什么麻烦呢?"我气愤地问。这是我第一次对鲍勃的"北京奥运会情结"做出反应。这同样是"设问",我根本就没有等待他的回答。

但是,我的反应让鲍勃兴奋起来。失去女儿的悲伤顿时从他的眼睛里消失。"我不知道会有什么麻烦。"他得意地看着我说,并且用右手为我挡住电梯的门。"但是我知道会有麻烦。"他极为认真地补充说,"而且会有许多的麻烦。"

我与鲍勃的第一次长谈发生在四年前那个特殊的夜晚。那个夜晚,我在祝母亲生日快乐的电话里听到了扬扬父亲失踪的消息。那消息让我觉得非常难受又焦躁不安。我想让自己尽快平静下来,于是下去绕着我们的大楼快步疾走,并且不停地做深呼吸。在走了第九圈的时候，一只很大的比利时牧羊犬优雅地挡住了我的路。我停下来，蹲下身去抚摸它。这时候，从不远处传来了一个浑厚的声音："她叫希拉。她是我的女儿。"

我站起来，走近坐在草坪旁的长椅上的老人。我恭维他的女儿形态高贵，举止优雅。

老人示意我在长椅上坐下。他告诉我他的名字，告诉我他住的楼层。他说他知道我是中国人。这是他的朋友西蒙告诉他的。西蒙也是我们的邻居。我经常在游泳池旁的桑拿房里遇见他。像西蒙一样，老人说，他也很喜欢中国和中国人。

我有点犹豫，因为我没有交谈的兴致。我尤其不想谈论中国。我刚刚从电话里听到了扬扬父亲失踪的消息，它让我对自己关于中国的记忆极为恐惧。"我倒要看看那个疯女人怎么活下去！"我母亲最后说。她的声音很冷漠，而她的情绪却很亢奋。即使在这种灾难性的时刻，她仍然不肯使用扬扬母亲的名字，而是继续固执地称她为"那个疯女人"，这让我非常难受。我知道，所有降临到扬扬家的灾难对我母亲来说都是值得广告的喜讯。

我的犹豫没有影响鲍勃的兴致，他开始谈论起了他最愉快的那一次中国之行。"那已经是八年前的事情了，"他轻松地回忆起来，同时又示意我在他身边坐下。"我从来就很喜欢中国人，"鲍勃继续说，"尽管他们吃狗肉。"他的脸上闪烁着诚意的微笑。

我在长椅上坐下。我的脑海里翻腾着关于扬扬父亲的记忆。我对鲍勃陈腐的话题没有任何兴致。但是，我注意到他的表情突然变得严肃起来。他审视了我一阵之后，极为严肃地问："你吃过狗肉吗？"

我敷衍他说没有。这其实不是准确的回答。准确的回答应该是"差不多吃过"。差不多四十年前，我们去父亲的一位朋友家做客。那家人用闻上去非常诱人的"清炖狗肉"来款待我们。当时我正在发烧。按照传统的说法，狗肉是补品，对发烧的身体非常危险。父亲和他的朋友都说不必相信那种说法，但是母亲却坚持不许我吃。最后，父母谈判成功：母亲同意我用筷子沾一点清汤品尝，满足了我的心愿。因此，准确地说，我"差不多吃过"狗肉。

我的回答让鲍勃的表情轻松了许多。我接着告诉他，尽管中国人不认为吃狗肉是野蛮的行为，并没有多少中国人真有机会吃到过狗肉。"因为中国人很多，狗却很少。"我自作聪明地说。

鲍勃大笑起来，他说："中国的狗都快被你们的祖先吃光了。"

我一点也没有觉得这是很好的玩笑。

接着，鲍勃提到了关于广东人饮食习惯的那种著名说法（关于广东人四条腿的东西除了桌子以外什么都吃的说法）。他说他在广州的餐馆门口看见过许多装在笼子里的珍稀动物，供顾客挑选食用。这一点实在令他无法接受。除此之外，鲍勃对中国的文化满怀敬意。他说他喜欢所有"中国制造"的东西。

"你是因为去了中国才喜欢上中国的吗?"我问他。

鲍勃摆了摆手。"正好相反,"他说,"我是因为喜欢中国才想去那里看看的。"

"那你为什么会喜欢上中国呢?"我接着问。

鲍勃没有直接回答我的问题,而是向我提了一个问题。"你听说过白求恩大夫吗?"他问。

这是我在蒙特利尔生活的这些年里经常面对的问题。以前,我从来没有觉得这是一个沉重的问题。但是此刻,我的整个身心都被扬扬父亲失踪的消息压迫着,这个问题突然变得异常沉重。它让我觉得天旋地转。一阵阵尖叫声冲破了时间的隔膜,从我的记忆深处爆发出来。我看见了扬扬母亲惊恐万状的表情。"我倒要看看那个疯女人怎么活下去。"我母亲的声音又回荡在我的耳边。我为她对扬扬母亲固执的冷酷感到羞愧。

鲍勃盯着我,他在等待我的回答。

"当然,"我回答说,"一个纯粹的人。"

鲍勃当然不可能知道我在他的问题和我的回答之间所经历的痛苦。但是,他显然知道我的回答的后半部出自何处。他的精神为之一振。"他是我儿童时代的偶像,"鲍勃说,"我一生中的第一个偶像。"

鲍勃的话让我有点吃惊,因为它完全可能是我自己刚才回答的一部分。一个中国的政治巨星怎么会与一个加拿大老人的童年有这样的关系呢?亲爱的白求恩大夫,你是我儿童时代的偶像。你的画像粘贴在我小学教室两侧的墙上(教室正面黑板上方粘贴的是马、恩、列、斯、毛的画像）。我不相信你的加拿大同胞能够与你建立起类似的关系。你不仅仅是我们的偶像。你还是我们的记忆，我们的生活，我们的世界。你是我们生命的一部分。

  我无意向鲍勃敞开通往我童年时代的记忆之门。而他却马上将我带进了他自己的童年。他说他还清楚地记得那个多云的中午。那个中午，他父亲带他去圣凯瑟琳娜大街参加欢迎你从西班牙归来的集会。鲍勃的父亲是共产党员。那天，他特意戴上了红色的领巾。"他也给我带了一条。"鲍勃自豪地说。他骑在父亲的肩膀上远远地看见了你。他当然听不懂你的讲演。但是，你的动作和你得到的掌声将你刻进了他童年的记忆。你成了他一生中的第一个偶像。而他的第二个偶像也从那次集会中诞生了。那是他的父亲。他一星期之后就抛下了自己的妻子和四个未成年的孩子，投身到了西班牙内战的硝烟之中。三个月之后，他在卡塔龙尼亚附近的一场战役中阵亡。鲍勃以自己有这样一个英雄的父亲而自豪。他说在他的心中，他父亲并没有死。他直到现在依然记得骑在他宽厚肩膀上的那种踏实的感觉。

  鲍勃承认他直到成年之后才真正了解了你的"伟大"。当时他是联邦税务局的一名小职员。有一天他注意到自己的上司正在读你的传记。他马上也去买了一本。那本充满宣传色彩的传记不仅强化了鲍勃对你的崇拜，还进一步拉近了他与共产主义的距离。他说他从来没有加入过共产党，因为他觉得在这个世界上，做一个共产主义者是最难的事情。但是，他坚信社会主义制度是最人道的社会制度，远比资本主义要优越。

我们一直谈到了深夜。或者说，鲍勃一直说到了深夜。我很惊奇自己会在这么多年之后，在地球的另一侧又听到关于"社会主义比资本主义要优越"的说法。这是我中学时代的政治课老师每次上课都要用理论和实践去证明的说法。"有其父必有其子。"我这样来总结鲍勃和他父亲的关系。

没想到我随意说出的陈词滥调竟会让鲍勃情绪突变。"这并不一定。"他有点伤感地说，"世界已经完全变了。"我能够看见他的腮帮伤感的抽搐。"现在的年轻人变得越来越自私了。他们没有责任心，没有道德感。他们不会再以白求恩大夫为榜样。"他接着说。

"如果你有儿子，他也许不会像那些年轻人一样。"我试图这样来安慰他。

我更没有想到这样一句恭维居然会让鲍勃完全失去了谈话的兴致。"我有儿子。"他冷冷地说，"他比一般的年轻人更糟。他一点也不像我。"说着，他站起来，叫了他女儿一声，没有与我说再见就走开了。

我有点后悔自己的讨好让鲍勃想起了他的儿子。但是，我并不知道为什么他的儿子会让他突然失去谈话的兴致。我仍然坐在长椅上。我盯着鲍勃的背影，一个沮丧的父亲的背影。我又想起了扬扬的父亲。他为什么要离家出走？他为什么会选择那样特殊的日子？他去了哪里？

在第一次与鲍勃交谈之后的第二天，我又在桑拿室里遇见了西蒙。他已经知道我与鲍勃交谈过的事。我刚想向他打听鲍勃的儿子的情况，他却谈起了鲍勃的妻子。坐在桑拿室里的另外两位犹太老人也加入了我们的谈话。三位老人都称赞鲍勃的妻子，都说她是他们一生中见过的最漂亮的女人。但这是他们关于鲍勃妻子唯一的共识。对她自杀的具体年份和理由，他们的记忆互相矛盾。一位老人记得那场悲剧距现在还不到十年，他肯定她自杀的原因是鲍勃与同层的一位中年妇女的特殊关系。而西蒙和另一位老人却都记得那场悲剧发生的时间已经不止十年。不过，他们对自杀的理由又有争议。西蒙认为，他们不争气的儿子是导致鲍勃妻子自杀的原因；而另一位老人却肯定她的自杀是遗传性的，因为鲍勃的岳父就是在德国人的战俘营里自杀身亡的，而且是在欧洲胜利日的前夕。

三位老人都记得，处理完妻子的后事不久，鲍勃就参加旅游团去了中国。那是他第二次去中国。西蒙告诉我，鲍勃第一次去中国是在退休前一年，与妻子一起去的。他记得很清楚，那一次鲍勃主要是为了去看"三峡"。他记得那一年鲍勃见人就谈"三峡"。他劝所有的朋友都赶快去那里旅游，因为那神话般的风光很快就要被庞大的水利工程"摧毁"。

第二次从中国旅游回来，鲍勃的生活完全恢复了正常。他甚至没有像他离开前计划的那样，换到另一层那套较小的房间里去（倒是据说与他有关系的中年妇女在他回来之前突然搬离了公寓大楼）。他每天早晚两次准时下楼遛他的女儿。他还是像从前那样爱讲话，但是却从来不与人谈论他已故的妻子。

鲍勃也从来没有与我谈起过他的妻子。而我因为已经从西蒙那里知道了她的悲剧结局,也从来没有在他面前提起过她。但是,我却偶然遇见过一次他的儿子。

那天我从中心图书馆回来,在大楼入口处的外面看见鲍勃正在与一个身体瘦高,脸色憔悴的中年人站在一起。鲍勃叫住了我,却并没有给我介绍与他站在一起的中年人。我等在一旁,等他与那个中年人告别。

那个中年人走开之后,鲍勃并没有马上转过脸来。他望着那远去的背影,好像是在自言自语地说:"那就是他。"

我知道"他"意味着什么。我想起了我们的第一次交谈。我不敢多问。

"他一点也不像我。他没有信仰。或者说他只相信毒品。"鲍勃接着说。他的眼睛仍然盯着远去的背影,他仍然好像是在自言自语。"他只是因为需要钱了才会来看我。"鲍勃继续说,"这就是我们的父子关系。除了我的退休金之外,我们再也没有其他的共同语言。"

鲍勃一直望着远处,他好像是在望着扑朔迷离的过去。我不知道怎样才能将他从那绝望的眺望中召唤回来。

"一只狗。"鲍勃继续说,"一只迷路的狗。"

我拍了拍鲍勃的肩膀。他这才突然意识到了我的存在。他转过脸来,他的眼眶里含着泪水。他沮丧地摇起了头。

在这个时刻,我差一点就向他提起了扬扬的父亲。与一个永远失去了儿子的父亲相比,鲍勃应该感到庆幸,因为在饿到极点的时候,那只迷路的狗还知道家在哪里。扬扬的父亲所经历的痛苦也许可以让鲍勃聊以自慰。但是,我没有那样做。我不想去眺望扑朔迷离的过去。许多年来,我一直在拒绝我的过去。我与鲍勃一起走进了大楼。我什么也没有说。

进到电梯里,鲍勃的情绪突然转了一个急弯。他诡秘地笑了笑,又问了我那个不需要我回答的问题:"你会去看北京的奥运会吗?"

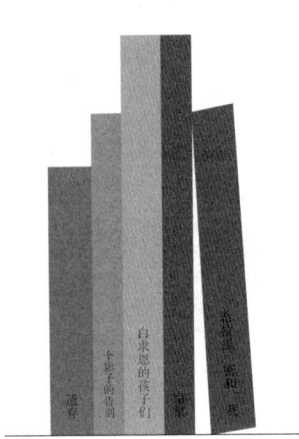

空 巢（节选）

巳时（上午九点到上午十一点）

这是我第一次接到从公安局打来的电话。一生中的第一次。我的一生，我不算短的一生。再过三个星期，我就要过八十岁的生日了。八十岁的生日……我曾经觉得它那么遥远，我甚至觉得它永远也不会到来。但是，再过三个星期，它就将进入我的生命，穿过我的生命……经过这么多年的"空巢"生活，我对这个特别的日子其实已经没有特别的感觉。一些亲戚和朋友早就在嚷嚷着要为我筹备热闹的酒宴和庆典。我坚决反对。我从一开始就坚决反对。我告诉他们，生日那一天，谁都不可能找到我。也许我会躲到一个陌生的地方去，也许我就躲在自己的"空巢"里……不管在哪里，我都会"躲"着，谁都不可能找到我。我不想庆祝八十岁的生日，因为我觉得自己的一生一事无成，不值得庆祝。这种"一事无成"的感觉最早好像出现在我丈夫的追悼会快要结束的时候。最近两年，它变得越来越清晰，越来越强烈，经常会影响到我的情绪……当然，只要一想到我一生的"清白"，我就会振作起来，我就会感觉充实，感觉骄傲。是的，我的一生一事无成，但是谁都不要想在这一事无成的一生中找到任何的污点：政治上的污点，生活上的污点，经济上的污点……我一想到这一点就会感觉特别骄傲。我相信，将来我的悼词不管由谁来写，这种终生的"清白"都是悼词里要突出的内容。

但是，我刚才接到了从公安局打来的电话，而且是从公安局的刑侦大队打来的电话。让我再强调一遍：是公安局的刑侦大队，而不是我曾经打过交道的户籍科或者出入境管理科。我刚从菜场回来，刚在沙发上坐下，刚准备打开那份刚在超市旁边的报刊亭里买的《南方周末》……当然我只是准备浏览一下报纸上的标题，因为时间到了，我马上就要进入洗手间，坐到马桶上。我总是在早上固定的时间进入我一天之中最关键也是最痛苦的生活程序：如果运气好的话，坐上一个小时左右，我的肛门就会被费力地挤开。如果运气不好，我就需要等更长的时间。而遇到运气最不好的情况，不管坐多长时间，肠道和肛门都不会有任何的反应。最近这三天，我的运气就"最"不好。我每天都在马桶上坐两个小时以上，却总是无功而起。我已经非常灰心了。我已经非常担心了。如果这种情况继续下去，我又必须去医院洗肠了。我不喜欢去医院，从来都不喜欢。

我受便秘的折磨已经将近十年了。我进出过大大小小的医院，求助过林林总总的医生，也尝试过形形色色的秘方，却从来都没有找到过治本的良方。以前所有的医生都简单地诊断说我的痛苦是肠胃功能紊乱造成的。我相信这是他们对所有的便秘患者做出的同样的诊断。可是四个月前，我的病因突然变了。在小雷负责组织的那一次免费系列保健知识讲座之后，有三天的免费专家咨询日。在那三天里，我一共咨询了四位专家，他们关于病因的说法完全一致。他们都说我的痛苦起因于脾脏功能失调。这种说法让我感觉比较可信，因为它有点辨证论治的味道。而且它与当年医生向我解释糖尿病病因时的说法也完全一致。"根本就不用担心，"四位专家都这么安慰我。他们都说，由他们部队医院用最新的电脑技术开发研制的保健品系列中的"固本健脾露"和"神益健脾丸"就是专门针对我这种情况的。只要坚持长期服用，总有一天就会出现"神奇"的效果。医生们的乐观态度对我是一种很大的鼓励。在小雷的建议下，我马上买了够吃六个月的"神益健脾丸"。我坚持认真服药，一天都不敢松懈。可是三个多疗程已经过去了，不仅"神奇"的效果还没有出现，我便秘的情况反而比服药之前严重了不少。我有点气馁，但是并没有打算放弃。小雷也几乎每天都会来电话，给我极大的支持。"坚持就是胜利！"她不厌其烦地说，"我们先吃六个月，不行再吃六个月……我就不信它没有效果。"那极有感染力的声音让我感觉她与我同病相怜，而且也在吞服同样的药丸，也在等待同样"神奇"的效果。

　　是的，我刚在沙发上坐下，刚准备打开那份刚在超市旁边的报刊亭里买的《南方周末》……就在这时候，电话铃响了。我马上的反应是它来自我妹妹。我们现在每个星期至少要通话三次。昨天通话的时候，我妹妹提到她的一位邻居用从网上找到的秘方治愈了困扰他二十多年的便秘。她说她会要她的邻居将秘方传给她。收到之后,她会马上打电话告诉我。我妹妹借此机会又抱怨了一下我对"新生事物"的抗拒。"网络真是太不可思议了!"她惊叹说,"它让我们的生活充满了奇迹!"

我从容地拿起话筒。我希望新找到的秘方不会与我以前已经试过的那些雷同。可是我"马上的反应"错了,话筒里传来的是一个陌生男人的声音。

我其实经常接到陌生人打来的电话。每天都会有,每天都会有很多:房地产公司的业务代表向我推销即将入住的优质房,医药公司的业务代表向我推销最新开发的保健品,电话公司的业务代表向我推销正在热销的套餐,银行和保险公司的业务代表向我推销回报丰厚的理财产品……那些陌生人通常都非常热情。他们会对我阿姨长阿姨短。在言归正传之前,他们一定会向我问寒问暖。而这个陌生男人的口气威严又森严。他的第一句话就确定了我们之间的不平等关系。他在查验我的姓名。在我的记忆中,好像从来没有人用那样的口气查验过我的姓名。我觉得那不是我自己的名字。我觉得叫那个名字的人犯了不可饶恕的大错。

陌生的男人说出来的第二句话让我更加紧张。他告诉我,这是从公安局刑侦大队打来的电话。"公安局?!"我不敢相信自己听到的话。"公安局刑侦大队。"陌生的男人强调说。我听清楚了。我意识到了正在与我通话的是一位公安人员。这是我第一次接到公安人员打来的电话。一生中的第一次。

公安人员紧接着问我家里有没有其他人。他的口气还是那么威严、那么森严。

"我早已经是空巢老人了。"我故意用幽默的口气说。我以为这样可以缓解一下自己内心的紧张。

"我问的不是这个。我问的是此刻。"公安人员不耐烦地说,"我问的是此刻你身边有没有其他人。"他的不耐烦更加强化了我内心的紧张。

"此刻没有。"我紧张地说,"但是……"

"但是什么?"公安人员急切地打断了我。

我能够听出他高度的警觉。他的警觉让我更加紧张。我告诉他,有一个朋友会在十点半的时候来看我。我感觉自己的身体和声音都在微微地颤抖。

"什么朋友?"公安人员问。

我没有马上回答。我觉得他的追问是对我的羞辱。

"我们需要掌握与你来往的所有人的情况。"公安人员说。

我犹豫了一下,告诉他要来看我的是保健品公司的业务代表小雷。她会送来他们公司新开发的"智能腹部按摩器",让我免费试用。

"你怎么跟这样一些不三不四的人来往?!"公安人员说。

我还没有来得及反应,就听到了他斩钉截铁的命令。"马上取消。"他说。

从来没有人对我下过这样的命令。我一方面觉得事情非常严重,另一方面又觉得自己非常委屈。"我已经约好了。"我说,想要挽回一点自己的面子。

"我们的谈话将涉及一宗正在侦破的特大案件，"公安人员说，"不能被任何人打断。"他命令我马上取消与小雷的约会。他说他过两分钟再打过来。

一宗正在侦破的特大案件？这新的信息又将我的紧张情绪推上了新的台阶。我紧张地环视着已经习以为常的"空巢"，突然又有了要出大事的感觉。这种感觉在我一生中只出现过两次：一次是在一九七一年九月"林彪事件"的前夕，一次是在一九七六年十月粉碎"四人帮"的前夕。而那两次要出的都是国家大事，与我个人的安危并没有直接的联系。现在，公安人员准备与"我"谈论一宗正在侦破的特大案件。我感觉"空巢"的每一个角落都弥漫着恐怖。我感觉我身心的每一个部位都充满了恐慌。

进入"空巢"生活阶段之后，我的记忆就越来越差了。我现在甚至连五分钟之前做过的事都会忘记。但是，有几个常用的电话号码我却一直都能牢牢地记住。小雷的手机号码就是其中之一。我可以毫不费力地按出这个号码。可这是怎么回事，怎么我记不起第六位数字了？还有第七位，第八位……这是怎么回事？我做了三个深呼吸，想让自己的情绪平静下来。没有用，一点也没有用，我还是够不到自己最牢固的记忆。

记录电话号码的小本就在茶几上（压在救心丸药瓶的底下）。我翻到小雷的号码，一个一个数字小心地按下去。电话很快就被接起了，但是接电话的人却不是小雷。她的态度还不错：她问我找谁。我说我找小雷。她说我拨错了号码。

这是怎么回事？我肯定小本上记着的号码没有错。我又重新按了一遍。电话还是很快就通了，但是我还是出了错。这一次接电话的是一个声音沙哑的男人。他问我找谁。我有点不知所措。他又问了一遍我找谁。我刚想回答，电话里传来了一个孩子的声音："肯定是骗子，不要理。"我充满委屈地挂断了电话。

这是怎么了？我伤心地咬住下嘴唇。我怎么会照着号码按都会按错？公安人员只给了我两分钟时间，我不能再耽误了。我仔细地读了两遍小本上的号码。那是我一直都能背出的号码。它肯定没有错。我照着号码用更慢的速度一个一个数字地按下去。谢天谢地，这一次我没有出错。小雷很快接起了电话，她说她很快就来了。我让她不要来了，我说我有急事马上就要出门。小雷关心地问我什么事。我实在不想骗她，但是我不能不骗她。我说我必须去医院检查一下，因为又有差不多三天没有大便了。小雷说她手头正好有点事，否则她要来陪我一起去。我让她放心，我说这已经不是第一次了，我自己能够应付的。

刚放下电话，公安人员的电话就来了。他问我怎么打了那么长的电话。我说前两次我都把号码拨错了。"就是说你刚才一共打了三个电话？"他很警惕地问。我说是的。"就是说你刚才一共跟三个人说过话？"他接着还是很警惕地问。我说是的，尽管我和第二个人并没有说话。

公安人员没有马上说话。我感觉他与身边的人在商量什么。然后，他用威严又森严的声音告诉我，他们正在与全国各地的警察联手侦破一宗特大毒品走私案。"根据我们掌握的情况,"他说,"你已经卷入了这个犯罪集团的活动。"

我开始当然觉得这完全是可笑的无稽之谈。"这怎么可能?!"我争辩说。我的一生是清白的一生,是没有污点的一生。不要说罪了,就是大一点的错,我都没有犯过。

公安人员好像没有听到我的争辩。他用威严又森严的声音"希望"我能够认清形势,积极与公安机关配合。"你知道我们一贯的方针就是'坦白从宽'。"他斩钉截铁地说。

"你说什么?"我简直不敢相信自己的耳朵。"坦白从宽"?!这样的词怎么可以用在我的身上?!我马上就不再觉得可笑了。我觉得可气,十分可气。将这样的词用在我的身上是对我莫大的侮辱。我从来没有受到过这样的侮辱。这可以看成是对我人格的强暴。"我已经是快八十岁的人了。"我气愤地说,"怎么可能会与犯罪集团有什么联系?!"

"现在老年犯罪越来越普遍了。"公安人员说,"根据美国最新的研究……"

"你们知道我一生从事的是什么职业吗?"我气愤地问。

"我们什么都知道。"公安人员说。

"我从事的是最光荣的职业。"我气愤地说,"我是一个有将近四十年教龄的人民教师。"

"这又能说明什么呢?"公安人员说,"前不久,校长都抓了好几个,你应该知道吧。"

"那跟我有什么关系?!"我气愤地说。

"现在有多少人在用卑鄙的作为玷污人民教师这种光荣

的职业啊。"公安人员说。

我还能怎样来为自己辩护呢？在雄辩的公安人员面前，我所有的理由都显得不堪一击。"卷入了犯罪集团的活动"好像已经成了无法争辩的事实。我马上想到了自己的亲戚、朋友和邻居，我马上想到了自己的儿子和女儿……我将来在他们所有人的面前都会抬不起头来的啊。羞耻感迅速击穿了我的自信心。我绝望了。"我一生都是清白的，"我绝望地说，"我从来没有做过一件对不起国家的事情。"

"这可不能由你自己来说。"公安人员的口气还是没有一点变化。他好像没有察觉到我的心理已经被他击垮。他穷追猛打，重复了一遍刚才让我觉得可笑的话："根据我们掌握的情况，你已经卷入了这个犯罪集团的活动。"

这时候，我既没有觉得它可笑，也没有觉得它可气，我觉得它可怕，非常可怕。这样的一句话会让警车开到我的楼下，会让我戴上手铐，会让我从此抬不起头来……这样的一句话会变成轰动全市甚至全国的新闻。我妹妹马上就会从网络上读到这条新闻，还有我儿子和女儿……还有什么比这更可怕的事情吗？我不想被警察带走。我不想被戴上手铐。我不想失去自己的亲人和"空巢"。我不想成为轰动一时的新闻……巨大的恐慌冲击着我的身心。我战战兢兢地问："我应该怎么与公安机关配合？"

"你能够提出这样的问题就对了。"公安人员说，"这就是一个良好的开端。"

我不想要开端，我心说，我只想要结束。

"首先要核对一下你的身份证号码。"公安人员说。

机会！可能还有机会！公安人员的话带给了我一阵侥幸的心理。我希望身份证号码对不上。

公安人员要求我报出了我的身份证号码。公安人员要求我重复了一遍我的身份证号码。"没错，"公安人员说，"这与我们从犯罪集团的罪证里找到的号码完全一致。"他的声音还是那样威严、那样森严。

公安人员的话又将我推回到绝望之中。"你说什么？！"我气愤地说。我不敢相信自己的身份证明竟会是犯罪集团的"罪证"。这是对我人格的极大侮辱。

公安人员没有理睬我情绪的波动。"你不要放下电话。"他说，"等一下负责你这个案子的顾警官会要找你录口供。"

什么叫"你这个案子"？为什么要找我"录口供"？公安人员的每一句话都好像是为我定制的，对我的心理都具有巨大的杀伤力。我的一生是遵纪守法的一生，是一清二白的一生，是视名誉高于生命的一生。我万万没有想到在将近八十岁的时候会被公安机关立案，会要被警官"录口供"。巨大的恐慌侵入了我身心的每一个角落。

我不止等了"一下"。我等了将近十五分钟。充满恐慌的十五分钟。我一生中最长的十五分钟。我已经习以为常的"空巢"好像突然变成了另外的一个地方：它那样的静，那样的冷，那样的黑。它就好像是时间的终点，是吞没时间的黑洞。我的思绪一团糟，我的情绪一团糟。我已经没有一点力气了。我的身体好像已经失去了固体的质地，好像只是漂浮在黑洞里的一股戾气。我怎么会在将近八十岁的时候落到这种地步？我靠到沙发背上，眼睛一动不动地盯着对面墙上的挂钟。我从来没有像现在这样惧怕过时间。我不知道它想将我带往什么地方。这充满恐慌的等待。

顾警官在等待的尽头出现。他说话的口气和态度与刚才的公安人员完全不同。他的口气和态度具有一种特殊的魔力：它一方面在不断强化我的恐慌，另一方面却又给我很深的安慰和很大的希望。我很快就被这种魔力慑服了。我觉得顾警官的每一句话都是在为我着想。我对他充满了依赖和信赖。

顾警官一开始并没有提到"口供"这两个字。相反，他告诉我，根据他们掌握的情况，我完全是在不知情的状况下卷入这个犯罪集团的。"从某种意义上说，你其实是一名受害者。"他说。他的声音中饱含着对我的理解和同情。

我被这意想不到的转机感动得眼眶都湿了。"我当然是受害者。"我说，"我完全是受害者。"

顾警官一定听出了我对他的依赖和信赖。他短暂的沉默说明了这一点。"不过，"顾警官接着说，"在案件彻底告破之前，我们还是不要急于下任何结论。"

他的这种说法又将我推回到了极度的恐慌之中。可是同时，它又激起了我对他更深的依赖和信赖。

"现在我们需要你的积极配合。"顾警官说。

"我应该怎么配合？"我着急地问。

"现在的情况非常复杂。"顾警官说。

"复杂的情况我听不懂，"我着急地说，"你只要告诉我怎么配合就行了。"

"很多话在电话里说不方便。"顾警官说,"你知道,犯罪分子现在真是无孔不入。"

顾警官的话让我更加恐慌,也让我对他更加依赖和信赖。

"我们下午会到家里来。"顾警官说,"有些事情只能当面谈。"

这是十分周到的安排,我激动地想。我很想见到自己依赖和信赖的警官。我想向他当面申诉我的冤屈,证明我的清白。

"不过,现在出现了一个紧急的情况,"顾警官说,"这让我们对你的处境非常担心。"

我的心又抽搐了一下。"什么紧急的情况?"我问。

"犯罪分子正在调集资金,准备做最后的一搏。"顾警官说,"这是我们刚刚收到的情报。"

"这跟我有什么关系?"我着急地问。

"很有关系。"顾警官说,"因为根据我们掌握的情况,你的银行账号已经全部被犯罪分子锁定。"

公安机关掌握的情况让我的恐慌继续升级。"他们要干什么?"我着急地问。

"你的钱可能会在一两天之内被他们转走,变成他们购买毒品的资金。"顾警官说。

"我所有的账号都设有密码,他们怎么能够将钱转走呢?"我着急地问。

"密码只能防君子,不能防小人。"顾警官耐心地解释说,

"犯罪分子现在已经与最厉害的黑客联手。他们利用最先进的高科技技术,很快就能够破译你的密码。"

我经常听我妹妹说起黑客的厉害。顾警官的解释让我顿开茅塞。"那我现在应该怎么办啊?"我着急地问。

"我们已经在采取相应的保护措施,用不着过于恐慌。"顾警官说。

顾警官的话让我稍稍松了一口气。

"我们现在正在犹豫是不是需要对你启动特别的保护程序。"顾警官说。

顾警官的犹豫让我又变得极为不安。"当然需要,"我着急地说,"当然需要。"

"根据我们掌握的情况,你的资金过于分散。"顾警官说,"这对我们的保护非常不利。"

"那我应该马上将资金集中起来?!"我着急地问。

"我们有一个绝密的特别账号。"顾警官说,"如果能够将资金集中并且成功地转到这个绝密的账号上,我们就能启动特别的保护程序了。"

"这太好了。"我着急地说,"我马上就去办。"

"先不要着急。"顾警官说,"我们现在还没有充分的把握。"

顾警官的犹豫让我更加着急了。

"万一失败,我们的目标就彻底暴露在了犯罪分子面前,这不仅会让你面临生命危险,也会影响整个案件的侦破进度。"顾警官说,"我们可不能因小失大啊。"

顾警官将我面临的危险当成"小"事让我有点泄气。但是，他的担心也是对我的关心。这让我非常感动。"用不着考虑我个人的生命安危。"我说，"我们不会失败的。"

"你真有信心吗？"顾警官问。

"有你们坚定的支持，我当然有信心。"我说。其实我哪里有什么信心啊。我只有一阵一阵的恐慌。

"那好，"顾警官说，"只要你有信心，犯罪分子就不会有可乘之机。"

我注意到顾警官总是不断地提到"犯罪分子"，这很好。这能够让我保持高度的警惕，没有丝毫的松懈。我得意我用自己都感觉不到的信心让顾警官下定了决心。

接着，顾警官要求我与他核对一下全部账号的存款情况。我从卧室床头柜抽屉里取出那个记录存款情况的小本。我首先翻到了记录定期存款的那一页。我告诉顾警官我手里一共有三笔定期存款的存单：二十万的那一笔今年年底到期；十五万元的那一笔明年三月到期；那一笔六千元的美元定期存款下个月底到期。我故意没有提及那一笔还有三年才到期的保险。那一笔以二十万元投保的保险是我的第一份理财产品，也是我终生的羞耻。两年前，银行和保险公司的那两位业务代表轮番上门来"强烈推荐"这份回报极高的理财产品。她们说了很多的术语，她们画了很多的图表……所有那些术语和图表都让我感觉云雾缭绕。可是，我越糊涂，她们就越积极。最后，她们将我也完全看不懂的投保书都填写好带来了。"看不懂没有关系。"两位热情的业务代表齐声说，"有我们把关，你可以放一百个心。"我在她们指定的位置签了字。她们不断地夸奖我有眼光和魄力。那之后的三个星期，两位业务代表每天都来电话，报告这第一份理财产品增值的情况。后来她们再也没有来过电话了。后来我才知道，那预期有极高回报的产品有极高的风险。它在我买进三个星期之后一路下跌，到两个月前我最后一次去查询的时候，它已经只值不到四万元了。

接着，我与顾警官核对三个活期存折上的存款情况。我平时自己用的那个存折上到昨天为止还有七千元。以我儿子名字开户的存折上现在有三万八千元，那主要是我最近大半年里代他收领的房租。而以我女儿名字开户的那个存折平时没有多少钱，但是她的一位朋友昨天刚刚转过来了八万元（她告诉我，那是还我女儿为她在美国留学的孩子垫付学费的钱）。

"这与我们掌握的情况完全一致。"顾警官说，"我相信犯罪分子对这些数据也掌握得非常清楚。"

顾警官的"相信"让我不敢有丝毫的松懈。我心急如焚地等待着他进一步的指示。

顾警官好像并不理解我的心情。"我还是有点担心……"他说。

"不要再犹豫了，"我着急地说，"不能让犯罪分子抢在我们的前面啊。"

顾警官稍稍沉默了一下之后，终于同意行动了。他指示我首先将我们刚才核对过的所有存款集中起来。

这时候，我才突然意识到我不可能将"所有存款集中起来"，因为那三张定期存款单上写的都不是我的名字：美元是我女儿的，写的当然是她的名字。而那两张人民币定期存款虽然是我自己的，写的却都是我儿子的名字。我不可能提前支取这三张定期存款单上的存款。我着急地将这个情况报告给了顾警官。

顾警官好像非常吃惊。"你自己的钱怎么要写你儿子的名字？"他用责备的口气问。

我解释说，我一直觉得那是我留给我儿子的遗产，所以一直用的都是他的名字。

"你知道这给我们的工作增加了多大的难度吗？！"顾警官仍然是用责备的口气说。

我感到非常内疚。我在积极地配合公安机关的工作，我一点都不想给他们的工作增加难度。"对不起，"我说，"那时候没有想到会发生这样的事情。"

顾警官让我等一下，他说他需要请示一下他的领导。

他的领导是什么样的人啊？我非常担心。我担心他请示的结果是放弃对我的特别保护。

顾警官请示的时间比我想象的要短得多。他很快就回到了电话线上。"那好吧。"他说，"那我们只能先将能够集中的存款集中起来。"

这积极的结果当然给了我很大的安慰。可是，"那三份定期存款怎么办？"我着急地问。我也迫切希望公安机关能够迅速将它们保护起来。

"我们比你还着急。"顾警官说,"但是我们不能患得患失。"

"我只是希望你们不要放弃。"我用恳求的语气说。

"当然不会。"顾警官说,"保护人民群众的财产安全是我们的职责。"

这句话让我感觉特别温暖,因为我还是被当成了"人民群众"中的一员。

"但是我们现在要马上行动,将犯罪分子随时都会盗走的这十二万五千元集中保护起来。"顾警官说。

他的这句话又给了我强烈的紧迫感。而且他将要保护的总数都已经算出来,记在了心中,让我感觉到了公安机关的认真和周密,让我对他们有了更深的依赖和信赖。"我家里还有一些零用钱,能不能也集中在一起加以保护?"我有点激动地说,"正好可以凑成十三万。"

顾警官没有觉得我又在增加他们工作的难度。他反而表扬我具有良好的心理素质,能够做到处变不惊、临危不惧。他说与犯罪分子作斗争不仅需要勇气,还需要具备良好的心理素质。他说有些受害者一听说自己的账号被犯罪分子锁定马上就慌了手脚,连自己到底有多少账号都没有数了。有的甚至马上给自己的孩子打电话,结果很快就暴露了目标。说完之后,顾警官让我记下公安机关绝密账号的有关信息。接着,他重复了一遍那些信息。接着,他又让我重复了一遍那些信息。然后,他问我是不是注意到了绝密账号是以个人名义在外地开户的账号。我已经恐慌到了这种程度,哪里还会去注意这些细节。顾警官说,公安机关这么做就是为了麻痹犯罪分子。

接着,顾警官提醒我在整个过程中一定要保持高度的警惕,尽量避开熟人和朋友,尽量少说话。他尤其提到了对银行的人要特别提防。他说这个社会已经腐烂透顶了,犯罪分子已经渗透到了社会的各个角落。根据他们掌握的情况,在所有的银行里,犯罪分子都安插了"内鬼"。这些"内鬼"会想尽一切办法破坏公安机关的保护行动。我没有想到银行内部的情况居然这么复杂。我感觉身体的发条拧得更紧了。顾警官提醒说,银行的"内鬼"很有可能会要盘问我是否认识绝密账号的开户人,我一定要回答说认识。顾警官说这不是说谎,这是与犯罪分子斗争的一种策略(顾警官还提到了其他的一些策略,比如不要将存折上的余额全部取空,最好留下一两百元,以免引起银行的怀疑等等)。顾警官的这些提醒让我看到斗争的严峻性和复杂性,同时也让我体会到了公安机关的细致和周全。

然后,顾警官让我记下一个电话号码。他说那是一个"绝密"的号码。他指示我在将存款成功地转移到绝密账号之后,马上回家,用家里的座机通知那个号码。他提醒说,我只要告诉接电话的警官"转账成功"就可以了,别的话不要多说。这时候,我还是有点患得患失,很想问如果转账不成功怎么办。但是,我又担心顾警官会批评我信心不足,不敢问。

顾警官接着强调说,我们的这次配合必须速战速决。他又一次敦促我"马上行动"。他的强调和敦促让我感觉我们是同一条战壕里的战友。但是,他最后的两个提醒又让我感觉自己仍然是被怀疑的对象。他首先提醒说,我下午三点钟"必须"在家里等他,因为他会要来"录口供"。我没有想到"录口供"一类令我义愤填膺的词汇还是会出现在我依赖和信赖的顾警官的嘴里,感觉很受伤害。顾警官最后的提醒更是将我稍稍有点缓解的恐慌推回到了原来的高度。他提醒我不要将我们通话的内容透露给任何人,否则"后果不堪设想"。他的口气突然变得有点严厉了。这意想不到的突变让我对下一步的行动充满了恐慌和焦虑。我将会面临什么样的后果呢?我忍不住要去设想,我将会面临什么样的后果呢?

午时(上午十一点到下午一点)

我没有"马上行动"。极度的恐慌让我精疲力竭又心烦意乱。我没有能力"马上行动"。"你已经卷入了这个犯罪集团的活动"……公安机关掌握的这一情况不要说对一个有将近四十年教龄的老教师,一个从青春期开始就视"清白"为生命的老先进,就是对一个没有任何追求的普通人,也是灾难性的打击。我想到了"晚节不保"这个词。我想起了一些"晚节不保"的人,那是我极为鄙弃的一类人。我自己怎么也会成为他们中的一员?这是荒谬绝伦的灾难。这是荒谬绝伦的转变。我知道,哪怕顾警官最后能够证明我的无辜,我也休想彻底洗净自己身上的污垢。我一生中见到过太多这样的例子了。许多事情到了要解释的时候就已经解释不清了。我精疲力竭又心烦意乱。

我必须尽快从这种恶劣的状态中挣脱出来。因为接下来还有一场与犯罪分子斗智斗勇的恶战，我需要有高度清晰的头脑和极为饱满的体力才可能赢得最后的胜利。解放前夕，作为进步学生，我参加过一些由地下党组织的革命活动。我记得活动的组织者也总是强调我们需要与敌人斗智斗勇。那已经是六十多年以前的事情了。时间过得真快。那时候，我还刚进高中，我对未来还充满了信心。现在，我不仅没有未来了，我也没有信心了。我对自己的大便都没有信心了。我不知道为什么在这种状况下，我的心理还会要遭遇灾难性的打击。万一转账不成怎么办？我想问，又不敢问。顾警官说过，我的存款随时都有可能会被犯罪分子划走。这当然是可怕的损失。但是与暴露目标相比，这也许算不得什么。暴露了目标会影响公安机关的侦破行动，更会影响到公安机关对我的看法。这些都是我无法承受的后果啊。

我从沙发上站起来的时候，房颤的典型症状又出现了。我稍微停了一下，等感觉稳定一点才慢慢移动脚步。动作一定不能太快太急，我提醒自己，尤其是要避免摔倒。现在任何的意外都会给犯罪分子提供机会，都会让我们失去机会。这一点即使顾警官不说，我自己也非常清楚。接下来的恶战是对我的考验。它也应该是对我最大的考验和最后的考验。我一生从来没有与犯罪分子展开过直接和正面的交锋。这是最严峻的考验。它考验的不仅是我的心理，还有我的身体。我的身体……我从来就没有完全健康过的身体。二十多年前，在一次例行的体检中，医生诊断我患有糖尿病（幸亏是非胰岛素依赖型）。这是我的身体开始腐朽的重要标志。而在这之前，困扰我的主要是心脏方面的问题。我的心律不齐最早是被我母亲发现的。尽管我们家族中那位德高望重的中医安慰我母亲说，儿童的心律不齐会随着年龄的增长而自动消失，不需要过于在意，我母亲还是特别在意。她从来都不允许我做剧烈的运动。她经常逼着我吃补血的食品和中药（我记得家里每次蒸鸡的时候，她都会要求厨师放上当归和枸杞）。进入青春期之后，心律不齐的症状果然就自动消失了，稍微激烈一点的运动也不会让我感到特别的不适。我当然还是比较小心谨慎，但是我不会像从前那样过虑和紧张。直到我退休之前，情况都完全正常。我跟我的同事们谈起我心脏不好，他们都不会相信。可是退休之后，我又经常能够感觉到一些与心脏有关的症状了。最近这十多年里，心脏方面的问题更是变得非常突出。根据医生的诊断，我现在患有阵发性房颤。发作的时候，我能够清楚地感觉到心血管的那种快速而不协调的栗动，接着心悸、气短、心前区的不适以及忧虑不安等等症状就会同时出现。医生警告我要特别注意控制自己的情绪，因为房颤发作之后有可能会导致晕眩，甚至休克。医生还给过我一个百分比，说明房颤患者中风的可能性非常之大。医生的警告在我心中留下了一道很长的阴影。我现在经常梦见自己突然中风摔倒在客厅地板上的情景……刹那间，我的"空巢"就变成了连我自己都容不下的"空巢"。

我慢慢地走近洗手间。我吃力地推开已经不太灵活的玻璃门。在出门之前，我需要完成一天中最关键也是最痛苦的生活程序。已经不记得有多少年了，进洗手间成了我沉重的精神负担。我总是担心自己会在马桶上白坐一个小时，两个小时，甚至更长的时间。而我的担心很容易就会变成难堪又痛苦的现实。一年之中，我心满意足地从洗手间里面走出来的日子越来越少了，就像一年之中不是雾霾的日子越来越少了一样。我不理解便秘为什么会发生在我的身上。自从糖尿病被检查出来之后，我对饮食特别注意：青菜吃得多，荤菜吃得少，主食都是医生推荐的健脾的五谷杂粮，量更是严格控制。这样的饮食结构应该是很利于消化和排泄的。为什么便秘会发生在我的身上？有时候，我会觉得便秘是一种遗传病。我母亲到了八十岁以后也有便秘的问题。那时候看着她在马桶上坐很长的时间不起来，我会有点不大耐烦。现在，轮到我自己了……我变得更加不耐烦了。我从来没有就便秘是否遗传的问题咨询过医生。我不需要科学的支持，更不想被科学否定。这些年来，我经常会冒出一些悲观和阴暗的想法。比如我会想，一代一代人活着其实就是为了让疾病和痛苦能够在这个世界上传承下去。这些悲观和阴暗的想法也许就是"空巢"生活的一种印迹吧。

在现在这种状况下，我更不可能有任何的奢望。现在除了那种传统的精神负担之外，我还承受着不断升级的恐慌：对已经卷入犯罪集团活动的恐慌，对生命和财产受到犯罪分子威胁的恐慌，对与犯罪分子进行斗争的恐慌……对这已经被恐慌屏蔽的身体我还能有什么奢望呢？而且我不可能在马桶上坐很久，一场恶战正在等着我，我要"马上行动"。我慢慢地坐到了马桶上。我需要完成这一道关键的生活程序,哪怕我不可能有任何的"完成"。更重要的是,我需要利用这一道生活程序来让自己平静下来,来稳定自己的情绪。我必须尽快摆脱精疲力竭又心烦意乱的恶劣状况,否则我不可能赢得这场迫在眉睫的恶战。

从前,我总是教育那些处于青春期的学生们要有"自知之明"。现在我知道,"自知之明"不是一种智力的境界,而是一种生理的状况。人不到疾病缠身的年纪,根本就不可能有对身体的"自知之明"。我现在对自己的身体已经有高度的"自知之明"。我尤其懂得身体各项指标稳定的重要性:血糖要稳定,血压要稳定,心律要稳定……按照住在十五层的邻居老范的说法,我们这个年纪的人每天要做的就是自身的"维稳"。而各项指标稳定的集中表现就是情绪的稳定。按照马克思主义哲学关于矛盾转化的说法,因为公安局刑侦大队的电话,在我生活中长期居于主要矛盾地位的便秘现在已经转化成为了次要矛盾。现在的主要矛盾是这场迫在眉睫的恶战。没有稳定的情绪,我绝对不可能赢得这场恶战。

我没有关上洗手间的门。过去我总是指责我丈夫和我儿子上洗手间的时候不关门。现在,我自己也已经习惯了敞开门上洗手间,甚至应该说现在我自己上洗手间的时候"必须"敞开门。不敞开洗手间的门,我就立刻会感觉头晕、胸闷和呼吸困难,我就立刻会烦躁不安。有一次我与我妹妹谈起这种已经能够引起条件反射的习惯:我说报纸上经常介绍开放式的厨房,而我最想要的却是开放式的洗手间。这种对洗手间开放的要求是我自己这些年来不愿意长时间待在外面的原因,因为我不可能在任何其他地方享受到"空巢"给予我的这种特殊的自由。从这个意义上说,自由又成了一种奴役。这可能就是生活的辩证法吧。

敞开洗手间的门,我不仅有流通的空气,还会有纵深的透视。具体地说,坐在马桶上我就可以看见正前方的沙发和客厅里的其它一些摆设。这是我已经习以为常的视角。这是我已经习以为常的"看见"。我随意地抬起头。我没有想到,我的视线突然会好像遭受了异化的扭曲和羞辱。我知道我的沙发已经不再是两个小时以前的沙发了。我刚才坐在那里,接到了第一个从公安局打来的电话,我一生中的第一个。那个电话让我知道我已经不再是两个小时以前那个我认识的我了。我已经变成了一个"晚节不保"的人。我已经变成了我自己的陌生人。我的右手抽搐了一下。对自己的陌生让我痛苦和羞愧。我低下了头。我想回到两个小时以前的世界里去……不知道过了多久,一阵熟悉的脚步声出现在我受伤的感觉之中。它越来越近,越来越近……它最后停下来了,停在了我的呼吸好像都能够触到的地方。我不安地抬起头。我看见了我母亲,她像从前那样坐在沙发的角落上。

"这是为什么?"我充满羞愧地问,"为什么会发生这样的事情?"

"不要问我现在的事情。"我母亲说,"我不可能知道现在的事情。"

"我也不知道。"我沮丧地说,"但是……"

"不要责备自己。"我母亲说,"永远都不要责备自己。"

"你会责备我吗?"我问。

"我从来都没有责备过你,你知道的。"我母亲说,"甚至那些年我都没有责备过你。"

"那些年"……我不希望她提到"那些年"。那是从我女儿出生的前夕到"文化大革命"结束之间的"那些年"。那是我与他们划清界限的"那些年"。那是我不去看他们也不允许他们来看我的"那些年"。"我的孩子们现在也不回来了。"我说,"我现在是一个'空巢老人'。"我的声音充满了懊悔和无奈。

"这其实不是现在。"我母亲说。

"你这是什么意思?"我问。

我母亲苦笑了一下。"还记得你的疯舅舅吗?"她问。

"当然记得。"我说。哪怕忘记了所有的人,我也不会忘记我的疯舅舅。"我还记得你举着竹竿追着打他的场面。"我接着说。

"你还记得?!"我母亲说,好像不太相信。

"那应该是我最早的记忆了。"我说,"我记得你是真的生气了。"

"我没有想到你还记得。"我母亲说。

"我记得他躲回到自己的小屋子里去之后,你还气得用竹竿在他的门上捅了几下。"我说。

"那是一九三七的夏天,是七七事变之前。"我母亲说,"我每年那时候都带你去你外婆家。"

"就是说我还不到四岁？！"我说。我有点奇怪那个场面出现得那么早。

"是啊，还不到四岁。"我母亲说，"可是那天你就像一个小大人一样，坐在堂屋的门槛上，翻动着你外公订阅的《申报》。"

"这我可一点都不记得了。"我说。

"我记得很清楚。我正准备晾晒你那两件碎花的小衣服。"我母亲说，"我现在还能听到那好像永远都不会间断的蝉鸣声，还有从你外婆房间里传来的断断续续的古筝声……我记得很清楚。"我母亲将一直放在沙发上的左手放到了扶着拐杖的右手上。"这时候，你的疯舅舅出现了……他就像是那座大宅院里的一个幽灵。他就像是我们生活中的幽灵。他的双手总是背在身后。他的手上总是拿着他用削得很整齐的竹片做的小房子。"我母亲说，"他走到你的跟前。你一点都不怕他。其他的孩子都很怕他，可是你一点都不怕他。这一直让我觉得很奇怪。他问你在干什么。你很认真地回答说'看报'。你那认真的样子把周围的人都逗笑了。但是你疯舅舅没有笑。他一把抢过你手里的报纸，说报纸不能看，报纸上的话都是假话，报纸是骗子。"

"我一点都不记得了。"我说。

"你气鼓鼓地盯着他，一点也不怕。"我母亲说。

"我真是一点都不记得了。"我说。

"我骂了他。我要他不要缠着你。"我母亲说，"可是他没有理睬我。他弯腰将手上的小房子递给你。他说那是一个

'空巢'。他说那就是你将来的家。"接着,他做了一个很吓人的表情,他把你吓哭了。"

"他说'空巢'?"我以为我听错了那个词。

"是的。"我母亲说。

"我还以为'空巢'是刚刚时髦起来的新词呢。"我说。

"不是。"我母亲说,"对你不是。对我们不是。对你疯舅舅更不是。"

"我真是一点都不记得了。"我说。

"你还是没有怕。你问他怎么会知道那就是你将来的家。"我母亲说,"他说他是疯子,疯子什么都知道。我又骂了他。他还是没有理睬我。他说他还知道你将来的头发会要掉光,牙齿会要掉光,记忆会要掉光。"

"我气坏了,操起用来给你晒衣服的竹竿朝他扑打过去。"我母亲说,"这就是你记得的了。"

我低下了头。那散发着田园风味和家庭气息的场面又重新出现在我的头顶上。我很感激我母亲,感激她的记忆没有掉光,感激她将我带到了用来命名我现在的身份和生活的那个词的源头。我母亲始终没有看着我。她好像不知道自己正在与我说话。她好像只是我在极度的恐慌之中出现的幻觉。重新抬起头的时候,我已经看不到我母亲模糊的侧影了。我继续固执地盯着让我感觉陌生的沙发。五年前,我母亲就是坐在沙发上去世的。当时我们正在一起看一部很流行的韩国电视剧。她突然打了一个很响的嗝,然后就断气了。这五年之中,我经常梦见她。尤其在早上快醒来的时候,我会做许多稀奇古怪的梦，我母亲就经常出现在那些梦里。我们会在梦里交谈，就像刚才那样。但是，我从来没有在大白天"看见"过她。我妹妹"看见"过她很多次。每次她都会来电话告诉我，每次我都不相信，都会笑她"活见鬼"。

我母亲的出现让我的状况有了明显的缓解。这让我想起医生们这些年来对我提醒。他们总是提醒我身边应该有人陪伴（这与公安人员刚才的顾虑正好相反）。他们不提醒我也很清楚：身边有人陪伴既是生理上的需要，也是心理上的需要。但是直到刚才，直到我"看见"了我母亲，我才真正体会到了这种陪伴的神奇的力量。我的情绪稳定下来了。我的体力恢复起来了。我平静地站起来。我平静地看了一眼平静的便池。我平静地擦了擦没有污垢的屁股。我平静地系好裤子。我感觉自己已经可以出门了。我必须尽快行动，因为公安人员正在看着我，犯罪分子也正在看着我。我必须尽快行动。我平静地走出洗手间。我没有忘记将洗手间的门拉上。不在洗手间里面的时候，我一定会将洗手间的门关好，因为我不愿意面对自己的难堪和失败。

我称自己是"空巢"老人，尽管我知道自己的情况与小区里其他的"空巢"老人并不一样。小区里的大多数"空巢"老人都是老两口住在一起，也就是说身边都有人陪伴。他们不少人的孩子也住在我们的城市里，周末通常就会有三代人的团聚。他们中有一些人的兄弟姊妹也住这座城市，经常来往走动。而我不同，我不仅孩子们都已经远走高飞，老伴也已经撒手人寰，我仅有的妹妹也住在千里之外的北方。没有亲人陪我过周末，甚至没有亲人与我一起过春节。按照老范的说法，我属于"真空"级的"空巢"老人。我已经在这"真空"的状况中生活将近五年了。医生说过房颤患者中风的可能性很大，有谁计算过有房颤症状的"空巢"老人中风的可能性吗？我不愿意在定期存单上用自己的名字，因为我已经不敢去预期生命的长度了。最近一段时间，我在与我儿子通电话的时候都很想知道他下次什么时候回来。他总是说还没有安排，还没有安排。等他有安排的时候，我还在这个世界上吗？我已经有三年没有见过我儿子了。我不想做八十岁生日的一个重要原因，就是我儿子和我女儿都明确地表示过他们不会有时间回来。

　　我走到沙发的跟前，弯下腰，摸了摸刚才我母亲坐过的地方。我很感动她曾经为我的"将来"而生气。我更感动她为我的"现在"而出现。很清楚，我母亲的故事并没有结束，她关于"空巢"的词源还有很多话可说，还有很多话要说。但是我必须出门了。她的消失是对我的提醒。

　　我的那三本活期存折都放在床头柜抽屉里（压在我的病历本的下面）。我检查了每一本存折上的余额，与我在小本上登记的基本一致（百位以下的数字我没有登记）。接着，我取出压在衣柜中间一格左侧那一叠衣服下面的信封，那里面有我留着应急用的五千多元储备金。我将记录绝密账号信息的纸条塞进信封，将信封与三个存折一起放进平时提着出门的小布袋里。我的乘车卡、身份证和装零花钱的小钱包就长期放在这个小布袋里。我将小布袋折叠了起来，这样，我就可以将它紧紧地抓在手里,比平时那样提着感觉要安全许多。

就在我正准备出门的时候,刺耳的电话铃声让我打了一个寒颤。我恐慌地退回来,迅速将房门关上。我相信那又是顾警官打来的电话。他一定会要批评我行动的迟缓。我紧张地拿起话筒,里面传来的却是我儿子的声音。这让我更加恐慌。"怎么是你?"我警惕地问,"你怎么会在这时候来电话?"我们之间有七个小时的时差,现在还是他的凌晨。但是,我的意思显然不是"这时候"对他不合适,而是对我不合适。一场恶战已经迫在眉睫,"这时候"是最敏感的时候。"这时候",对自己的亲人尤其要保持高度的警惕,绝不能走漏了任何风声,否则就像顾警官说的那样,"后果不堪设想"。

"我不知道为什么整个晚上大脑都非常亢奋,一直就没有睡着。"我儿子说。

我平时总是很愿意与他说话,但是"这时候",我提醒自己最好是什么都不要说。

我儿子应该没有注意到我的异常。他接着问我在睡不着的时候,会想些什么。

我还是什么都没有说。我只想赶快挂断这个来得不是时候的电话。

我儿子有点不太高兴。"你怎么不说话啊?"他问。

"你这时候也不应该说话。"我说,"说话会让大脑更加亢奋。"

"但是我很想说话。"我儿子继续说,"随便跟我说点什么吧。"

"你要赶快睡觉。"我说,"不然白天你会没有一点精神的。"

我儿子不肯放弃。他继续说:"比如告诉我你现在正准备做什么。"

这是我和公安人员之间的绝密,我心说,我怎么能够告诉你呢?"你还是赶快睡觉吧。"我固执地说。

我儿子终于泄气了。他迟疑了一下之后,挂断了电话。

顺利地克服了行动中的这个重要障碍之后,我马上就出门了。在锁防盗门的时候,我提醒自己这次出门与早上那次出门的性质完全不同,与我一生中任何一次出门的性质也完全不同。我提醒自己必须保持高度的警惕,但是又要显得若无其事,不能暴露任何的蛛丝马迹。

经过门厅的时候,我故意将脸侧向一边,以免与保安有视线的接触。没有想到保安居然主动地喊了我一声,并且问我为什么"又"出门。糟糕!我的心又揪紧了一下,怎么刚出门就已经暴露?我没有将脸完全侧过来。我还是不愿意与保安有视线的接触。我怕他看出更多的问题。我怕他提出更多的问题。"我要去邮局寄信。"我敷衍地说着,快步走出大楼。可是没走出几步,我又听到保安在喊"阿姨"。"邮局这几天在装修。"他接着大声说。我不知道我们小区的邮局这几天在装修。"我去大邮局。"我敷衍地说,头都没有回。我觉得保安的表现有点反常,他平常没有这么热心。我不会忘记顾警官的提醒,我必须保持高度的警惕。

我抬头看了一眼迷迷蒙蒙的天空。与第一次出门的时候相比,现在的空气状况更加糟糕了。清早的天气预报说今天的空气状况是"中度污染"。很多人对这种状况已经很满足了。刚才在菜市场里,我就听见两个中年妇女用庆幸的口气说今天"只是"中度污染。可是我受不了。如果不是因为要配合公安机关的活动,我是不会"又"出门的。

我故意避开了来往的人比较多的那条路,从侧门走出小区。我平时总是在小区正门边的那家工商银行办理储蓄手续。那里大部分的工作人员对我都非常熟悉。他们不仅都知道我是孤寡的"空巢"老人,还知道我女儿住在纽约,我儿子住在伦敦。他们也知道我每个月的退休工资是多少,甚至我每个月的水电费和管理费是多少。即使那里没有犯罪集团安插的"内鬼",我突然将存款集中起来,转到一个外地的账户上,肯定会引起他们的注意。顾警官早已经为我想到了这一点。他提醒我要尽量避开熟人就是这个意思。

汽车站离小区的侧门不远。我决定坐汽车去那家新开的购物中心里。报刊零售亭的小李有一天告诉我那里的工商银行比我们小区正门边那一家的人少得多。

我一下公共汽车就有点后悔了,因为购物中心有很多的入口。而进到购物中心之后,我就更加后悔了,因为那里所有的路都好像可以互相连通。我费了很大的劲才找到了那家工商银行。那里的人的确比我们小区正门边的那一家要少得多。我稍稍感到了一点安慰。我从机器上取了号之后,准备在最后那排椅子上坐下。猛然间,我发现老范竟坐在前三排的位置上。我的身体立刻像触了电一样弹了起来。我慌慌张张地走了出去。我一直朝前走,不敢停下,也不敢回头。

老范是邻居里与我说话最多的人。我喜欢他的豁达和幽默。那是我自己永远也不会有的豁达和幽默。世界上好像没有什么事情能够让老范失去他的豁达和幽默。举一个小小的例子:那天老范刚从医院回来,他笑呵呵地告诉我,他刚从医院回来,他也被查出了有房颤的症状。当医生告知我有房颤症的时候,我马上想到的就是"生命危险"。而老范不是。他首先想到的是"房产"。他对医生说他"宁愿有房颤,不愿有房产",因为房颤没有人会争,而房产人人都要争。他的话把医生逗乐了。如果老范也突然从公安人员那里知道自己"已经卷入了犯罪集团的活动",他会怎样反应呢?

我在购物中心转了整整二十分钟。我走过了一家一家的名牌店。我从来没有走进过这些名牌店。它们标新立异的橱窗已经让我失去了勇气和兴趣,已经让我强烈地感到了自己与世界之间的距离……准确地说,不是距离而是对立。我现在经常想,如果我的生活是现实,那么世界就是梦幻;而如果世界是现实,我就是生活在梦幻之中。从名牌店的橱窗前走过,这种对自己和世界的怀疑会迅速达到极点。我突然想起了古典小说里的"太虚幻境"。对我来说,充斥着名牌店的购物中心就是我们这个时代的"太虚幻境"。那些昂贵的时装,那些昂贵的提包,那些昂贵的内衣……我有一次听一位邻居抱怨说她的儿媳妇花两千元买了一件名牌的胸罩。她说她自己一辈子用过的最贵的胸罩也只花了三十五元。我的情况也差不多。我用过的最贵的是小雷鼎力推荐的那种能够预防乳腺癌的胸罩，打折之后也只花了七十五元。

我相信二十分钟应该足够老范办完事离开了。在这二十分钟里，我不停地看着手表。我还几次将小布袋打开：哪怕我将它牢牢地抓在手上，我还是担心里面的存折和现金的安全。刚才在公共汽车上我也两次打开小布袋，确认存折和现金的安全。其实我知道，存折在我的手里，并不意味着我的存款就安全。顾警官告诉过我，犯罪分子随时都可能用高技术的手段将存款分文不剩地划走。我最后那五分钟是在购物中心的超市里打发的。与那些空空荡荡的名牌店不同，超市里的人很多，超市门口结账的队伍很长，这是让我感觉真实和亲切的场面。但是，查看了商品的价格之后，我的那种感觉马上就烟消云散了。同样的一盒醪糟，在小区的超市里只卖六元，在这里却要卖九元八角。这乌嚷嚷的超市仍是"太虚幻境"。我不安地从超市走出来，朝银行方向走去。我突然想起了那两位向我强力推荐理财产品的业务代表。她们想让我知道定期存款有巨大的风险。"看这物价，看这物价。"她们情绪激动地说，"等存款到期的时候，你会发现它什么都买不了了。"但是，她们为什么要推荐我买那种风险更高的保险呢？我完全听不懂她们说的那些术语和她画的那些图表。我说过我最大的愿望就是"保本"。我差不多是被她们逼着在那份保险单上签了字。我记得签完字之后，那位银行业务代表不停地称赞我有眼光、有魄力,跟得上飞速发展的时代。可是我在得知那份理财产品已经缩水百分之五十的当天去找她的时候,她的态度完全变了。她说她之所以推荐我买那种产品是因为她自己也买了。"有什么办法呢,"她叹着气说,"这只能怪我们生不逢时啊。"

在接近银行的时候,我猛然注意到老范正在迎面走来。我已经躲不开了,我尴尬地停下来。老范举起手里的一个报纸小包,说他刚从银行取钱出来。"你怎么到这么远的地方来取钱?"我紧张地问。"这家银行不怎么要排队。"老范说。接着,他问我来这里做什么。"我来随便看看,"我说,"这家购物中心开张这么久了,我还从没有来过。"我不敢看着老范。我怕他看出我的心烦意乱,也怕他看出我在撒谎。幸好老范看到的只是表面,他说我的气色看上去很不好,他问我为什么。我继续撒谎说昨天又失眠了整整一晚上。老范笑了笑,说他现在倒是很想失眠,因为他发现了一个奇怪的规律:他发现他失眠的程度与第二天的空气污染指数成反比。也就是说,他前一晚的睡眠状况越差,第二天的空气状况就越好。他说他宁愿通过牺牲自己来造福人类。"可惜我现在已经不怎么失眠了。"老范望了一眼窗外,说,"你看这空气。"我也敷衍地将脸侧了过去。"好在我们老了,活不了多久了,很快就不会再受这'气'了。"老范说着,靠近了我的身体。我很紧张地将身体往后仰了一点。"我估计,"老范用很神秘的口气说,"地狱里的空气污染指数比这里都要低。"我知道他这句话的真实意义,因为老范好几次对我说过他自己不是好人,将来肯定要下地狱。但是这时候,我没有一点兴致欣赏他的豁达和幽默。幸好老范也要急着回家去,他说他约好了要与他的妻子在网上聊天。他的妻子现在在洛杉矶照顾他们的外孙女。"这里没什么好看的,"老范最后说,"这不是我们这种年纪的人来的地方。"

等老范完全从我的视野中消失了,我才走进银行。我的号刚刚过去。站在取号机边的那位银行工作人员很客气地要我坐下,她说我不必重新取号排队了。然后,她与柜台里面的工作人员说了几句什么。我非常紧张。我不知道会要发生什么事情。我不希望受到特殊的关注。但是,我又不敢多问。好在没有多久,我就听见报我的号码了。我紧张地走近指定的窗口。我无法辨认窗口里那个戴眼镜的工作人员是不是"内鬼"。我让她先将用我儿子和我女儿名字开的那两本存折上的存款转存到用我的名字开的存折上。根据顾警官的指示,我在两本存折上都留下了一百五十元。将存款集中的过程进行得非常顺利。犯罪分子还没有来得及将我的存款转走,这让我松了一大口气。

"还需要办理什么吗?"工作人员心不在焉地问。接着,她用左手的小手指掏了一下耳朵。

我的心跳开始加速。我暗示自己一定要顶住。如果这时候发生眩晕甚至休克,整个的计划就会彻底暴露,犯罪分子就会抢在我们的前面。我从小布袋里取出装现金的信封,从信封里取出那张记录绝密账号资料的纸条。我将信封和纸条以及我的身份证递进窗口。我说我需要从我的存折上取出差不多十二万五千元，与信封里面的钱凑成十三万元，转到纸条上的账号上。

表情木讷的工作人员注意到了绝密账号是异地账号。她说异地转账需要手续费。我开始有点不太舒服，问她为什么同行转账还需要手续费。她冷冷地说同行异地转账也需要手续费，这是他们的规定。她还没有说完，我就责备起自己来了。我不应该纠缠这样的枝节。顾警官已经提醒过了，我们绝不能"因小失大"。我马上告诉她没有关系，直接从存折上扣除手续费就好了。

转账凭证做好之后，工作人员将它递过来，要我签字。我这时候才注意到自己忘记带眼镜了。幸好柜台上有一副备用的眼镜，它对我有点浅，但是比不戴要好得多。我签好字，将转账凭证推进窗口。就在我紧张又兴奋地期待着转账成功的时候，"内鬼"果然显形了。坐在最靠边窗口后面的那个年轻人突然站起身，走到他的同事身旁。他看了看那张记录绝密账号信息的纸条，又看了看我刚签好的转账凭证。他突然用很严肃的口气问我是不是与户主相识。我没有让他看出任何破绽。"当然认识。"我肯定地回答说。同时，我对顾警官的预见力充满了敬佩。

"内鬼"在他的同事耳边嘀咕了一下。她站起身来。她让我等一下。然后，她拿着转账凭证和我的身份证走到隔断后面的办公室里去了。

我意识到决战的时刻即将到来。这不仅是保护我的财产的决战，也是保护我的荣誉的决战。这是只能胜利不能失败的决战。我的心跳已经开始紊乱,但是我的大脑还是比较冷静、比较清晰。我调整了一下自己的呼吸。我提醒自己一定要保持情绪的稳定。

我第四次看表的时候,工作人员与她的主管一起从隔断后面走出来,走到窗口前。主管手里拿着转账凭证和身份证。她对着身份证看了看我,又问了我刚才那个"内鬼"问过的问题。

她也许是更大的"内鬼"?我提醒自己保持高度的警惕和稳定的情绪。"当然认识。"我还是用很肯定的口气说,"我们是多年的老同事。"

主管与她的下属交换了一下眼色。"这可不是一笔小数目,"主管说,"相当于两三年的退休金了吧。"

"他等着这笔钱急用。"我肯定地说,"他说到年底就能还我。"

主管又拿起我的存折,翻开看了一眼。"你肯定你认识他吗?"她又很随意地问了一遍。

"你们问过多少遍了?"我用很不耐烦的口气说,"不认识我怎么会借钱给他?!"

主管将转账凭证和我的身份证及存折放到桌上。"我们只是怕你上当受骗,"她说,"现在的骗子实在是太多了。"

我意识到胜利已经在望。"我的老同事怎么会骗我!"我说。我的口气还是显得很不耐烦。

主管对她的下属点了点头,然后转身走了。

希拉里、密和、我（节选）

开始的开始

那是我在蒙特利尔经历的最奇特的冬天。那也是我在这个世界上经历的最奇特的冬天。离开蒙特利尔已经一千九百五十二天了……直到现在，那个冬天围绕着皇家山所发生的一切都还是让我感觉难以置信。每当它们在睡梦或者幻觉中重现的时候，我总是会突然被最无情的疑问惊醒：这会是真的吗？这会是真的吗？这会是真的吗？……我痛恨这如同绝症一样的疑问，因为它想将我与那不可思议的冬天割裂，因为它想将我与那不可思议的激情割裂。每次从睡梦或者幻觉中惊醒，我都会因为这残暴的割裂而感觉遭受了至深的伤害。

按照蒙特利尔的标准，那只是一个非常普通的冬天：它开始于十二月下旬，结束于三月上旬，持续的时间并不是特别长。而在那不到三个月的时间里，一共只发生过四次雪暴，零下二十度的日子也屈指可数，就是说它也并不是特别冷……可就是在那样一个非常普通的冬天里，生活向我打开了那一扇从来没有打开过的窗口，那一扇永远也不会再打开的窗口。我至今都觉得我通过那窗口看到的风景难以置信。

　　我现在相信，所有那一切都起源于我妻子的死。在最后的那些日子里，我对她的感觉发生了颠覆性的变化：她已经面目全非的身体每天都让我感到恶心，甚至是极度地恶心。她已经忍无可忍的痛苦每天都让我感到恐惧，甚至是极度地恐惧。是的，我仍然在精心地呵护着她。但是我非常清楚，这"仍然"完全是出于冷漠的理智，没有任何情感的温度。我已经不再将她当成是与自己共同生活过二十三年的女人了。她只是一副还存留着微弱知觉的骷髅。我完全是凭着冷漠的责任感抓紧了她的手。她最后一次昏迷的时候，我已经没有任何惊慌了。我叫醒了刚刚躺下的女儿。我问她还要不要拨打急救中心的电话。"你说呢？"她用很虚弱的声音反问我。我知道她也已经疲惫不堪了。我知道她的意思是说打或者不打都已经没有什么实际的意义了。"那还是打吧。"我凭着冷漠的责任感说。

　　前来急救的医护人员十五分钟就到了。我妻子在他们到达之后八分钟就停止了呼吸。

　　我妻子是在一年一次的免费常规体检中发现自己身体的异常的。复查的结果证实她的胰腺癌已经进入中期。从发现异常到停止呼吸，我妻子只用了不到七个月的时间。前面的四个月，她的情况比较稳定。在化疗开始的那一段时间，我妻子不仅力图保持情绪的稳定，还力图保持生活节奏的正常。她甚至还坚持到便利店来帮过几次忙。但是进入新年之后，她的状况迅速恶化。那天清早她在洗手间晕倒之后，我们第一次拨打急救电话，将她送进了医院。接下来的一段时间，她的体重每天都急剧下降，她的情绪每天都激烈波动，她每天都被忍无可忍的疼痛折磨得死去活来。

　　从我妻子住院的当天起，我就将便利店完全托付给了那位一直想买我们便利店的朋友，全天在医院陪护。整整六个星期很快就过去了。在二月的最后那个星期一，她的医生告诉我，进一步的治疗已经没有任何意义。我们就将她接回到了家里。我妻子当然知道那意味着什么。但是，她很高兴能够回到家里，最初几天的精神状况比在医院里有明显的好转。每天中午，有一位护士会过来查看病情的发展。还有一位信教的朋友每隔一天会过来为她做祷告。那位朋友每次都要求我跟她一起为我妻子做祈祷。尽管我和我妻子都不是基督徒，她相信我们同样可以通过祷告来减缓身体和心灵上的痛苦。我必须承认，我的祈祷不仅一点都不专业，也一点都不专一。在祈祷主为我妻子减轻痛苦的同时，我更多的是在为自己祈祷。我祈祷主将来在接我走的时候一定不要再这样犹犹豫豫。我绝不愿意遭受我妻子遭受过的煎熬和折磨。从接我妻子回到家里到在死亡证明书上签字，我只用了不到三个星期。

　　我妻子的死亡对她和我都应该是一种解脱。与这死亡相比，我在三个月之后经历的另一次死亡对我来说就是纯粹的折磨了。那是无法用死亡证明书来证明的死亡。那是我与我女儿关系的死亡。其实，在我女儿进入中学之后，我们的关系就已经出现了明显的症状：她对我的依赖和依恋越来越少了，她与我的交谈和交往也越来越少了……对生日的态度就是一个重要的标志：在进入中学之前，每次她过生日，她都会盼望着我给她的礼物，而每次我过生日，她也都会送给我一张自制的贺卡。但是在进入中学之后，我女儿不仅不再期盼我的礼物，也不再记得我的生日了。而到她高中毕业的时候，我们的关系就已经进入了垂死的状态：她没有根据我的意愿去选择大学，也没有根据我的意愿去选择专业。尽管如此，我对我们关系的死亡并没有心理准备。我知道她不打算根据我的意愿在读完本科之后继续深造，争取更高的学位。她想马上工作，而且想到远离蒙特利尔的地方去工作。但是，这并不一定就意味着我们的关系马上就会夭折啊！她没有得到多伦多和温哥华的工作。她沮丧的表情让我偷偷高兴了四天，也只让我偷偷高兴了五天。第五天晚上，我刚进家门，我女儿就告诉我，她收到了她申请的唯一一家蒙特利尔公司的录用通知。我还没有来得及表达对她的祝贺，她接着说，她已经在办公室附近找到了一个住处，马上就会搬出去住。这是我完全没有心理准备的决定。"你为什么一定要搬出去住呢？"我着急地问。"因为我想。"我女儿冷冷地说。她在接下来的那个周末就搬走了。那是比我能够想象到的要激烈得多的行动。我女儿不仅是从我的身边搬走了，还从我的生活中搬走了：在随后的四个月里，她既没有给我来过一次电话，也没有接过我的一次电话，她甚至没有回复过我的一次邮件，她甚至连她新的住址都没有告诉我……我终于失控了。在最后一次邮件里，我愤怒地写道："作为你的父亲，我至少有权知道你现在是死是活。"我以为我的愤怒会刺激她马上给我回复，让我知道她还活着。我苦苦等待了十天。那是比等待我妻子的死亡还要痛苦的等待。那是让我对自己的死活都失去了感觉的等待。第十天的傍晚，我在超市里遇见了她中学时代的一个同学。我问她与我女儿最近有没有联系。我没有想到她的回答会那样肯定。她说她们"昨天"还在一起吃过晚饭。这回答首先让我兴奋，因为我知道她到昨天为止还活着，接着我又感觉备受羞辱，因为我与她的关系现在还不如她一个中学时代的同学。我不需要再等她的回复了。我知道，尽管她现在可能还活着，我们的关系却已经死去。

一个月之后，我卖掉了我们的便利店。这对我是具有浓厚象征意义的交易。它意味着告别，也意味着结束，甚至还意味着逃离。它也可以说是我紧接着经历的另一次死亡。其实在我妻子的复查结果出来的那一天，我就想到过要卖掉我们经营了十三年的便利店。我想到的不仅是自己要集中精力来陪护她，还想到这突如其来的结果其实是一个提醒：它提醒我们人生苦短，应该用更多的时间去享受，而不应该没完没了地工作。但是，我怕我妻子误解了我的意思，将我的想法当成是对她的宣判。在她住院之后，卖掉便利店的想法又一次被我女儿提了出来。她也提到了复查结果是一种提醒。她说我们不应该再像从前那样过着起早贪黑和省吃俭用的生活了。我心里完全赞同，嘴上却强烈反对。我对她说，如果马上卖掉便利店，她母亲的病情肯定会立刻加重，因为她母亲将便利店看得比自己的生命还重。

接着，我又经历了另一次同样是具有象征意义的死亡。

在圣诞节前的两个星期,我卖掉了我们已经住过将近十年的房子,搬进了位于皇家山西面"雪之侧"路边的一幢高层公寓。那是一幢有四十八年历史(也就是与我同年)的公寓。我选择在那样的淡季卖掉房子是因为不想在它里面孤独地过圣诞节和我妻子的诞辰日(她的诞辰日在圣诞节之后的一天)。而我看上那幢公寓的一个重要理由就是它离我妻子的墓地非常近,我每天都可以散步从她的墓碑前经过。

搬进新居之后,我又试着给我女儿打过几次电话,她还是一次都没有接听。最后,我只好通过电子邮件将我已经搬家的消息和我新的地址告诉了她。我在邮件里希望她能在她母亲诞辰日那天上午回来,我们可以一起去为她的母亲扫墓。我女儿没有回复我的邮件,但是,在她母亲诞辰日那天上午十一点钟,她走进了我的新居。那是她搬离我的生活之后我们的第一次见面。我想领她参观一下我的新居,她显得没有一点兴趣,我就只好放弃了。我们在客厅里坐了半个小时。我首先差不多是强迫她接收了新居的备用钥匙。我觉得留一套钥匙在她那里非常必要,而她却觉得没有任何必要。接着,我问她工作情况怎么样。她说不错。接着,我问她住的情况怎么样。她说很好。接着,我问她下班回来还要自己做饭,会不会感觉很辛苦。她说还行。最后我问她为什么一直不接我的电话也不给我打电话。她说太忙。我没有办法得到更长的回答,感觉极为失望。然后,我们一起去墓地。我对着墓碑鞠躬的样子在她的眼里似乎非常可笑。她默默地走到墓碑前,伸出右手抹去了墓碑顶上的积雪。我问她是不是梦见过她母亲。她回头看了我一眼,没有回答。我又问她是不是还记得她母亲做的牛腩煲。她没有回头也没有回答。我接着问她,在她母亲去世之后,我一次都没有梦见过她,这是不是有点奇怪。她还是没有回头也没有回答。我非常失望。这时候,我女儿告诉我,她还约好了一位同事中午去逛街。我看了一下表,我们在她母亲的墓碑前待了还不到二十分钟。我很想说服她多待一会儿,但是又没有开口。

我女儿在墓地的门口就想与我分手。这一次,我没有妥协。我坚持陪她走到了地铁站,尽管她一路上都没有怎么跟我说话。在入闸口分手的时候,我告诉她,我希望她能够经常回家来看看。她说她真的很忙,差不多每天都要加班。她不假思索的回绝对我是更大的打击。"我从来没有像现在这样感到过孤独。"我几乎是用哀求的语气说,"我有时候都想离开这里,甚至离开这个世界。"不知道是我的语气还是我的语言触动了我女儿,她站在闸口的另一侧停了一下,脸上显出了不安的表情。但是,那不安很快就消失了。"不要整天闷在家里。不要总是去想过去的事。"她冷冷地说完,转背走了。我还想再哀求一次,却又什么都说不出来。我绝望地看着我女儿的背影,很想她在下站台之前能够回过头来再看我一眼。她没有。

一阵强烈的酸痛穿透了我的身体。我的眼眶顿时就湿透了。你为什么不回头看我一眼?你为什么不问我任何问题?你的回答为什么都那样短促?……难道这些都必然是成长的标志吗?一连串的问题激烈地翻腾在我的脑海中。我想起那一天我在那位台湾邻居面前对我女儿的抱怨。我说我正在成为李尔王那样的"弃父",正在面对新一轮的"身份危机"。好心的邻居劝我不要给自己强加过度的"危机感",她说我女儿的表现很正常,她说现在的孩子都这样。我无法接受这样的"很正常"和这样的"都这样"。我很孤独。我很绝望。我想离开这里,甚至想离开这个世界。

等我女儿完全从我的视野中消失,我才含泪转过身来。关于那个最奇特的冬天的故事也许就应该从这个瞬间开始,因为刚转过身来,我就注意到了那个东方少女。她的年纪应该跟我女儿的不相上下,她的个头跟我女儿的也非常相似。她站在两个通道交汇处,正在为选择出口而犹豫不决。我立刻意识到这是对我的一种补偿。我走到她的跟前,问她想要去哪里。她说想去皇家山顶上的观景台(那是可以俯瞰蒙特利尔城区的著名景点)。"你跟我走吧。"我说,"我走的正好是那个方向。"她充满信任地接受了我的建议。这对我是一种更大的补偿。与刚才陪我女儿来的情况正好相反,我们一路上有不少的交谈。她告诉我她来自韩国的釜山,父亲是银行职员,母亲是小学老师。就像我女儿一样,她也是夏天刚从大学毕业。她一直觉得自己的英语不够好,这次报名参加了麦吉尔大学继续教育学院为期三个月的英语补习班。她昨天刚来到蒙特利尔。她想趁学校还没有开学,抓紧时间参观城市里的旅游景点。我好奇她为什么会选择在冬天来蒙特利尔。她说她就是冲着蒙特利尔的冬天而来的。她说冬天是她最喜欢的季节。这要归功于她父亲或者说要归功于维瓦尔第。

她说她的父亲是一位优秀的业余小提琴手。他特别喜欢拉维瓦尔第《四季》中的"冬季"。她说那一段神奇的乐曲是她和她父亲之间的精神纽带。她的这一段话立刻引发了我很深的内疚。为什么我和我女儿之间就没有这样的"精神纽带"呢？我不知道这种缺失是我自己的错还是我女儿的错。除了阅读，我没有其他方面的爱好和专长，而我女儿喜欢的是数字而不是文字。在阅读方面，她稍微有点兴趣的是我最不感兴趣的侦探小说。

我在我住的公寓大楼门口停下，与给予我很大补偿的韩国学生告别。我告诉她，顺着马路对面的那条小路一直往前走就可以走到皇家山顶了。韩国学生浅浅地对我鞠了一躬，她说幸亏遇见了我，不然她一定要走许多的弯路。她感激的言辞和举动激起了我深深的满足感。我目送她横过马路，我目送她渐行渐远……我的心情与刚才在地铁站里看着我女儿的背影渐行渐远时的心情完全不同。深深的满足感让我决定一直要看着韩国学生的背影完全消失。我完全没有想到，那个冬天里的第一个奇特的场面会在那背影即将消失的时候出现：在小路尽头拐弯处那家鲜花店的门口，韩国学生突然转过身来，向我举起了双手。她怎么知道我还在看着她？这有点不可思议。她好像是知道我刚才在地铁站里对我女儿背影的期待。她好像是想满足我的那种期待。我也对她举起了双手。我很激动。韩国学生继续高举着双手倒退着走。我也等她完全消失在鲜花店的后面才将手放下来。就在这时候，我突然产生了一种奇怪的感觉。我觉得那个韩国学生刚才转过身来举起双手并不是向我做最后的告别,而是在向我提出新的请求。这奇怪的感觉推着我跑过了马路,又推着我沿着那条小路跑向了鲜花店,跑过了鲜花店,又一直跑到了韩国学生的身边。"我其实还应该再陪你走一段。"我不太好意思地说。韩国学生充满喜悦的表达让我充满了喜悦。

我已经有将近十年没有在冬天的时候走进过皇家山了。刚来蒙特利尔的那些年里,我女儿总是盼望着冬天的到来,因为她非常喜欢在皇家山上的露天溜冰场溜冰。皇家山上有两个露天溜冰场。海狸湖边的人工溜冰场几乎在整个冬天都会开放。而到了严冬,有人工溜冰场四倍那么大的海狸湖本身也变成了溜冰场。节假日里一起在皇家山上溜冰不仅是我女儿的享受,也是我自己的满足。尤其当我们手拉着手在海狸湖上溜冰的时候,我总是有一种很神圣的感觉,感觉我女儿永远都不会与我分离,永远都需要我的呵护。这时候,我对生活的热爱会迅速膨胀到极值。但是,我女儿的变化一个接着一个出现了:她开始是不愿意我拉着她的手溜冰了,她后来是不再让我陪着她一起去溜冰了,她最后是自己也不愿意去溜冰了。

我一直将韩国学生带到了海狸湖边。事实上应该反过来说,应该说是那个韩国学生将我带到了海狸湖边。没有她在地铁站的意外出现,肯定就不会有我在严冬的海狸湖边的重现。面对意想不到的山景,韩国学生发出了一声韩国味很重的惊叹。我也在心里悄悄地发出了一声惊叹。我惊叹十年之后又能面对自己曾经非常熟悉的景观。我惊叹生活就好像是重现的幻觉或者幻觉的重现。

海狸湖还没有作为溜冰场开放。我在湖边的小路上为韩国学生从不同的角度拍了三张照片。然后,我们一起来到了人工溜冰场的旁边。韩国学生好奇地打量着溜冰的男女老少。而我还在继续惊叹着生活和幻觉。这时候,韩国学生突然转过脸来,问:"你会溜冰吗?"她的问题激起了我淡淡的伤感。我说我会。接着我又说,不过我已经将近十年没有溜过了。我完全没有想到,那个冬天的第二个奇特的场面会在这时候出现。

"那我们一起来溜冰吧。"韩国学生说。

我深深地颤抖了一下,感觉她的建议有点难以置信。

"我们一起来溜冰吧。"韩国学生重复了一遍她的建议。

我们马上走进名为"海狸湖阁"的服务站里租鞋换鞋。韩国学生动作非常敏捷,很快就换好了冰鞋,站在一旁等我。这与我女儿当年的情况正好相反。当年,总是我先换好了鞋之后在等着我女儿。"你为什么十年没有溜过冰了?"韩国学生问。

她的问题激起了我更深的伤感。"因为我女儿长大了。"我说。

韩国学生好像马上就理解了我的意思。她微微地低了一下头,然后又看着我问:"她多大了?"

"应该跟你差不多。"我说,"她现在都不愿意回家来看我了。"

韩国学生没有再多说什么。她等着我换好鞋之后,与我一起走进溜冰场。她很快就完全适应了溜冰场的气氛,彻底放开了她的身体。她溜得非常漂亮,不仅倒溜和顺溜转换自如,甚至还能做漂亮的跳跃和旋转。而且她每次从我身边溜过的时候,都会很开心地跟我打一声招呼,让我感觉十分温馨。我自己花了很长的时间才勉强适应溜冰场的气氛。这一方面是因为十年的隔膜,更重要的是因为我的注意力一点都不集中。我不断地停下来观赏着韩国学生轻松自如的表现,又不断地回忆起我与我女儿当年在溜冰场上的场面。同时,我还在继续惊叹着生活和幻觉:我怎么也不会想到自己会在十年之后又重新回到皇家山的露天溜冰场上,而且是用这样一种奇特的方式。这种惊叹让我在走出溜冰场的时候突然产生了一种奇特的冲动。我想这应该不是结束,而是开始。我想以后每天都来皇家山上溜冰,而且是每天清早起床后就来,而且要坚持整个的冬天。这是一种多么奇特的仪式啊!我想用这奇特的仪式驱散已经令我忍无可忍的孤独和空虚。

换好鞋之后,我指给韩国学生看通往观景台的山路。她说她已经感觉有点疲劳了,加上天色也已经昏暗,拍照的效果肯定不好。她想还是跟我一起下山,以后再去那里参观。"我正好还可以再多练习一下英语。"她说。我隐隐感觉她是有意想陪我下山,心中充满了欣慰。

一路上,韩国学生谈起了她儿童时代学习溜冰的一些经历。她说有时候她父亲会一边拉着小提琴一边看着她溜冰。她说那真是很奢侈的享受。我继续在暗暗地羡慕她有一个那样的父亲,也羡慕那个父亲有她这样一个女儿。在我住的公寓大楼前，我犹豫了一下，说我可以再陪她一段，陪她到地铁站去。她显得非常高兴，说："我们正好可以在相遇的地方分手。"接着，她谢谢我为她花了那么长的时间，而我说我应该谢谢她，因为她让我找回了溜冰的感觉。我也祝福她在蒙特利尔的学习和生活都很开心。我们最后也是在地铁的入闸口分手。但是我看着她走进入闸口的心情与三个小时前看着我女儿走进入闸口的心情已经完全不同。我的心中充满了感激和喜悦。我想看着她走下通向站台的台阶。我没有想到她会突然转身，并且又快步朝我走过来。我更没有想到她会说出那句至今都让我充满感激和喜悦的话。"她会回到你身边来的。"她说，"一定会。"

这应该是那个冬天里的第三个奇特的场面。它更加坚定了我对自己刚才在皇家山上做出的那个决定的信心。回到公寓大楼，我直接去了设在底层的杂物间。上次搬家的时候，我处理了许多从前的物品，但是我特意留下了我自己和我女儿的溜冰鞋。当时我只是想留着它们做一个纪念。没有想到，它们还会重新遭遇皇家山上的真冰。

我整个晚上都没有睡好。我的脑海里交替翻腾着白天奇特的经过以及十年前在皇家山上溜冰的画面。我对自己的重新开始不仅充满了憧憬，也充满了惶惑。我不知道自己能不能坚持每天清早上山的决定。十年前，我只是在节假日的中午或者下午去，而且每次都带着我女儿去。我们在上山的路上总是不停地说着话。我们在换鞋的时候也总是不停地说着话。我们在溜冰的时候也总是不停地说着话。现在，我变成了孤零零的一个人。我真的不知道自己能不能坚持整个冬天都上皇家山的决定。

天刚蒙蒙亮我就起来了。上完厕所之后，我坐在床上读完了那本从波斯语翻译过来的小说。最近半年以来，我给自己规定了每天阅读英语的定量。这种阅读已经成为我与孤独相伴的一种重要方式。现在，我又找到了另外一种方式。这两种方式一静一动，正好是一种补充。我在八点差十分走出家门。像从前那样，我的右肩上背着我自己的冰鞋，左肩上背着我女儿的冰鞋。失眠的影响很快被激动冲淡。我激动地朝着皇家山上的海狸湖边走去。这时候，我当然还不可能知道这个冬天将会是我在蒙特利尔度过的最奇特的冬天。但是，我清楚地意识到与上一个冬天相比，自己与世界的关系已经彻底改变了：我已经不再是一个丈夫，我也已经不再是一个父亲，已经不再是一个业主，甚至已经不再是一个男人……关于那个最奇特的冬天的故事其实也可以从这里开始。

结束的结束

皇家山上的溜冰场在三月的第二个星期正式关闭。在最后的开放日，我也是在日出之前就赶到了那里。服务站的门还没有开，我在门边的长椅上换冰鞋。在准备上场的时候，我突然想起了将我带进这个冬天的韩国学生。她应该已经回国去了吧。我不知道她后来是不是还上过皇家山或者是不是还想起过我们一起上过的皇家山。如果她知道接踵而至的是一个如此奇特的冬天，她一定会像我一样对我们那好像是偶然的相遇充满了感叹。

因为晚上的气温明显回升，而冰场当天的护理还没有开始，冰面上有不少的凹凸，溜冰的速度很难起来。我溜了不到二十分钟就没有什么兴致了。我回到服务站门边的长椅上，茫然地望着覆盖着积雪的海狸湖。也许是因为对结束的伤感吧，绚丽的日出也没有让我感觉特别兴奋。希拉里在传来"遗书"之后就再也没有消息了，密和也已经变成了一叠呈现"碎片化"内容的复印件，整个奇特的冬天也马上就要走到尽头……我突然有一种幻灭的感觉。这种感觉让我马上又想起了"王隐士"问过我的第一个问题。我为什么会生活在这里？这个问题的答案其实一直都在增加。现在，这个最奇特的冬天又让我发现了更多的原因。现在，我会说是因为密和，是因为希拉里，是因为白雪皑皑的皇家山，是因为冰冻三尺的海狸湖……但是，随着冬天的结束，这一切也都会成为过去。我突然有一种幻灭的感觉。我突然觉得我不应该继续生活在这里。这时候，从丛林的深处又传来了啄木鸟啄击树干的声音。那"空"的声音打破了皇家山清晨的寂静，却让我感到了更深的空虚。我突然觉得我不应该继续生活在这里。

在回家的路上，我特意去我妻子的墓碑前，烧掉了我为她写出的真相。我不相信我妻子对事情的经过和我的心理活动有什么兴趣，在为她写出的最后版本里只保留了真相中的一些关键的事实以及我专门写下的那一段忏悔。我的忏悔非常全面：从我一贯的"不负责任"一直忏悔到了我那天的"大声吼叫"。我甚至对我们移民生活中发生的最激烈的争吵也做出了忏悔。那次争吵是因为她坚持要买我们后来一起住了九年的房子而起的。她是无意中看到了那房子正要出售的广告的。她立刻就决定要买。而我从来对买房就没有兴趣，又觉得那房子离我女儿的学校不近，离我们的小店也很远，所以坚决反对。我在忏悔中承认自己没有商业眼光和经济头脑，也解释说自己在她死后将房子卖掉正好是出于对她的尊重、敬佩和思念，与我当时的反对没有任何联系。我一直看着我写给她的真相完全化成了灰烬才离开我妻子的墓地。在走出了几步之后，我突然又想起了刚才在海狸湖边出现的幻灭感觉。我回头看着墓碑，告诉我妻子，我刚才突然觉得我不应该继续在这里生活下去。

没有想到那位台湾邻居的方法如此灵验：在我将真相烧给她的当天晚上，我妻子就没有在我的梦里出现了。这说明我提供的事实满足了她的需求，也说明她接受了我的忏悔。当然最重要的是，这说明她已经原谅了我，"放过"了我。更神奇的是，我妻子也从此再也没有回到我的梦中来过了。这么多年过去了，她再也没有回到我的梦中来过。这灵验也许是那个最奇特的冬天呈现的最后的神奇。在烧掉真相的第二天清早，我精神饱满地睁开眼睛之后马上就做出了结束自己十五年移民生活的决定。

我决定回到已经面目全非的故乡去。我知道我已经不习惯那里的空气和风气。我知道我已经不习惯那里的喜悦和焦虑。我知道，经过这十五年的移民生活，我的故乡已经变成了异乡。或者应该说是我自己已经变成了异客？！上次回去的时候,亲人和朋友们都说我变了,因为我无法理解他们津津乐道或者怨声载道的话题,也无法欣赏他们洋洋得意或者悲悲戚戚的记忆……我也不愿意与他们谈论我自己对故乡的看法和我"在别处"的生活。不,应该说是我们都变了:在这个"全球化"的大时代,在这个信息共享的大时代,我们都变得无法理解对方了,我们都变得以为是对方变了……这荒诞的局面并没有动摇我的决定。我决定回到已经面目全非的故乡去。

回家之后的第一件事就是给我女儿写邮件。我首先将这个决定告诉了她。我并不想让她知道这是我突然的决定,或者是因为在皇家山上无意中听到"空"的声音而做出的决定。我说这是经过了"整整一个冬天"的思考而做出的决定。回看整个冬天,我说的当然就是这个决定后面的真相。接着,我请求她尽快抽时间回来一趟,与我一起做好最后的安排。

我用了将近一个月的时间准备我的彻底离开。这期间,我每天都在等待着我女儿的回复。她的沉默让我非常难受。但是,我也有充分的思想准备。我甚至做好了她可能一直都不回复的思想准备。这期间,我又给希拉里写过两次邮件,还是没有收到她的回复。我已经开始相信密和的假定,但是,我同样继续在幻想着奇迹。这个奇特的冬天里所发生的一切告诉我,在生活中,没有任何事情是不可能的:奇迹随时都有可能出现,什么样的奇迹都可能出现。这期间,我还有与密和的最后一次遇见。那一天,我乘坐橙线地铁经过维多利亚广场地铁站。在列车开动之后,我看见密和正在站台上调整电动轮椅。她显然是刚下车。也就是说，我们刚才坐在同一班地铁上。可是，我们为什么没有坐在同一节车厢里呢？这是出于必然还是出于偶然？我激动地在车窗玻璃上敲了几下，她当然不可能听到，她当然不可能听到。当列车驶进隧道的时候，我又一次强烈地感觉这最奇特的冬天已经结束。

我在离开之前的一星期才买好单程机票。在买好机票之后，我犹豫了将近两个小时，还是决定再使用一次"老子孙子原则"，给我女儿写去了一份语气卑微的邮件，表达了希望在彻底离开之前再见上她一面的愿望。我甚至使用了"下次就不知道是什么时候了"这种绝望的句子。同时，我还将机票传到了她的邮箱里，希望她知道事情的真相以及时间的紧迫。

"老子孙子原则"是我那位台湾邻居总结出来的。在第一次向她抱怨我女儿"不懂事"的那天，她摇着头说他们家的情况也完全一样。她说他儿子搬出去之后，住在离他们步行只有十五分钟路程的地方，但是，他却曾经创下了一年三个月零八天不回家来看看的纪录。当然，他现在慢慢好起来了，她安慰我说，将来我女儿也会好起来的。接着她告诉我，经过多年的观察并结合自己的经验，她总结出了家长在处理与孩子的关系问题上必须牢记两条原则：一是"胳膊大腿原则"，一是"老子孙子原则"。她说家长对孩子万不可强求，因为"胳膊拧不过大腿，而'他们'是大腿"；她又说家长不要老想着自己是"老子"，要学会对孩子们装"孙子"。也就是说，不管受多少屈辱，都要默默地忍受，不管有多么绝望,都要耐心地等待,"死皮赖脸地等待"。总有一天,孩子们会回到他们的身边,完成最后的和解。

我还是没有等到我女儿的邮件。但是,就在我离开前两天的中午,在对我们的见面几乎彻底绝望的时刻,我接到了她打来的电话。这是她从我的生活中搬出去之后第一次给我打来电话。这也是在整个冬天没有她的任何消息(这"没有"当然也应该算是这个冬天的一个奇迹)之后,她给我打来的电话。最熟悉的声音突如其来,令我激动不已。

我女儿非常平静也非常自然,就好像那只是日常的通话,中间没有隔着整个的冬天,也没有隔着绝望的等待。她说她打电话给我是因为想到我的飞机是一大早的,我应该在前一天就会要办好全部的退租手续,她问我出发前的那个晚上在哪里过。我告诉她那位台湾邻居同意我在他们家的客厅里住一晚。我女儿的反应让我更加激动不已。"还是到我这里来吧。"她说。她第一次将她的住址告诉了我。她还告诉我,她会提前一个小时下班,这样对我会方便一点。我不敢相信这是真的。我不敢相信地狱真的能够突变为天堂。这难道就是那奇迹般的和解?

这是真的。这应该是那个最奇特的冬天之后出现在我生活中的第一个奇迹:在结束移民生活之前最后的那个黄昏,我第一次走进了我女儿的家——这个世界上第一个属于她自己的家。这其实也应该是属于那个最奇特的冬天的奇迹。我激动不已。我激动不已。但是我不想让我女儿感觉难堪,强忍住了自己即将一发不可收拾的泪水。我女儿首先为我介绍了一下她"家"的设施，然后示意我在小餐桌旁坐下，继续向我介绍她"家"周边的情况。我注意到她的"家"比我想象的要整洁得多。也许她是特意为我的到来而收拾过的？！这种想法让我感觉特别温馨。我希望她在意我。我没有想到她还在意我。然后，我女儿带我去三个路口外的一家意大利餐馆吃饭。跟从前比，她的话当然还是不够多。不过，我们终于有了正常的交流。这好像是从她进高中之后就没有过的。也就是说，她不仅被动地回答我的问题，还会主动地发表她的看法，甚至还会更加主动地提出她自己的问题。她认为回国去生活对我可能是正确的选择。"你可能不会像现在这么孤独。"她平静地说。

我叹了一口气，说："真没有想到这个冬天就这样结束了。"

我女儿显然是误解了我的意思。她将我的话当成了是对她的责备。"我真的很忙。"她用带有内疚的声音说。

"我没有责怪你。"我说。稍稍停顿了一下，我又补充说："其实我还应该感谢你。"

我女儿用费解的目光看着我。

"这么多年来，我一直没有自己的生活。"我说。

"你应该有自己的生活。"我女儿说。

她的话又让我感觉非常温暖。"还记得从前带你去皇家山上溜冰的事情吗？"我问。

"已经很久了。"我女儿说。

"这个冬天我差不多每天都去山上溜冰。"我说。

这显然是我女儿没有想到的。她用惊诧的目光看了我一眼。

我笑了笑，说："是啊，这个冬天我其实并不孤独。"

"你应该这样。"我女儿说。

"而且每天上山，我都会带着你的冰鞋。"我说。

这显然更是我女儿没有想到的。"为什么？"她问。

"想找回从前的感觉啊。"我说。

我女儿对我的回答也有点吃惊。"找到了吗？"她问。

我很激动地看着她。我有点想说现在我找到了。但是，我不想让她感觉尴尬，我没有说。"这个冬天真是有点不可思议。"我说。

我女儿没有继续追问。她将话题转向了她爷爷和奶奶。我在邮件里很粗略地提到过她爷爷和奶奶的身体最近都发现了一些问题。我回国去生活的一个主要目的就是能够陪伴和照顾他们。

离开餐馆之后，我女儿带我去她住处后面的那家公园散步。在那里，我向她交代了一下我们家的财政状况。经过十三年的惨淡经营，我们也有了不少的积累。而房产的增值又给我们带来了更多的收益。我夸奖她母亲是一个很有商业眼光和经济头脑的人，当年买便利店和买房子的决定都很明智。我说我自己的生活非常简单，将来肯定能够为她留下一定的"遗产"。我女儿对我的这种交代没有什么兴趣。她提醒我不要太节省，更不要想着为给她留下"遗产"而节省。"你以前不是说过将来有钱又有闲了就要去看世界的吗？！"

她说。

这是在"王隐士"离开之后那一段时间里我经常唠叨的话。"你还记得我说过这样的话？！"我吃惊地说，心里感觉很温暖。

"我真希望你能够有自己的生活。"我女儿说。

这罕见的关切让我非常感动。我望了一眼澄澈透明的天空，深深地叹了一口气。我在感叹生活中出现的新的奇迹："地狱"突变成"天堂"的奇迹。

我女儿误解了我的感叹。她看了我一眼，说："你会怀念蒙特利尔的天空的。"

"我会怀念蒙特利尔的奇迹。"我说。

我女儿又用吃惊的目光看了我一眼，好像突然看到了我的改变。

接着，我提醒她平时有空，一定要多去她母亲的墓地看看。说到这里，我不知道为什么突然有点冲动。我停下来，侧身面对着我女儿。"你知道的，我们之间没有什么感情，"我冲动地说，"但是将来死后，我还是想与她埋在一起。"

我女儿拉了拉我的衣服，示意我继续往前走。"还是不要想那么远的事情吧。"她说，"我倒是觉得你现在应该考虑找一个合适的伴，一起好好过日子。"

第二天清早，我女儿坚持要陪我一起去机场。这也完全出乎我的意料。我装模作样地推辞了一番，但是她的态度非常坚决。这完全出乎我的意料。我感觉非常安慰又非常得意。坐上出租车后，我们有很长一段时间没有说话。我不知道她在想什么。而我想起了我们刚到蒙特利尔的那个夜晚,十五年前的那个夜晚。我的回忆最后被我女儿的声音打断。她说,将来有什么事给她写邮件就好了。这当然意味着将来她会回复我的邮件。这不可思议的和解!我很感动。接着,我告诉她,我将她昨天晚上死活不肯要的那张支票压在她的枕头下面了。她温情地责怪我不应该那么做。她说她现在真的不需要钱。我说我只是有点担心,怕她将来突然会要有急用。

到机场后,我建议我女儿就随着出租车回去。她没有接受。她一直陪着我办好了登机的手续,一直陪我走到了安检口。我有点犹豫,不知道应该使用什么方式与她告别。我不想让自己感觉遗憾,又不想让我女儿感觉尴尬。没有想到,她主动张开双臂,拥抱了我。这也完全出乎我的意料。我记得上一次还是在她母亲下葬的时候,她曾经伤心地拥抱过我。在感觉我们的关系已经死去的那些日子里,我曾经绝望地肯定我女儿永远也不会对我做任何亲热的动作了。没有想到她会张开双臂拥抱我,并且俯在我的耳边,用整个冬天我都在绝望地等待的声音祝我一路顺风。我突然控制不住自己的情绪。从昨天晚上起我就一直压抑着不敢问的那个古老的问题终于窜出了我的喉管。"你喜欢这里吗?"我激动地问。

我女儿好像并没有感觉突然。她看着我,用很平静的语气回答说:"喜欢。"

这是我期待的回答。这也是我需要的回答。我的眼眶顿时就湿了。"还记得吗?"我激动地说,"十五年前,就是在这里,在我们刚走出机场的时候,我第一次问你这个问题。"

我女儿点了点头。

"我记得你深深地吸了一口寒冷的空气，然后做出很陶醉的样子，回答说'喜欢'。"我激动地说。

我女儿点了点头。

"后来我又总是这么问你，还记得吗？每次我们单独在一起的时候，我就想这么问你。在去皇家山上溜冰的路上，我就总是这么问你。"我激动地说，"你的回答从来没有改变过……这是生活对我最大的恩赐。"

我女儿又一次拥抱我，同时催我赶快进入安检口。

我突然忍不住放声大哭起来。"知道吗？"我激动地说，"这是这十五年里生活中唯一没有改变的东西。"

我没有想到我会带着那"生活中唯一没有改变的东西"离开生活过十五年的蒙特利尔。我将这当成是那最奇特的冬天里最后的奇迹。在飞往北京的飞机上，我想起了"王隐士"关于移民的激进说法。他说移民最大的神秘之处就是它让移民的人永远都只能过着移民的生活，永远都不可能再回到自己的"家"。"'回家'对移民的人意味着第二次移民。""王隐士"说，"你永远回不了家了！你成了所有地方的陌生人！"他说得很对。我前两次回国的体验已经足以证明他说得很对。在那十五年的时间里，我的家乡对我只是没有生命的"新闻"和"信息"，我没有与它同过"甘"，也没有与它共过"苦"。同样，对我的家乡来说，我也只是"微不足道的沙粒"。我的家乡不可能理解我在异乡经历过的喜悦和悲伤，也不需要理解我在异乡经历过的喜悦和悲伤。经过这个最奇特的冬天，我相信我们彼此之间的感觉会变得更加陌生。我提醒自己对这"第二次移民"必须做好最充分的思想准备。

离开蒙特利尔已经一千九百五十二天了……在这一段平凡的日子里,我经常会在睡梦和幻觉中看见白雪覆盖着的皇家山。但是不知道为什么,这种"看见"并没有将我带近那个最奇特的冬天,反而在将我带离,带远……我最后总是会从睡梦中惊醒,我最后总是会从幻觉中惊醒,我最后总是会觉得在那个冬天里发生过的一切都难以置信。那两个谜一样的女人!她们像谜一样出现,又像谜一样消失……她们与我正在面对的现实完全没有任何的关系。

陪伴和照顾我的父母占去了我"第二次移民"中的大部分时间。他们就是我正在面对的现实。前面的三年,我的陪伴和照顾还是以"家"为中心。第四年的大年初三,我父亲突然咳血,被送进了医院。他的肺癌很快就被诊断出来。而在我父亲住院一个星期之后,我母亲因为脑溢血也被送进了同一家医院。我父亲的病房在八层,我母亲的病房在三层。我父亲知道我母亲就住在他的楼下,我母亲不知道我父亲就住在她的楼上。他们从我母亲住院之后就再也没有见过面。

我弟弟为他们各请了一个专业的陪护,但是我父母对我的需要变得更加强烈。我将自己的时间平分为两半:上午九点走进我父亲的病房,十二点离开;下午一点走进我母亲的病房,五点离开。这就像是一份"朝九晚五"又没有节假日的工作。我有时候会感觉自己又回到了经营便利店的年月。我母亲很快就完全失去了认知能力。她连她"什么都好"的小儿子都认不出来,当然就更认不出"什么都不好"的我了。她称我为"爸爸",好像只有"爸爸"才会像我那样每天坐在她的床边陪护她。她的脾气变得越来越不好。除了对"爸爸"稍有点畏惧之外,对其他人,尤其是专业陪护和医生的态度都非常恶劣,在治疗方面也很不配合。

我与我父亲突然有了许多的交谈。他有时候甚至会问起我在蒙特利尔的生活。不过,他对我母亲的态度让我觉得非常奇怪。他从来没有提出来过要下楼去看一下我母亲,但是每天早上一见到我,却总是用同一个问题向我打听她的情况。"她还活着吗?"他这样问。他的问题经常会让我怀疑他的大脑也出了问题。那一天,我终于失去了耐心。"你是想她活着还是想她死了?"我不耐烦地问。我父亲的目光充满了迷惘。"我只是有点怕。"他说。"怕什么?"我不耐烦地问。"我怕她死在我的前面。"他伤心地说。还没有等我想好应该怎么安慰他,他接着又说:"我也怕她死在我的后面。"他的这种自相矛盾的"怕"让我觉得非常荒诞。突然,我意识到这是一个可以报复他的机会。我冷笑了一下,说:"这一次,数学解决不了问题了吧。"我父亲瞥了我一眼,显然也意识到了我是在报复他从来对我数学不好的那种蔑视。他长叹了一口气,说:"数学从来就解决不了问题。"我没有想到他会说出这样绝望的话。我隐隐约约从他的话里听出了他对自己的责备。我将手轻轻地放在了他的手上。我不想他继续难受。"她现在还活着,"我安慰他说,"但是那跟死了没有什么两样,她已经没有认知能力了。"我父亲急促地咳嗽了几声。"我一直觉得我们的结合是一个错误。"他有点激动地说。这是我第一次听他对婚姻的抱怨。"为什么？"我好奇地问。"她是一个智商很高的人，"他说，"她不应该跟着我这样一个畏畏缩缩的人，在小县城里生活一辈子。"他停顿了一下，接着又说："她应该过完全不同的生活。"这是我第一次也是最后一次听我父亲对婚姻的抱怨。这也好像是我第一次听到过有人站在对方的立场上抱怨他们的婚姻。从那以后，我父亲就再也没有向我打听过我母亲的情况了。

大概是在半年前的一天，在与我父亲交谈的时候，他突然问我将来准备怎么过。我说我还没有考虑过。我父亲说长期一个人肯定不是办法，应该考虑找一个"合适的人"一起生活。我说那可不是一件容易的事。"当然不容易，你自己已经有过那样的教训了。"我父亲说。我苦笑了一下，提醒他不要羞辱死人。我父亲看了我一眼，深有感触地说："是啊，我自己都是快死的人了。"说完，他示意我靠近他一点。我朝他俯过身去。"其实现在就有一个人很合适，"他很认真地说。"谁？"我不以为然地问。我父亲神秘兮兮地用手指了指病房的门口。我还是不知道他说的是谁。我父亲又急不可耐地做了一套注射的动作。我知道了，他说的应该是他自己很喜欢的那位护士长。"我听说她刚刚离了婚。"我父亲兴奋地说，就好像离婚是一件大好事。

我父亲的话引起了我内心的一阵骚动。我对那位护士长也很有好感。她的长相和身材都很合我的口味；她说话和做事的方式也很合我的理念；而最让我感觉舒服和亲切的是，她还很喜欢阅读,手上经常会捧着一本"毫无用处"的书。我虽然从来没有想过与她有什么关系,但是我父亲这么一说,我倒真觉得她是一个"合适的人"。我父亲接着又说他已经看出护士长对我"有意思"了,因为她最近经常向他打听我的情况,甚至还对我最近一段在病房里读的那本书都非常好奇。我父亲接着还批评我"粗心大意""感情淡漠"。他说三个星期前,护士长曾经极力向我们推荐过一部名为《空巢》的小说,可是我根本就没有将她的推荐放在心上,至今还没有找来读。"据我的估计,"我父亲神秘兮兮地说,"那里面肯定有她想要向你传递的特殊信息。"

我没有忘记护士长的推荐。我还记得她说那是一部适合我和我父亲两代人一起读的小说。但是,我早就已经对中国当代的文学作品没有兴趣了,所以才没有将她的推荐放在心上。我当天中午就去书店买到了那部小说,接着就在我母亲的病床边读了整整一个下午,晚上又在家里一直读到了深夜。我没有发现什么"特殊信息",不过,我觉得那是一部很好的作品,不仅语言干净、结构精致,还有诚挚的情感和深刻的思想……在阅读的过程中,我不断想起自己的那一段"空巢"生活。在我女儿完全失联的那整个冬天,我也经常有被生活欺骗的感觉。如果不是因为希拉里和密和的出现,我可能也会像小说的结尾暗示的那样,将自己的生命结束于一个忍无可忍的寒夜。

第二天趁着护士长的办公室没有其他人,我去那里坐了一下。我感谢她推荐给我们的作品。我说我昨天一口气就读完了那部小说，非常喜欢。我说我刚才也已经给我父亲读了一个开头，他也非常喜欢。我说我父亲也差一点遭受过电信诈骗，小说中的一些细节会让他感觉十分亲切。我这是第一次正式坐在护士长的对面与她交谈，也是知道她对我"有意思"之后，第一次离她那么近。我发现我以前对她的感觉都是对的。我还发现我现在对她的感觉比以前的更好。

从此以后，我与护士长的交谈越来越多了。我们交谈的内容也很快就超越了书本，进到了生活的各个角落。我们对生活中所有的问题都有相同或者相近的看法，这带给了我很大的喜悦和满足。有一天，我甚至与她谈起了希拉里和密和。我没有想到，她对那两个神秘女人的言行竟然会有那么深的理解和那么深的感叹。而她最后的遐想更是激起了我的遐想。她用真挚的语气说"将来如果有机会"，她也很想到海狸湖边去感受感受。我们的交谈越来越深了。思想和语言的流畅经常会让我去想象我们在一起的生活和我们在一起的融洽。

我母亲在八月的最后那个周末停止了呼吸。我和我弟弟都觉得应该向我们正在弥留之际挣扎的父亲隐瞒这个消息。但是安葬了母亲之后的第三天中午，当我正要离开病房的时候，我父亲突然叫住了我。"以后每天下午你也来陪我好吗？"他恳求着说。我心头一紧。"我——"我说，"我不是还要去楼下——"我父亲将脸侧到了一边，打断我的话说："人都不在了，还去什么？！"我不知道他是怎么知道的。我也不想知道他是怎么知道的。我又走回到他的床边。我又在他的床边坐下。

医生说如果我父亲的身体能够顶得住化疗的压力,他就还能活两三个月;如果顶不住,他就只有两三个星期的时间了。这种死亡判决对我父亲已经没有什么意义。随着他的时间越来越少,他的精神状态却越来越好,因为他知道我和护士长的关系已经完全明确,我们已经在计划和安排将来的生活。他将这当成是我们父子关系彻底和解的标志,多次感叹说我活到现在这种年纪才总算做了一件让他开心的事。他也将这当成是他个人的成就,甚至得意地说他的癌症"总算没有白得"。

护士长与我一起参加了我父亲的安葬仪式。在将我父亲的骨灰盒放入墓穴的时候,我突然想起自己在蒙特利尔最后的那个晚上很冲动地对我女儿说过的话。我将来会埋在哪里呢?会跟谁埋在一起呢?我瞥了站在身边的护士长一眼。她温情地抓紧了我的手。这时候,我好像又听到了我女儿关切的声音:"还是不要想那么远的事情吧。"

是的,这也许就是发生在蒙特利尔那个最奇特的冬天的故事应该结束的地方。

薛忆沩主要作品最新版本

长篇小说

《遗弃》（华东师范大学出版社2017年）
《一个影子的告别》（新地杂志2013年连载）
《白求恩的孩子们》（新地出版社2012年）
《空巢》（华东师范大学出版社2014年）
《希拉里、密和、我》（华东师范大学出版社2016年）

小说集

《不肯离去的海豚》（上海文艺出版社2012年）
《首战告捷》（华东师范大学出版社2013）
《十二月三十一日》（华东师范大学出版社2015年）
《深圳人》（华东师范大学出版社2017年）
《流动的房间》（人民文学出版社2018年）

随笔集

《一个年代的副本》（上海三联书店2012年）
《献给孤独的挽歌》（华东师范大学出版社2014年）
《文学的祖国》（三联书店2015年）
《与马可·波罗同行——读〈看不见的城市〉》（三联书店2015年）
《伟大的抑郁》（华东师范大学出版社2016年）
《异域的迷宫》（华东师范大学出版社2018年）

访谈集

《薛忆沩对话薛忆沩》（华东师范大学出版社2015年）
《以文学的名义》（华东师范大学出版社2018年）

图书在版编目(CIP)数据

被选中的摄影师 / 薛忆沩著 . -- 北京：北京联合出版公司, 2019.7

ISBN 978-7-5596-3189-3

Ⅰ.①被… Ⅱ.①薛… Ⅲ.①小说集－中国－当代 Ⅳ.①I247

中国版本图书馆CIP数据核字(2019)第080038号

BEIXUANZHONG DE SHEYINGSHI
被选中的摄影师

著　　者：薛忆沩
选题策划：后浪出版公司
出版统筹：吴兴元
编辑统筹：朱　岳　马国维
责任编辑：龚　将　夏应鹏
特约编辑：冯科臣　陈志炜
营销推广：ONEBOOK
装帧制造：墨白空间·黄海

北京联合出版公司出版
（北京市西城区德外大街83号楼9层　100088）
北京盛通印刷股份有限公司印刷　新华书店经销
字数236千字　889毫米×1194毫米　1/32　12印张
2019年7月第1版　2019年7月第1次印刷
ISBN 978-7-5596-3189-3
定价：49.00元

后浪出版咨询(北京)有限责任公司　常年法律顾问：北京大成律师事务所　周天晖 copyright@hinabook.com
未经许可，不得以任何方式复制或抄袭本书部分或全部内容
版权所有，侵权必究

本书若有质量问题，请与本公司图书销售中心联系调换。电话：010-64010019